—————— 阅读之前 没有真相

午夜文库

阿加莎·克里斯蒂
赫尔克里·波洛系列

阿加莎·克里斯蒂
AgathaChristie(1890—1976)

无可争议的侦探小说女王，侦探文学史上最伟大的作家之一。

阿加莎·克里斯蒂原名为阿加莎·玛丽·克拉丽莎·米勒，一八九〇年九月十五日生于英国德文郡托基的阿什菲尔德宅邸。她几乎没有接受过正规的教育，但酷爱阅读，尤其痴迷于歇洛克·福尔摩斯的故事。

第一次世界大战期间，阿加莎·克里斯蒂成了一名志愿者。战争结束后，她创作了自己的第一部侦探小说《斯泰尔斯庄园奇案》。几经周折，作品于一九二〇年正式出版，由此开启了克里斯蒂辉煌的创作生涯。一九二六年，《罗杰疑案》由哈珀柯林斯出版公司出版。这部作品一举奠定了阿加莎·克里斯蒂在侦探文学领域不可撼动的地位。之后，她又陆续出版了《东方快车谋杀案》、《ABC谋杀案》、《尼罗河上的惨案》、《无人生还》、《阳光下的罪恶》等脍炙人口的作品。时至今日，这些作品依然是世界侦探文学宝库里最宝贵的财富。根据她的小说改编而成的舞台剧《捕鼠器》，已经成为世界上公演场次最多的剧目；而在影视改编方面，《东方快车谋杀案》为英格丽·褒曼斩获奥斯卡大奖,《尼罗河上的惨案》更是成为几代人心目中的经典。

阿加莎·克里斯蒂的创作生涯持续了五十余年,总共创作了八十余部侦探小说。她的作品畅销全世界一百多个国家和地区,累计销量已经突破二十亿册。她创造的小胡子侦探波洛和老处女侦探马普尔小姐为读者津津乐道。阿加莎·克里斯蒂是柯南·道尔之后最伟大的侦探小说作家,是侦探文学黄金时代的开创者和集大成者。一九七一年,英国女王授予克里斯蒂爵士称号,以表彰其不朽的贡献。

一九七六年一月十二日,阿加莎·克里斯蒂逝世于英国牛津郡沃灵福德家中,被安葬于牛津郡的圣玛丽教堂墓园,享年八十五岁。

阿加莎·克里斯蒂 侦探作品年表

波洛系列

1920 The Mysterious Affair at Styles 《斯泰尔斯庄园奇案》
1923 Murder on the Links 《高尔夫球场命案》
1924 Poirot Investigates 《首相绑架案》
1926 The Murder of Roger Ackroyd 《罗杰疑案》
1927 The Big Four 《四魔头》
1928 The Mystery of the Blue Train 《蓝色列车之谜》
1932 Peril at End House 《悬崖山庄奇案》
1933 Lord Edgware Dies 《人性记录》
1934 Murder on the Orient Express 《东方快车谋杀案》
1935 Three-Act Tragedy 《三幕悲剧》
1935 Death in the Clouds 《云中命案》
1936 The ABC Murders 《ABC谋杀案》
1936 Murder in Mesopotamia 《古墓之谜》
1936 Cards on the Table 《底牌》
1937 Dumb Witness 《沉默的证人》
1937 Death on the Nile 《尼罗河上的惨案》
1937 Murder in the Mews 《幽巷谋杀案》
1938 Appointment with Death 《死亡约会》
1938 Hercule Poirot's Christmas 《波洛圣诞探案记》
1940 Sad Cypress 《H庄园的午餐》
1940 One, Two, Buckle My Shoe 《牙医谋杀案》
1941 Evil Under the Sun 《阳光下的罪恶》
1943 Five Little Pigs 《五只小猪》
1946 The Hollow 《空幻之屋》
1947 The Labours of Hercules 《赫尔克里·波洛的丰功伟绩》
1948 Taken at the Flood 《顺水推舟》
1952 Mrs. McGinty's Dead 《清洁女工之死》
1953 After the Funeral 《葬礼之后》
1955 Hickory Dickory Dock 《山核桃大街谋杀案》
1956 Dead Man's Folly 《弄假成真》
1959 Cat Among the Pigeons 《鸽群中的猫》
1960 The Adventure of the Christmas Pudding 《雪地上的女尸》

阿加莎·克里斯蒂 侦探作品年表

1963 The Clocks《怪钟疑案》
1966 Third Girl《第三个女郎》
1969 Hallowe'en Party《万圣节前夜的谋杀》
1972 Elephants Can Remember《大象的证词》
1974 Poirot's Early Stories《蒙面女人》
1975 Curtain—Poirot's Last Case《帷幕》

马普尔小姐系列

1930 The Murder at the Vicarage《寓所谜案》
1932 The Thirteen Problems《死亡草》
1942 The Body in the Library《藏书室女尸之谜》
1943 The Moving Finger《魔手》
1950 A Murder Is Announced《谋杀启事》
1952 They Do It with Mirrors《借镜杀人》
1953 A Pocket Full of Rye《黑麦奇案》
1957 4.50 from Paddington《命案目睹记》
1962 The Mirror Crack'd from Side to side《破镜谋杀案》
1964 A Caribbean Mystery《加勒比海之谜》
1965 At Bertram's Hotel《伯特伦旅馆》
1971 Nemesis《复仇女神》
1976 Sleeping Murder《沉睡谋杀案》
1979 Miss Marple's Final Cases《马普尔小姐最后的案件》

其他系列及非系列

1922 The Secret Adversary《暗藏杀机》
1924 The Man in the Brown Suit《褐衣男子》
1925 The Secret of Chimneys《烟囱别墅之谜》
1929 Partners in Crime《犯罪团伙》
1929 The Seven Dials Mystery《七面钟之谜》
1930 The Mysterious Mr. Quin《神秘的奎因先生》
1931 The Sittaford Mystery《斯塔福特疑案》
1933 The Witness for the Prosecution《控方证人》
1934 Why Didn't They Ask Evans?《悬崖上的谋杀》
1934 The Listerdale Mystery《金色的机遇》

阿加莎·克里斯蒂 侦探作品年表

年份	原作名	中文名
1934	Parker Pyne Investigates	《惊险的浪漫》
1939	Murder Is Easy	《逆我者亡》
1939	And Then There Were None	《无人生还》
1941	N or M?	《桑苏西来客》
1944	Towards Zero	《零点》
1945	Sparkling Cyanide	《闪光的氰化物》
1945	Death Comes as the End	《死亡终局》
1949	Crooked House	《怪屋》
1950	Three Blind Mice and Other Stories	《三只瞎老鼠》
1951	They Came to Baghdad	《他们来到巴格达》
1954	Destination Unknown	《地狱之旅》
1958	Ordeal by Innocence	《奉命谋杀》
1961	The Pale Horse	《灰马酒店》
1967	Endless Night	《长夜》
1968	By the Pricking of My Thumbs	《煦阳岭的疑云》
1970	Passenger to Frankfurt	《天涯过客》
1973	Postern of Fate	《命运之门》
1997	While the Light Lasts	《灯火阑珊》

出版前言

纵观世界侦探文学一百七十余年的历史，如果说有谁已经超脱了这一类型文学的类型化束缚，恐怕我们只能想起两个名字——一个是虚构的人物歇洛克·福尔摩斯，而另一个便是真实的作家阿加莎·克里斯蒂。

阿加莎·克里斯蒂以她个人独特的魅力创造着侦探文学史上无数的传奇：她的创作生涯长达五十余年，一生撰写了八十余部侦探小说；她开创了侦探小说史上最著名的"黄金时代"，她让阅读从贵族走入家庭，渗透到每个人的生活中；她的作品被翻译成一百多种文字，畅销全球一百五十余个国家，作品销量与《圣经》、《莎士比亚戏剧集》同列世界畅销书前三名；她的《罗杰疑案》、《无人生还》、《东方快车谋杀案》、《尼罗河上的惨案》都是侦探小说史上的经典；她是侦探小说女王，因在侦探小说领域的独特贡献而被册封为爵士；她是侦探小说的符号和象征。她本身就是传奇。沏一杯红茶，配一张躺椅，在暖暖的阳光下读阿加莎的小说是一种生活方式，是惬意的享受，也是一种态度。

午夜文库成立之初就试图引进阿加莎的作品，但几次都与版权擦肩而过。随着午夜文库的专业化和影响力日益增强，阿加莎·克里斯蒂的版权继承人和哈珀柯林斯出版公司主动要求将版权独家授予新星出版社，并将阿加莎系列侦探小说并入午夜文库。这是对我们长期以来执着于侦探小说出版的褒奖，是对我们的信任与鼓励，更是一种压力和责任。

新版阿加莎·克里斯蒂作品由专业的侦探小说翻译家以最权威的英文版本为底本，全新翻译，并加入双语作品年表和阿加莎·克里斯蒂家族独家授权的照片、手稿等资料，力求全景展现"侦探女王"的风采与魅力。使读者不仅欣赏到作家的巧妙构思、离奇桥段和睿智语言，而且能体味到浓郁的英伦风情。

阿加莎作品的出版是一项系统工程，规模庞大，我们将努力使之臻于完美。或存在疏漏之处，欢迎方家指正。

新星出版社
午夜文库编辑部

Agatha Christie

Over the next few years, we plan to celebrate two very important Agatha Christie anniversaries. In 2015, it is the 125th anniversary of her birth in Torquay, South Devon, England, and in 2020 it will be 100 years after her first book, THE MYSTERIOUS AFFAIR AT STYLES, featuring her famous detective, Hercule Poirot, was published. This is therefore a very appropriate moment to publish a new edition of her works, and I am delighted that HarperCollins has chosen to work with New Star on these new editions. New Star is China's top crime publisher, and has a strong and dedicated editorial staff and a continued passion for Agatha Christie, making them the ideal partner. It is the right time to make these classic books available in modern translations and so to bring Agatha Christie's books anew to her many fans in China, giving them a new reason to re-read these much-loved stories, as well as introducing them to a whole new audience. How delighted Agatha Christie would have been that her stories (as she called them) are still giving so much pleasure to so many people all over the world!

I think there are two very remarkable things about Agatha Christie's stories. The first is that they are so adaptable. It doesn't really matter which language they appear in, the stories and the plots still give the same thrill, still provide the same puzzles, and the characters still have the same attraction. Readers in China will I am sure enjoy Hercule Poirot and Miss Marple just as much as we do in England, and readers in China will still be transfixed by the surprises and horrors of AND THEN THERE WERE NONE, one of the great classics of 20th century detective fiction, as we are here.

Agatha Christie

The second is that the stories give a wonderful picture of England, particularly rural England, at the time Agatha Christie lived. She wrote books from 1920 until 1970 but it is sometimes hard to tell which part of her life each book was written in. Her characters and the life they lived were very much the same. The life we all live is changing very quickly these days but the Agatha Christie world stays the same. Perhaps the Miss Marple stories provide the best example of this, and in some ways, THE BODY IN THE LIBRARY and NEMESIS are quite similar, despite the fact that thirty years elapsed between the time they were written.

Perhaps I might end by mentioning three Agatha Christies (other than the ones mentioned above) which I think demonstrate why she is so popular, even in the twenty-first century. The first is MURDER ON THE ORIENT EXPRESS, one of the most famous with one of the most ingenious and human plots. Read this on one of your long train journeys in China! Next is A MURDER IS ANNOUNCED, a Miss Marple which was her 50th book. It has my favourite murderer in it! And last is ENDLESS NIGHT — a story about evil and how it affects three young people, written at the time when I knew her best, and understood how deeply she cared and sympathised with young people and the world they lived in.

Whichever are your favourites I hope you enjoy these stories that New Star are introducing to you again. I think it is a great publishing event.

Mathew Prichard
Grandson of Agatha Christie
Chairman of Agatha Christie Ltd

致中国读者

(午夜文库版阿加莎·克里斯蒂作品集序)

在接下来的几年中,我们将要筹备两个非常重要的关于阿加莎·克里斯蒂的纪念日。二〇一五年是她的一百二十五岁生日——她于一八九〇年出生于英国的托基市;二〇二〇年则是她的处女作《斯泰尔斯庄园奇案》问世一百周年的日子,她笔下最著名的侦探赫尔克里·波洛就是在这本书中首次登场。因此新星出版社为中国读者们推出全新版本的克里斯蒂作品恰逢其时,而且我很高兴哈珀柯林斯选择了新星来出版这一全新版本。新星出版社是中国最好的侦探小说出版机构,拥有强大而且专业的编辑团队,并且对阿加莎·克里斯蒂的作品极有热情,这使得他们成为我们最理想的合作伙伴。如今正是一个良机,可以将这些经典作品重新翻译为更现代、更权威的版本,带给她的中国书迷,让大家有理由重温这些备受喜爱的故事,同时也可以将它们介绍给新的读者。如果阿加莎·克里斯蒂知道她的小故事们(她这样称呼自己的这些作品)仍然能给世界上这么多人带来如此巨大的阅读享受,该有多么高兴啊!

我认为阿加莎·克里斯蒂的作品有两个非常重要的特征。首先它们是非常易于理解的。无论以哪种语言呈现,故事和情节都同样惊险刺激,呈现给读者的谜团都同样精彩,而书中人物的魅力也丝毫不受影响。我完全可以肯定,中国的读者能够像我们英国人一样充分享受赫尔克里·波洛和马普尔小姐带来的乐趣，中国读者也会和我们一样，读到二十世纪最伟大的侦探经典作品——比如《无人生还》——的时候，被震惊和恐惧牢牢钉在原地。

第二个特征是这些故事给我们展开了一幅英国的精彩画卷，特别是阿加莎·克里斯蒂那个年代的英国乡村。她的作品写于二十世纪二十年代至七十年代间，不过有时候很难说清楚每一本书是在她人生中的哪一段日子里写下的。她笔下的人物，以及他们的生活，多多少少都有些相似。如今，我们的生活瞬息万变，但"阿加莎·克里斯蒂的世界"依旧永恒。也许马普尔小姐的故事提供了最好的范例：《藏书室女尸之谜》与《复仇女神》看起来颇为相似，但实际上它们的创作年代竟然相差了三十年。

最后，我想提三本书，在我心目中（除了上面提过的几本之外）这几本最能说明克里斯蒂为什么能够一直受到大家的喜爱。首先是《东方快车谋杀案》，最著名，也是最机智巧妙、最有人性的一本。当你在中国乘火车长途旅行时，不妨拿出来读读吧！第二本是《谋杀启事》，一个马普尔小姐系列的故事，也是克里斯蒂的第五十本著作。这本书里的诡计是我个人最喜欢的。最后是《长夜》，一个关于邪恶如何影响三个年轻人生活的故事。这本书的写作时间正是我最了解她的时候。我能体会到她对年轻人以及他们生活的世界关心至深。

现在新星出版社重新将这些故事奉献给了读者。无论你最爱的是哪一本，我都希望你能感受到这份快乐。我相信这是出版界的一件盛事。

阿加莎·克里斯蒂外孙

阿加莎·克里斯蒂有限责任公司董事长

马修·普理查德

二〇一三年二月二十日

阿加莎·克里斯蒂侦探作品集 ⑧⑤
字母袖扣谋杀案
The Monogram Murders

Agatha Christie®

[英] 苏菲·汉娜 著
李树娟 译

新 星 出 版 社　NEW STAR PRESS

致 谢

在此，我要诚挚地感谢以下人员：感谢皮特·斯特劳斯，他从独特的文学视角指点我如何刻画波洛高超的逻辑推理能力；感谢马修·普利查德和詹姆斯·普利查德，在整个创作过程中，他们一直在激励、关注、帮助并支持我的工作；感谢希拉里·斯特朗给我的工作和生活所带来的欢乐；感谢英国和美国哈珀·柯林斯出版社的同事们，尤其是凯特·埃尔顿、娜塔莎·休斯和大卫·布朗，感谢他们热情、精准的编辑工作；还要感谢大卫·布朗，只要我打电话，无论多么困惑，哪怕是几近歇斯底里，他都能轻松应对。同时还要感谢大卫·布朗经常和我聊天。大卫极具文学素养，对一位作家来说，有生之年能和他一起工作真是件幸事。此外，还要感谢使本书得以顺利出版的关键人物，也是本书的第一位可爱的、热心的读者，路易莎·乔伊娜。该书的写作和出版是我人生经历中的精彩一页，在此我还有对以下人士致以谢忱。

卢·斯瓦奈尔，凯西·特特尔，詹妮弗·哈特，安妮·奥布莱恩，海克·舒斯特，丹尼尔·巴特利特，戴蒙·格林，玛尔戈斯·威斯曼，凯特琳·哈利，乔希·马维尔，查理·雷德梅因，弗吉尼亚·斯坦利，劳拉·迪·朱塞佩，李特·斯提克里，凯撒林·戈登。同时，还要感谢福尔·戈尔曼为该书的市场营销所作出的重大贡献。

这里，我要专门对丹·马洛里致以最真挚的感谢。在写作过程中，是丹的灵感成就了我。

同时，我还要感谢塔木森·哈沃德为此书故事情节的发展所提出的建议。

除此之外，这里要衷心地感谢曾经帮我出版过恐怖小说的霍德&斯托顿出版公司，我对波洛的钟情让他们感到非常高兴，甚至是激动，并邀我为其写一部没有长小胡子的波洛。

最后，我还要感谢所有在推特网站上和生活中关注此书的热心读者。此时只记起了杰米·伯恩斯和斯科特·华莱士·贝克二人的名字，感谢他们欢迎我加入阿加莎粉丝团。

目录

1	第一章　逃亡的珍妮
15	第二章　三个房间里的谋杀
29	第三章　在布劳克斯汉酒店
47	第四章　犯罪现场变大
61	第五章　百人大调查
73	第六章　雪利酒之谜
81	第七章　两把钥匙
95	第八章　汇整思路
105	第九章　格勒霍林之行
119	第十章　流言蜚语
137	第十一章　两段回忆
147	第十二章　痛苦的伤口
171	第十三章　南希·杜安
193	第十四章　镜中的心思
203	第十五章　第四枚袖扣
213	第十六章　以谎言回敬谎言
227	第十七章　老妻少夫
235	第十八章　敲敲，看看谁来开门
249	第十九章　真相大白
263	第二十章　搞砸一切
271	第二十一章　全是魔鬼
293	第二十二章　字母袖扣谋杀案
305	第二十三章　真假艾达·格兰斯贝瑞
313	第二十四章　蓝色的壶和碗
333	第二十五章　假如谋杀从D开始
354	尾　声

第一章 逃亡的珍妮

"总之，我就是不喜欢她。"顶着个鸡窝头的女服务员低声说。但其实她的声音不算低，"欢乐咖啡屋"里唯一的客人很容易就听到了。他很好奇，此时此刻她口中的"她"是另一位服务员，还是像自己一样的普通客人呢？

"我干吗要喜欢她，不是吗？随你怎么想，随便。"

"我觉得她还蛮好的啊。"另一个矮个子的圆脸女服务员说，但是听起来似乎没有刚才肯定了。

"当她的自尊心受到打击时就老是那样子。一旦精神重新振作起来，那张嘴就变得毒辣了。应该反过来才对。我认识很多这样的人，永远都别相信他们。"

"应该反过来才对？你指什么？"圆脸服务员问道。

二月份，波洛每周四晚七点半后都会到"欢乐咖啡屋"吃一次晚饭。此时，他笑了笑，他知道鸡窝头是什么意思。她的观察力总是很敏锐。

"人在有困难时说些尖酸刻薄的话都是可以原谅的。我承认，我自己也干过这样的事。我开心时，也想让周围的人和我一起开心。就该这样嘛。有的人在自己的境遇最顺遂时对待别人的态度最差,像他们那样的人,你得提防着点儿。"

赫尔克里·波洛觉得,不错,这才是智慧①。

这时,咖啡屋的门砰的一下子开了,又咣一声撞在了墙上。一个女人站在门口,身穿浅棕色外套,头戴深棕色帽子,金黄色的头发散落在肩上。波洛无法看清楚她的脸。这时,她扭过脸看了看身后,似乎后面有人在追赶她。

几秒钟的时间已经足以使寒夜的冷气把这个小小咖啡屋里的暖气从大门口挤出去。一般情况下,这种情况会让波洛很生气,但是今天,他对这位刚到的客人很感兴趣。她的到来有些戏剧化,而且她不在乎自己给人留下了什么印象。

波洛用手掌盖住咖啡杯口,希望能保持住咖啡的温度。这个墙壁歪斜的小咖啡屋建在圣格雷戈里小巷内,在伦敦不算是一个很体面的地方。但是波洛认为这里的咖啡的味道是世界上其他任何地方都做不出来的。一般情况下,他吃饭前后不喝咖啡,他认为那是一件可怕的事情。但每个周四晚上七点半,他会准时来到"欢乐咖啡屋",破例喝一杯。现在,他已把每周的破例当成了一个小习惯。

但对于咖啡屋里的其他习惯,波洛都不太喜欢。餐具、餐巾和水杯原本都好好地摆在桌面上,他到了以后却总认为摆得不是位置。显然,服务员觉得桌子这么大,放哪儿都行。波洛则不然。每次他一来就会强调这些餐具、餐巾和水杯应该怎么摆放。

"对不起,小姐。如果你要进来的话把门关上好吗?"鸡窝头女服务员大声对着门口穿棕色外套的女士吼道。那位女士一只手扶着门

---

①原文为法语。本书法语部分很多,不再一一注释,全部以斜体表示。

框，脸仍旧朝着大街。"即使你不想进来，我们也不愿意冻感冒。"

女人进来了，并关上了门。但她并未因大开着门这么长时间而道歉。她喘着粗气，屋里的每个人都能听到，但她似乎并未注意屋里还有其他人。波洛轻轻地问候了她一句"晚上好"，她也只是侧过脸看了一眼，什么也没说。只见她眼睛睁得大大的，充满了异常的惶恐，威力就好像一只大手，足以紧紧地掐住一个陌生人。

波洛已不再像刚进来时那样平静、惬意了，他平静的心境已被搅得乱七八糟。

那女人慌慌张张地走到窗户旁，凝视着窗外。波洛推测，她可能什么也没看到。透过窗户玻璃，从明亮的房间里朝黑暗中看去，除了能看到所在房间里人和物的影像外，不会看到太多外面的事物。可她还是呆站在那儿朝外看，似乎一定要看到街上有什么。

"哦，是你啊。"鸡窝头有点不耐烦地说，"怎么了？发生了什么事？"

身着棕色衣帽的女人转过身来，哽咽地说道："不，我……"她极力控制住自己，指着离门和街最远的一个位置说，"不。我能坐角落里的那个位子吗？"

"除了那边那位先生的位子以外，其他的你随便坐，都是收拾好的。"这时，鸡窝头想起了波洛，对他说，"先生，您的晚餐正在精心地准备着。"波洛很乐意听到这话。"欢乐咖啡屋"里的食物几乎和它的咖啡一样棒。的确，每当波洛想起这个，简直难以相信这是事实，因为厨房里的每一位工作人员都是英国人。实在是难以置信！

鸡窝头又转向那个伤心难过的女人，说道："珍妮，你真的没事？你看起来好像见到鬼了。"

"没事的。谢谢你。请给我一杯热浓茶，和往常一样。"说完，珍妮匆忙走向远处角落里的一张桌子。从波洛身边经过时也没看他一眼。波洛轻轻地挪了挪他的椅子,以便观察她。她肯定有什么事,很显然,她只是不愿和咖啡屋里的服务员说罢了。

她在离门较远的一把椅子上坐下,衣帽都没脱。她一坐下来就又转身向背后看了看。波洛逮到机会仔细观察了一下她的面孔。她四十岁左右,蓝色的大眼睛睁得圆圆的,一眨也不眨。波洛在想,这双眼睛看起来好像看到了一幕令人触目惊心的场景,就像鸡窝头说的,"见到了鬼"。但是,据波洛观察,周围并没有这样的场景,有的只是咖啡屋里的桌椅和角落里的木制衣帽架,还有歪歪斜斜的木架子及上面各式各色、大小不一的茶壶。

这些木架子就足以让人发忾。波洛不明白为什么不能用一个规规矩矩的架子代替这个歪斜的。同样他也无法理解,为什么他们把叉子放到方方正正的桌子上时,不能放得与桌边平行。其实不是每个人都像波洛这样想,波洛也早就接受了这些,及其带来的方便与不便。

身子蜷在座位上的珍妮瞪大了眼睛,直直地盯着咖啡屋的大门,就好像期待着随时会有人破门而入。也许是寒冷的原因,她哆嗦着。

不。波洛突然改变了想法,根本不是因为冷。这时咖啡屋里又暖和起来了。珍妮全身心地关注着大门,但又远远地背对着它坐,这样恐怕只有一种结论。

波洛端起他的咖啡杯,离开自己的座位,朝珍妮坐的地方走去。他发现她并没有戴结婚戒指。"夫人,我能和您坐一会儿吗?"他想把她的餐具、餐巾和水杯也摆成和他自己的一样,但还是控制住没这样做。

"什么?哦,可以吧。"她说话的语调表明她不大在乎这个。她只关心咖啡屋的大门。她还是把自己蜷在椅子里,还是不停地转身朝大门看。

"我很高兴向您介绍一下我自己,我叫……啊……"波洛突然止住了。假如告诉她自己的名字,那么鸡窝头和其他服务员就也会听到,自己就不再是那个匿名的"外国绅士"了。他是欧洲的一名退休警察,叫赫尔克里·波洛,在一些人中有相当大的影响力。在过去几周里,他处在令人惬意的蛰伏状态中,这是他一生中第一次体会到做个无名小卒的轻松。

很显然,珍妮对他的名字和他的到来都不感兴趣。只见一滴泪珠从她的眼角落下,沿着面颊流了下来。

"珍妮女士。"波洛希望直呼她的名字能让她注意到自己。之后,他又接着说:"我以前是个警察,现在退休了。以前工作的时候,我碰到过很多像此时此刻的你这样焦虑不安的人。每个国家都有很多这样的人,我并不是说他们不幸福,他们只是自认为自己处在危险中。"

终于,他成功了。珍妮抬起那双惊恐万分的大眼睛,望着波洛说:"警……警察?"

"是的,很多年前就退休了,不过——"

"那么,在伦敦你不能做什么了?你不能……我的意思是,你在这儿没有权利吧?比如,没有逮捕罪犯或做这之类的事情的权利吧?"

"没错。"波洛笑着说,"在伦敦,我只是个颐养天年的老者。"

这阵子她已经有十多秒没往门那边看了。

"女士,我刚才说的对吗?你觉不觉得自己现在有危险?你不时地扭过头向外看,不就是因为你怀疑你怕的那个人会尾随你到这里,随时都可能进来吗?"

"哦,是的,我确实有危险。"她似乎还想说什么,却转而问道,"你确定你什么警察都不是了?"

"什么警察都不是。"波洛肯定地说。但又不想让她认为自己一点影响力都没有了,于是接着说:"我有个朋友是苏格兰场的警探,如果你需要帮助,我可以找他。他很年轻,三十来岁,但我认为他很快就能在警察队伍中成长起来。我保证,他会乐意和你谈的。我嘛,也可以……"这时,只见圆脸服务员端着一杯茶走过来,于是波洛没有继续往下说。

圆脸服务员把珍妮的茶放在桌子上后又退回了厨房。这时,鸡窝头也已回了厨房。波洛很了解鸡窝头,她很喜欢八卦常来这儿的客人的事。波洛想,自己的绅士形象和突然找珍妮搭讪的行为恐怕已被她在后厨里描绘得天花乱坠。除非是和朋友爱德华·卡其普尔一起吃饭,波洛一般不和这里的客人多说话。爱德华·卡其普尔是苏格兰场的警探,暂时和波洛租住同一所公寓。他就像法国作品《冬眠》里的动物一样,喜欢独来独往。

波洛并不关心咖啡屋的女服务员们如何在后厨窃窃私语,反而很感激她们都走了。他希望没有她们在场,珍妮可以坦诚地和他聊天。他接着说:"女士,我愿意为您提供帮助。"

"你很好,但没人能帮得了我。"珍妮边说边擦眼泪,"我确实需要帮助,比任何事都迫切。但已经来不及了。你看,我已经死了,不死也快了。我不能躲藏一辈子啊。"

已经死了……她说出的这几个字让咖啡屋再次充满寒意。

"你看,没人能帮我,"她接着说,"即使有,我也受之有愧,我不配。但是……有你在这儿坐着,我觉得好受点儿。"她双手交叉抱住了自己的臂膀,可能是想坐得舒服点儿,也可能是想止住身体的颤抖,可惜怎么也控制不住。她一口茶也没喝,只是不停地说:"求你别走。我和你说话的时候,什么事也没发生。至少,这样可以安慰我一下。"

"女士,这才是最令人担心的。你现在还好好地活着。为了让你继续活着,我们必须有所行动。请告诉我发生什么事了?"

"不!"她瞪大眼睛,又把身子缩回到椅子里了,"不,你做不到的!没有什么能做的,这一切都阻止不了,于事无补。这是必然的结果。只有我死了才算伸张正义。"说完,她又扭过头朝门外看了看。

波洛皱了皱眉头。自从他坐到这儿,珍妮似乎感觉好点儿了,但他却觉得越来越糟。于是他说:"我没听明白你的意思。你是说有人在追你,要谋杀你?"

珍妮眼泪汪汪地看着波洛,说:"要是我主动送上门,任其发展,还能不能称之为谋杀?我累了,跑累了,藏累了。恐惧的心理已让我身心疲惫。顺其自然吧,就该那样,该来的总会来的。只有这样才对,我罪有应得。"

"这样不行。"波洛说,"在没有了解清楚你的具体问题之前,我不能赞同你的想法。杀人永远都是不对的。朋友,你必须得让警察帮助你。"

"不。你一个字也不能和他说,谁也不要说。你发誓不会说出去。"

波洛从不会向别人承诺做不到的事。

"你到底做了什么,竟然想让人杀了你作为惩罚?你杀人了吗?"

"跟杀人差不多。你知道,不是只有杀人才不可原谅。我想,你从未做过不可原谅的事,对不对?"

"难道你做过?而且必须用你的生命来偿还?不。这不对。我劝你跟我一起去我的住处,就在这附近。苏格兰场的那位朋友,卡其普尔……"

"不。"珍妮蹭地一下从椅子上跳了起来。

"请坐下,女士。"

"不。啊,我太傻了!跟你说了这么多!之所以告诉你,是因为我觉得你看起来很善良,不会做什么。要不是你说自己是个退休警察,又是外国人,我根本不会向你透露一个字。你发誓,要是有人发现我死了,你就告诉你那位警察朋友,不要寻找凶手。"说完她闭上了双眼,两手紧紧地攥在一起,"请不要让他们开口!永远不要破案。向我保证,你会把我的话转告给你的那位警察朋友。你能让他同意这样做,对吗?如果你在乎公正,就按我说的做。"

说完,她猛地朝门口飞奔而去。波洛也随之站了起来,但就在他从椅子上站起来的那一瞬间,却发现她已经走远了,只好又坐下来,叹了口气。珍妮走远了,消失在夜幕之中,他已无法再追上她。

这时,厨房的门开了,鸡窝头给波洛端来了晚餐。味道却让波洛觉得反胃,他已经一点儿食欲也没有了。

"珍妮呢?"鸡窝头问波洛,好像珍妮突然消失和他有关似的。其实他也觉得自己有责任。如果他速度再快点,如果他的措词再慎重些……

"真受不了!"鸡窝头说着把波洛的晚餐啪的一声摔在桌子上,转身大步走回了厨房,边推门边大声嚷嚷,"珍妮走了,连钱都没付。"

"她到底要为什么事付出生命呢?"波洛喃喃自问。

波洛试着尝试眼前配有意大利面和蛋奶酥的牛排套餐,却一点儿都提不起兴趣。过了一阵,他过去敲了敲厨房的门。鸡窝头把门打开了一条小缝,瘦小的身子堵在门口,彻底挡住视线。

"先生,您的晚餐有什么不妥吗?"

"我想替珍妮女士付茶费。"波洛提议道,"作为交换,你得回答我一两个问题。"

"你认识珍妮吗？我以前从未见过你们俩在一起。"

"不，不认识。这也是我想问你问题的原因。"

"那你为什么过去和她坐在一起？"

"她害怕、伤心，但我却看不出原因。我也许能帮到她。"

"珍妮这人无药可救。"鸡窝头说，"好吧，我回答你的问题，但是，我得先问你个问题。你以前在哪儿当警察？"

波洛没有点破，她其实已经问了三个问题了，这是第四个。

她边用那双小眼睛盯着波洛边说："有些人会说法语但并不是法国人，对吗？当那些美女们叫你'法国佬'时，我注意到你的面部表情有变化。"

波洛笑了笑，心想告诉她自己的名字应该不会有什么危险，于是伸出手来对她说："女士，我叫赫尔克里·波洛，来自比利时，很高兴认识你。"

她也伸出手和波洛握了握，说："我叫菲·斯普琳。实际上我叫尤菲米娅，但大家都叫我菲。如果他们用全名称呼我，就会不知道想对我说什么，而且我也不喜欢他们那样称呼我。"

"你知道珍妮女士的全名叫什么吗？"

菲朝波洛刚才坐的方向点了点头，看见盘子上还冒着热气，于是说："先吃你的晚饭吧，我马上出来。"说完噢的一下缩回去，关上了门。

波洛回到座位。或许他应该听从菲·斯普琳的建议，再试试这份牛排套餐。和一个细心的人聊天会让人兴奋，而波洛很少碰到这样的人。

菲很快就来了，手里还端着一个杯子，没有杯托。她在珍妮刚刚坐过的椅子上坐了下来，喝了一口茶。听到她吮吸茶水的声音，波洛脸上的肉禁不住抽搐了几下。

"我并不是很了解珍妮,"她说,"只是曾听她提过,说在一个有钱人家做用人,住在一幢大房子里。所以,每次她的女主人要准备一桌丰盛的晚宴,或是开个派对什么的,都会让她到这里来买咖啡和蛋糕。她还说过,从她家到这儿,要穿过整个城市。但我们有很多客人这样做,从老远的地方赶过来买咖啡。珍妮每次来都喝杯茶。每次一到这儿,她就会说'照常,谢谢',就好像她是位夫人。我猜测她是故意让自己显得高贵,那声音是装出来的,不是天生的。因此她从不多说话,因为她知道坚持不了多久。"

"打断一下。"波洛,"你怎么知道那是珍妮女士装出来的声音?"

"你听过哪个用人那么说话吗?至少我没见过。"

"但是……那不过是你的推测。"

菲·斯普琳极不情愿地承认自己确实不能肯定。因为自打她们认识以来,珍妮说起话来就像"一位淑女"。

"关于这一点我要为珍妮说几句。她懂得品茶,所以至少有些品位。"

"品茶?"

"对。"菲看着波洛的咖啡杯,嗤之以鼻道,"如果你非要问,我只能说,当你们这些喝咖啡的人懂得品茶时,就会知道它的好了。"

"你知不知道珍妮在哪位夫人家里做事?或者那幢大房子在什么地方?"波洛问。

"不知道。我甚至不知道珍妮姓什么,只知道她多年前曾被深深地伤害过。这是她自己说的。"

"伤害?她跟你说过是哪种类型的伤害吗?"

"只说过一件。"菲坚定地说,"那件事让她伤透了心。"

"我的意思是，伤害会有多种原因引起，比如徒劳无功的爱，或是所爱之人不幸早逝——"

"哦，她们都不知道具体情况。"菲接着说，声音中有一丝怨气，"她不会说的，永远不会。她只说'伤害'一直伴随着她。这就是珍妮，她从不多说什么。就算她现在就坐在这儿，你也帮不了她，更何况她已经走了。她只活在自己的世界里，这就是珍妮的问题。无论发生什么事情，她都闷不做声。"

活在自己的世界里，这几个字突然让波洛想起一件事——几周前的一个星期四晚上，菲在"欢乐咖啡屋"议论过一位客人。

于是，波洛接着问："她也不问人问题，对吧？对社交和聊天也不感兴趣吗？也不关心别人的生活八卦吗？"

"太对了。"菲激动地说，"她没有一丝好奇心。我从没见过像她这么自我的人，眼里根本就没有别人和这个世界。她不问别人最近怎么样，也不关心别人在干什么。"菲歪着脑袋说，"你也很快就发现了吧？"

"我所知道的，都是从你和另一位服务员的聊天中听到的，女士。"

菲的脸一下子红了。"我很意外，你还会听我们聊天。"

为了不加深菲的尴尬，波洛没有告诉她其实自己挺期待听她聊别的客人的，他也曾琢磨过这些人。这些人可以统称为"欢乐咖啡屋里的典型人物"，比如"不确定先生"。"不确定先生"每次一进门就会点餐，但马上又会取消，因为他认为自己并不太想吃那些。

如果不是时机不合适，波洛真想问问，菲是不是也在背地里给他起了个像"不确定先生"这样的绰号，趁他不在的时候叫——或许会在他那精致的小胡子上做文章。

"所以说，珍妮女士完全不想了解别人的事。"波洛若有所思地说，

"也不像另一些人，虽然不喜欢打听周围人的生活和想法，却醉心于长篇大论地自吹自擂——她同样不是这样的人，对吗？"

菲扬了扬眉，说："你的记忆力真好，完全正确。珍妮不爱谈论自己，她会回答别人的问题，却也不会说很多。无论什么事，她都不愿多想。她有自己的小秘密——虽让她不开心，却也让她深陷其中。我很早以前就放弃揣摩清楚她了。"

"她沉浸在伤害，"波洛喃喃自语，"以及危险之中。"

"她说她身处危险之中？"

"是的，女士。很遗憾，我反应太慢，没能阻止她离开。她要是有点意外……"波洛摇了摇头，试图消除袭上心头的预感。接着他啪的一声拍了一下桌子，坚决地说："我明天早晨会再来，你说她经常来这儿，是不是？我会在危险到来前找到她。这一次，赫尔克里·波洛会很迅速。"

"快慢不重要，"菲说，"问题是没人能找到珍妮。就算她就在眼皮子底下，你都找不到。也没人能帮得了她。"说着她站了起来，收起波洛的餐盘，以一句"没道理让这么好的饭菜放凉"作为结语。

第二章　三个房间里的谋杀

事情是由此开始的：时间是一九二九年二月七日，一个周四的晚上；人物是赫尔克里·波洛，珍妮和菲·斯普林；地点在歪歪斜斜、茶壶架挤得满满当当的"欢乐咖啡屋"里。

或者我应该说，这看起来像是事情的开端。我不认为现实生活中的事都有始有终。无论从哪个角度看，你都会发现事情的开端可以追溯到很久很久以前，后续又不断延续至遥远的未来。没有人能肯定地说"就是从这里开始"，然后画一条起始线。

幸运的是，真实的故事总会有男女主人公。不会只有我一个人，也不可能只有一个人，而且我清楚地知道那些人都是真实的。

那个周四的晚上，我并不在那间咖啡屋。虽然我的名字被提到了——爱德华·卡其普尔，波洛在苏格兰场的警察朋友，三十刚出头（准确地说是三十二岁）——但我并不在场。为了用文字记录下珍妮的故事，我觉得应该，也是必须，想办法填补那段我不在的空白。幸好我有赫尔克里·波洛的证词，他是最好的见证人。

我之所以写下这些，不为别人，只为我自己。每一起案子结束后，我都会一读再读，一直读到闭上眼睛能心静如水，不再有初写时的震撼之感——我要从"怎么会发生这样的事",读到"是的,这就是真实发生的事"。

从某种程度上说,其实我该起一个更好的标题,而不是叫它"珍妮的故事"。这听起来就不太像个题目。

我与赫尔克里·波洛相识,仅仅发生在前文所述的那个周四晚上的六周前。当时,他正打算租下布兰奇·昂斯沃思夫人的公寓。那幢小楼宽敞且极其干净,外观四四方方的,内饰则不能更女性化了:到处都是荷叶边、花边和镶边。有时我甚至担心,某日我上班要走的时候,会突然发现客厅里的某个东西上垂下薰衣草色的穗子,缠住我的胳膊或鞋子。

与我不同,波洛不准备在此常住,只是暂时住在那儿。当天晚上他就告诉我:"我是来放松静养的,至少住一个月。"他说得很坚定,像是担心我会打断他似的。"我的大脑运转得太快了,"他向我解释,"千头万绪汹涌而来……我相信在这儿我能放松一下。"

我问他从哪儿来,以为他会说"法国"。之后我才知道他是比利时人,不是法国人。当时他走到窗前,拉开蕾丝窗帘,指着最多三百码①以外的一幢宽敞漂亮的楼房作为对问题的回答。"你住那儿?"我问,以为他肯定是在开玩笑。

"对。我希望不要离家太远,"波洛说,"更妙的是我每天都能看到它:多么美丽的景色啊!"他自豪地盯着那幢庞大的宅邸。有好一会儿,我甚至怀疑他是不是不记得我还站在他身旁了。接着他又说道:"旅行也是件愉快的事!令人兴奋,但达不到休息的效果。可是如果我不出来,波洛的大脑就无法享受假期!忧虑也会随之而来。

---

①约为二百七十米。

在家待着很容易被人找到，无论是朋友还是陌生人都能找到我，总是带来十分重要的事情——总是十分重要！——而我的灰色脑细胞不得不再次忙活起来，没机会储存能量。于是，我就对别人说，波洛要离开伦敦一段时间，但实际上他找了个熟悉的地方休整，让自己免受打扰。"

他说话的时候，我在一旁不停地点头，好像这一切听起来极为合理。我心想是不是人年龄越大就变得越奇怪。

周四晚上，昂斯沃思夫人从不做饭，她要去亡夫的姐姐家。所以波洛只得去"欢乐咖啡屋"。他告诉我，在假离开的这段时间，他不想冒险去常去的地方，并问我："我的朋友，能不能推荐个你这种人常去的地方，并且有美味佳肴。"我就推荐了"欢乐咖啡屋"：地方不大，又有点古怪，但只要去一次就会对它流连忘返。

那个特别的周四晚上——波洛和珍妮邂逅当晚，他十点十分才回来，比平时晚了许多。我坐在客厅的火炉旁，但一点儿也不觉得暖和。我听到大门开关的声音，之后就听到昂斯沃思夫人和波洛低声交谈了一会儿，她肯定一直在门厅等他。

我听不清她在说什么，但能猜出来：她很焦虑，而让她焦虑的原因就是我。她九点半从大姑姐家回来时就觉得我哪儿不对。我看起来有点儿吓人，就好像从没吃过饭、从没睡过觉似的。她也直接这么跟我说了。但我不知道一个人怎么能突然变成像是从没吃过饭的样子，可能是我比吃早饭的时候瘦了一些吧。

当时，她把我从上到下、从左到右观察了个遍，随后把想到的所有能让我好起来的东西都拿了出来——吃的、喝的，还和我聊天。我刚极尽礼貌地拒绝她的好意，她又马上转而提出一些古怪的建议：塞满了中草药的枕头，还有一个深蓝色瓶子里装的臭烘烘却肯定有效的玩意儿，让我一定要放进洗澡水里。

我向她道谢并拒绝了她的好意。她肆虐地打量着客厅，想找到点什么东西硬塞给我，说可以解决我的问题，但没找到。

现在，她和波洛低声交谈，很可能是让他强迫我接受她那个臭烘烘的蓝瓶子或者草药枕头。

周四晚上，波洛通常九点从"欢乐咖啡屋"回到住处，然后在客厅看会儿书。今天，我九点一刻从布劳克斯汉酒店回来，决定不再去想在那里的遭遇，一心期望像往常一样，看着波洛坐在他心爱的椅子上，和我聊点儿开心的琐事。

但他不在那儿。这让我觉得心里空落落的，好像天塌地陷了一般。波洛是个生活有规律的人，一般不会改变自己的生活习惯，他不止一次对我说："卡其普尔，正是这种一成不变的规律生活，能使人平静。"今天他却整整晚了一小时又一刻钟。

九点半时，我听到前门打开的声音，以为是他回来了，但不是，是布兰奇·昂斯沃思夫人。我差点儿抱怨出声。如果你心情焦虑，此时你最需要的是一个愉快有趣、不会过分担忧的同伴。

恐怕我不能说服自己明天再去布劳克斯汉酒店，但我知道我必须得去。而这正是我此时不愿多想的事情。

现在，波洛回来了，我心里想着，而他肯定也会担心我，因为昂斯沃思夫人已经嘱咐过他了。我相信，没有他们俩在身边我会更舒服。既然今天没机会再进行什么轻松愉悦的谈话了，我宁愿什么也不说。

波洛走进客厅时还穿着外套，戴着帽子，他关上了门。我以为他会有一大串问题，没想到他略显漫不经心地说："很晚了啊。我在街上四处闲逛、寻找，可惜一无所获，结果回来晚了。"

他很忧虑，没错，但不是在担心我，也不是在担心我有没有吃饭或是想不想吃饭。这让我松了口气。"寻找？"我问道。

"对，我在找一个女人，珍妮，我希望她还活着，没有被人谋杀。"

"谋杀？"我再次感觉天塌地陷一般。波洛是个有名的侦探，他给我讲过一些他负责侦破的案件。正因为他说想稍微远离那些案子，放松一下，我本来不打算跟他提我在干的事的，可此时他却说出这么一个不祥的词。

"那个珍妮长什么样？"我问他，"说说她，也许我在哪儿见过。特别是如果她被谋杀了。今晚我看到三个人被杀了，两女一男，没准儿有你说的。那个男的看起来不会叫珍妮，不过另外两个……"

"我的朋友，让你久等了。"波洛打断了我的话，声音很平静，那些充满绝望的话没起到任何效果。他摘下帽子，边解外套扣子边说："布兰奇夫人说得对，你有烦心事吗？哈，我怎么没看出来呢？你有点虚弱。刚才我走神了，一见布兰奇夫人就会走神。快，快点告诉波洛，发生什么事了。"

"三个人被杀了，"我说，"和以前的案子完全不同。两女一男分别死在不同的房间里。"

我做警察已有五年，在苏格兰场工作也近两年了，见过很多暴力死亡案件，多数表面上看起来是因为失控造成的。有人因一时发怒杀人，有人因酗酒失控杀人。今晚发生在布劳克斯汉酒店的案子却截然不同，同一天在同一个酒店里三次做案。我认为，这至少要提前数月开始准备。每一个犯罪现场都是一件令人毛骨悚然的艺术品，令我无法破译其中的含义。让我感到恐惧的是，这次我不能用对付流氓小混混的方式去破解这场充满寒意、精心策划的谋杀。

毫无疑问，我现在很郁闷，但这不会改变我的猜想。一想到三具尸体摆放得一模一样，我就感到颤栗。我告诉自己，无论表面看起来有什么不同，都要正常处理案情，不能畏惧。

"是同一幢房子里的三个房间吗？"波洛问。

"不，是布劳克斯汉酒店，皮卡迪利广场再往前走就到了。你知道在哪儿吗？"

"不知道。"

"我以前也没去过，那不是我这样的人能去的地方，太奢华了。"

波洛坐在那儿，后背挺得直直的，自言自语地说："三宗谋杀，同一个酒店，不同的房间。"

"对，而且都在今天，傍晚时分，作案时间很短。"

"今晚？可你现在在家啊，怎么不在酒店？凶手已经被捕了吗？"

"恐怕没那么幸运。不，我……"我停下来清了清嗓子，认定把案子的情况给他讲一遍就足够了，没必要告诉他案发现场对我的情绪造成了多大的影响，也不想让他知道我连五分钟都不想在布劳克斯汉酒店多待了。

三具尸体规规矩矩地躺在地板上：胳膊紧贴身体两侧，手心朝下，两腿并拢。

"躺在地上的尸体"，这几个字迫使我想起了多年以前的场景——想起我还是个小孩子时被迫进到的一间黑屋子。从那以后，我再也不愿想起此事，并且希望此生都不再想起。

无力的双手，手心朝下。

"爱德华，抓住他的手。"

"别担心，有很多警察待在那儿。"为了摆脱那不愉快的回忆，我大声地喊了一句，"我明天一早就会回去。"看到波洛还在等待我的进一步说明，我只好补充说："我必须清清大脑。坦白地说，我从没见过这么离奇的案子。"

"怎么离奇？"

"每一个被害者，他和她的嘴里都含着同一样东西。"

"不。"波洛摇着手指说，"我的朋友，这不可能。同一样东西不可能同时出现在三个人的口中。"

"是三个一模一样的。"我解释说，"三枚袖扣，看起来是纯金的，刻有相同的字母组合：PIJ。波洛？你没事吧？你看起来——"

"天哪！"他站起身来，开始在房间里踱来踱去，"我的朋友，你不明白这是什么意思。对，你肯定不明白，因为你还不知道我和珍妮女士相遇的事。我必须快点告诉你今晚发生的事情，这样你就会明白了。"

当波洛说快点讲故事时，他与大多数人的做法截然不同。对他来说，每个细节都很重要，无论是几百人葬身火海，还是某个小孩的下巴上有一个小肉坑。谁也别想催他直奔主题，所以我稳稳地坐在椅子里，听他以他的方式讲述。等他讲完的时候，我觉得自己好像就在事发现场——甚至可以说比我身处现场了解得还要全面。

"多么不可思议啊！"我说，"这也太巧了，就在今晚，布劳克斯汉酒店发生了三起杀人案。"

波洛叹了口气说："我不认为这是巧合，我的朋友。巧合确实时有发生，但这几件事明显有联系。"

"你的意思是一方面是谋杀，另一方面是害怕被谋杀。"

"不。这确实也是一种联系，但我所说的是其他的联系。"说完波洛突然停止踱步，转过脸问我，"你刚才说，三位被害人的嘴里都含着一枚刻着字母组合PIJ的金袖扣，是吗？"

"没错。"

23

"珍妮女士当时很清楚地对我说：'你发誓，要是有人发现我死了，你就告诉你那位警察朋友，不要寻找凶手。请不要让他们开口！永远不要破案。'你觉得，'请不要让他们开口'是什么意思？"

波洛是在开玩笑吗？显然不是。我说："这个，她的意思不是很明确吗？她怕被杀，又不想让杀她的凶手受到惩罚，因此不希望有人指认凶手。她认为自己是理应受到惩罚的人。"

"你只理解了字面意思。"波洛说，听起来他对我的回答很失望，"问问你自己，'请不要让他们开口'是否还有另一层含义。从你那三枚金袖扣的角度再想想。"

"那不是我的东西。"我强调道，希望能以此把那个案子推到一边，"好吧，我知道你什么意思，但是……"

"你知道了什么？我想说什么？"

"哦……'请不要让他们开口'也许指的是'请不要让任何人打开布劳克斯汉酒店里三位受害者的嘴巴'。"我觉得自己完全是个傻子，竟然说出这么荒谬的推理。

"确实如此！'请不要让任何人打开他们的嘴巴，不要找到刻有PIJ字母组合的金袖扣。'这不就是珍妮的意思吗？她早就知道酒店里会有三位客人被杀，而且她知道那位凶手还会杀了她？"

还没等我回答，波洛就继续发挥他的想象力。"字母组合PIJ，名字缩写是这个组合的人对这个案子很重要，对不对？珍妮知道这个情况。她还知道，一旦你发现这三个字母，就会顺藤摸瓜，找到凶手。她不想让你这么做。但是，你一定要抓住凶手，要赶在珍妮被杀之前抓住他，否则，赫尔克里·波洛无法原谅自己！"

听他这么一说，我感到很震惊。不仅有一种要抓住凶手的强烈责任感，同时，要是波洛永远不能原谅他自己，我可负不起这个责。他觉得这副样子的我有能力逮捕那名凶手吗？那个会往死人嘴里放入刻有首字母的金袖扣的凶手？我是个直来直去的人，所以只有事情直来直去，我才能处理好。

"我认为你必须回酒店。"波洛说。他的意思是马上就回去。

一想起那三个房间，我就浑身打颤。我对他说："明天一早我就去。"并故意避开他发光的双眼，"我必须告诉你，我可不打算傻乎乎地把珍妮这么个人说出去，会把其他人搞糊涂的。关于她说的话，你有你的看法，我有我的理解。你的看法很有趣，但我的理解听起来更像是真的。"

"不。"波洛反驳道。

"我们可以持不同意见，"我坚定地说，"但是，如果找一百个人来问问，我敢肯定，他们都会站在我这一边。"

"我也敢肯定。"波洛叹了口气，"如果可以，我会证明给你看。刚才，你在讲述酒店谋杀案的时候提到，'每一个被害者，他和她的嘴里都含着同一样东西'，对吧？"

我承认。

"你说的不是'他们的嘴里'，而是'她或他'。你受过良好的教育，用单数'他或她'，而不是复数'他们'，目的是要和'每一个'保持一致，保证语法正确。珍妮女士是位女仆，但说话及用词好像也受过良好的教育。当她说起自己的死和要杀她的凶手时，都用了'不可避免的'这个词。接着，她对我说：'您看，没有人能帮我，即使有，我也受之有愧。'她是位很注意用词的女性。所以，我的朋友……"波洛又迈开了步子，"所以！如果你说得对，珍妮所说的'请不要让他们开口'指的是'请不要让人开口报警'，那么，她为什么不说'请不要让任何人开口'？'任何人'搭配单数，而不是复数。"

我抬起头，瞪着眼睛盯着他看，看得脖子都酸了。我满心疑惑，又筋疲力尽，根本无心回应他。他刚刚是不是告诉我珍妮说话时极度恐惧？根据我的经验，恐惧中的人不可能还去琢磨语法。

我一直认为波洛是个很睿智的人，现在看来，或许是我判断错了。如果他这番胡扯全部出自真心，那也难怪他之前说想让大脑好好放松一下了。

"当然，你会对我说珍妮当时很难过，无暇顾及语法。"波洛又开始说话了，"但是，除了这句之外，她说的每一句话都没有语法问题。因此，只可能我是对的，你是错的，这样一来珍妮所说的这句话就没有语法问题了。"

他轻拍双手，对刚才自己的高论很满意的样子。我也加重了语气："非常精彩，波洛。一男两女被杀了，我的职责是查明真相。但我仍很高兴这个珍妮，不管她是什么人，说话时没有犯什么语法错误。"

"波洛也很高兴。"我这位意志坚定的朋友继续说道，"因为我们已经有了一丝进展，有了点新发现。对了，"突然，他的笑容消失了，用词也严肃了，"珍妮女士没有犯语法错误，那么，她真正想说的是，'请不要让人打开那三位被害人的……也就是他们的嘴'。"

"如果你非要坚持。"我嘟囔了一句。

"明天早饭后，你马上去布劳克斯汉酒店。"波洛说，"我先去找到珍妮，之后再去酒店找你。"

"你也去？"我说，心里有点烦躁不安。拒绝的话已在我脑中成形，但我知道他根本听不进去。不管他是不是个著名的侦探，坦诚地说，目前他对这个案子的看法太荒谬。但如果他主动提出陪我办案，我就不该拒绝。原因是他有自信，我没有，而他对这个案子的兴趣已经为我增添了一些信心。

"没错。"他说,"三起谋杀有一个极其不寻常的共同点:受害者的嘴里都含有一枚刻有首字母组合的袖扣。所以我很肯定,我要去布劳克斯汉酒店。"

"你不是想避免刺激,让大脑放松一下吗?"我问。

"对,一点不错。"波洛瞪着我说,"但是,一整天都坐在椅子里,想着你完全不会提起我和珍妮女士相遇这么重要的细节,我怎么能放松得了!另外,一想起珍妮正在伦敦到处乱走,凶手随时随地都有可能杀了她,把第四枚袖扣放到她嘴里,我也放松不下来。"

波洛往前探了探身子,说:"请告诉我你也很在意这件事,袖扣不都是成对的吗?其中三枚放进了布劳克斯汉酒店的三位被害者的嘴里,第四枚呢?如果第四枚不在凶手的口袋里,等着把珍妮杀了以后再放到她嘴里,那么,它会在哪儿?"

我忍不住笑了,对波洛说:"波洛,这么说真是傻透了。没错,袖扣一般都是成对的。但这事很简单,凶手只想杀三个人,所以只用了三枚。你不能冒出个想法,凭空想象出第四枚袖扣然后去证明什么——不能把酒店里的谋杀案和珍妮联系在一起。"

波洛顽固地对我说:"*我的朋友*,如果你是凶手,决定用袖扣作案,就一定会想到它们是成对的。是凶手冒出第四枚袖口和第四个被害人这个想法的,不是赫尔克里·波洛!"

"但是……我们怎么知道他没冒出六个或八个被害人的想法呢?谁敢说凶手的口袋里不会还有五枚刻有首字母组合 PIJ 的袖扣呢?"

令我惊恐的是,这次波洛点了点头,说:"这是个好观点。"

"不,波洛,这不是个好观点。"我沮丧地说,"我只是随口一说,没有任何根据。你也许会喜欢我的异想天开,但我敢保证,我那些苏格兰场的头头们可不会。"

"你的头头们不喜欢你思考事情的多种可能性？哦，他们当然不喜欢。"波洛自问自答地说，"他们只负责抓捕凶手，你和他们一样。好吧！所以，赫尔克里·波洛明天一定要去布劳克斯汉酒店。"

第三章　在布劳克斯汉酒店

第二天上午，在布劳克斯汉酒店，由于知道波洛随时可能出现，我心里总觉得不安。对于这三起杀人案，他来了后肯定会说我们这些普通警察的办案方式很愚蠢。因为只有我知道他会来，所以更加心神不宁。他的出现将是我的责任，而我担心他的话会挫伤大伙儿的士气。再让我说实话，我很怕他让我沮丧。这一天是二月里难得的好天气，阳光令人心情舒畅，加上昨晚出奇地睡了个好觉，我愈发不明白为什么没有制止波洛靠近酒店及附近的任何地方。

不过我也没指望阻止会有什么用；即使我说了，他也不会听。

波洛来的时候我正站在金碧辉煌的大堂和酒店经理卢卡·拉扎里先生谈话。拉扎里温和友善、乐于助人又极其热情，他有一头黑色卷发，说话声音轻柔悦耳，两撇小胡子和波洛的一模一样。拉扎里坚信，我和同事们在布劳克斯汉工作，应该和其他消费的客人们一样享受——当然是指那些没有被杀的客人。

我把他介绍给了波洛，波洛只是微微点了个头，看起来心情不好。过了一会儿，我明白是怎么回事了。"我没找到珍妮，"他说，"我在咖啡屋等了大半个上午，但她没来。"

"没有大半个上午吧,波洛。"我说,觉得他说话太夸张了。

"菲女士也不在,问其他服务员,他们什么也不知道。"

"不走运。"我说。他的话一点也不让我感到意外,因为我一直觉得珍妮不会再去那家咖啡屋了。我觉得有点内疚,没把我的想法告诉他,也许昨天就该让波洛明白的:既然珍妮从他身边跑走,离开了欢乐咖啡屋,并且坦言向他透露自己的秘密是个错误,那她为什么第二天还过去向他寻求保护呢?

"是啊!"波洛用期待的眼神看着我说,"你有什么要告诉我的吗?"

这时,拉扎里笑眯眯地说:"我叫卢卡·拉扎里,也是来向您提供情报的,随时听您差遣。波洛先生,您以前来过布劳克斯汉酒店吗?"

"没有。"

"不够豪华吗?像一个'美好时代'式的宫殿,是不是?庄严宏伟!我希望您已经注意到并且欣赏了身边的这些艺术名作!"

"没错,比布兰奇·昂斯沃思夫人的公寓豪华多了,不过那里的视野更好。"波洛刻薄地说,一定是郁闷的心情让他无法控制。

"啊,要说从我们酒店看到的美景啊!"拉扎里双手合十,兴奋地说,"从朝向酒店花园的房间看出去,优美的风景尽收眼底;另一边则是伟大的伦敦,别有一番景致!待会儿我带您看看。"

"我更想去看看三个案发现场。"波洛对拉扎里说。

波洛的话让拉扎里的微笑僵住了一刹那。"波洛先生,请您放心,如此恐怖的罪行不会再发生在世界知名的布劳克斯汉酒店了。一个晚上三个人被害,我简直难以置信!"

波洛和我交换了一下眼神,彼此都知道,现在的重点不是阻止以后不要再发生,而是要处理眼前已发生的事情。

我发现波洛在强压怒火,小胡子不停地抽动。于是决定夺回主导权,不让拉扎里继续说下去了。

"三位受害者分别是哈里特·西佩尔夫人,艾达·格兰斯贝瑞小姐和理查德·尼格斯先生,"我告诉波洛,"三位都是酒店的客人,且每一个人都独自拥有他或她的房间。"

"每一个人?你说'他或她的'?"波洛开了个小玩笑,说完自己也笑了笑。我想,他的精神状态迅速好转的原因是拉扎里不说话了。"我不是故意打断你的,卡其普尔,你继续说。"

"三位受害者都是周三入住的,即被害的前一天。"

"他们是一起来的吗?"

"不是。"

"绝对不是,"拉扎里又开口了,"他们是一个一个分别抵达的,一个一个办理入住。"

"然后一个一个被杀。"波洛说,恰好我心里也正这么想。他又问拉扎里:"你确定吗?"

"不能更确定了。我还有一名员工可以作证,约翰·古德先生,他是我所认识的人中最可靠的。您会认识他的。波洛先生,布劳克斯汉酒店只聘用最优秀的人。因此我的员工说的我都相信。人们从全国、全世界来这里应聘,问我能不能在布劳克斯汉酒店工作,而我只挑最好的。"

好笑的是,直到此刻,看着拉扎里不知所措的样子,我才明白我有多么了解波洛。即便拉扎里在约翰·古德先生的脖子上挂个牌子,上面写着"嫌疑犯"三个字,可能都不会比这一番话更能挑起波洛的疑心。赫尔克里·波洛绝不允许任何人将观点强加于他;他宁可相信相反的一面。他就是个喜欢与人作对的老顽固。

于是，波洛说："所以，这是个令人惊叹的巧合，是吧？哈里特·西佩尔夫人、艾达·格兰斯贝瑞小姐和理查德·尼格斯先生，三位受害人分别抵达，看起来毫无关系。三个人不仅共享了死期，也就是昨天，还不约而同地选择在周三入住布劳克斯汉酒店。"

"这有什么好惊叹的？"我问他，"规模如此庞大的酒店，肯定有很多客人在周三那天入住，而那些人却没被杀。"

波洛的眼睛挣得大大的，像要从脑袋上蹦出来似的。我不觉得自己说了什么特别的话，因此装作没看见他的惊恐，继续讲述案情。

"每位受害者都是在他或她的卧室里被发现的，且房门紧锁。"我发现自己有意强调了"他或她"，"凶手锁好了房门，还把钥匙带走了——"

"等一下，"波洛突然打断我，"你的意思是钥匙不见了，但并不能确定是不是凶手拿走了，也不确定现在是否还在他手上？"

我深吸了一口气，说："我们怀疑凶手把钥匙带走了。我们进行了彻底的搜查，没在房间里找到钥匙，也不在酒店里的任何地方。"

"我那些优秀的员工检查过了，可以证明他说的是真的。"拉扎里说。

波洛说他还想亲自彻底搜查一下那三个房间，拉扎里痛快地答应了，就好像波洛在提议办个茶会，完事儿之后再开个舞会似的。

"随便你怎么查，都不会找到那三个房间的钥匙的。"我说，"我告诉过你了，钥匙被凶手带走了，只是我不知道之后他怎么处理了，但是——"

"也许也放在了他的口袋里，还有一个，或者三个，或者五个袖扣。"波洛冷冰冰地说。

"啊，我现在终于明白他们为什么说您是最优秀的侦探了，波洛先生！"拉扎里大声地赞美着波洛，尽管他没听明白波洛话里有话，"他们说，您很聪明。"

"死亡的原因看起像是中毒。"为了不让他就波洛的智慧继续发挥，我说，"我们觉得是氰化物。只要量够，很快就会置人于死地，尸检之后就全明白了，但是……几乎可以肯定，有人在他们的饮品里下了毒。哈里特·西佩尔夫人和艾达·格兰斯贝瑞小姐喝的是茶，理查德·尼格斯先生喝的是雪利酒。"

"你怎么知道的？"波洛问我，"因为那些喝的东西还在房间里？"

"对，茶杯和尼格斯先生用的酒杯都还在房间里。尽管杯子里只剩几滴液体了，但很容易辨别是茶而不是咖啡。我敢打赌，能在里面找到氰化物。"

"死亡时间呢？"

"根据法医推断，三位受害者都死于下午四点到晚上八点半之间。幸运的是，我们又将这段时间缩短至了晚上七点一刻到八点十分之间。"

"的确幸运！"拉扎里也赞同我的看法，"当晚七点一刻的时候，三位绝对可信的酒店工作人员分别见过这三位……呃，被害人。因此肯定没错！我是当晚八点一刻到八点二十之间发现他们的尸体的——太可怕了，太惨了！"

"但八点十分的时候凶案肯定已经发生了。"我对波洛说道，"因为那时前台收到了通报发生了命案的纸条。"

"请等一下，"波洛说，"我们会说到那张纸条的。拉扎里先生，每一个受害者都正好在七点一刻被一位酒店员工看见过，这怎么可能？"

"没错。"拉扎里拼命地点头，我担心他的头会不会从脑袋上掉下来，"千真万确。三位客人都点了食物，并要求在七点一刻送到他们的房间，且三份都准时送到了，这就是布劳克斯汉酒店的原则。"

波洛转过来对我说："又一个不同寻常的巧合。哈里特·西佩尔、艾达·格兰斯贝瑞和理查德·尼格斯在同一天入住同一家酒店，一天后全部被害。而且三人在遇害当天都要求七点一刻把晚餐准时送到房间？这根本不可能。"

"波洛，事情已经发生，我们再争论某些事情的可能性也没有意义了。"

"不，有必要弄清楚事情的发展是不是我们所听说的那样。拉扎里先生，你们酒店肯定有一个空着的大房间，请尽快把所有的工作人员都集中到那里，我要向他们了解情况。在你召集他们期间，我和卡其普尔先生先到三位受害者的房间去检查一下。"

"好吧，那我们最好快一点，赶在他们把尸体运走之前。"我说，"正常情况下，这时候尸体应该已经被运走了。"我没提之所以延迟处理尸体，全因为我的失职。昨晚我一心想着赶快离开布劳克斯汉酒店，而且满脑子胡思乱想，想些比三具尸体令人愉快的事，结果连必须要做的事情都忘记安排了。

我以为拉扎里离开以后波洛的态度能好点，但他的冷酷坚定一点没变。我终于明白这可能就是他的"工作状态"。但这是我的工作，而不是他的，因此感觉他有点过头，而且也没能提升我的斗志。

我拿了把万能钥匙，准备和他一起去三位受害者的房间。站在装饰繁复的金色电梯门前，波洛对我："有一件事，我希望我们的意见是一致的：关于酒店的工作人员，拉扎里先生的话不可信。他的意思好像是他的员工全都不用怀疑，但如果昨天案发时这些员工都在酒店，就不可能不受怀疑。拉扎里先生对工作的忠诚值得称赞，但如果他认为酒店里的所有员工都是天使，那他就是个蠢货。"

我突然有点不耐烦，便决定把心里的话说出来："希望你不认为我也是个蠢货。我说过周三有很多客人入住这样的话……这么说确实太轻率了。那些周三入住、第二天并没有遇害的客人与此无关，对吗？我的意思是，只有当三个或几个表面上无关的客人在同一天入住，又在同一个晚上被害，才称得上值得注意的巧合。"

"没错。"波洛挂着真诚的微笑，走进电梯，"伙计，你终于恢复敏锐的思维了，我对你的判断没有错。你说的'表面上无关'真正切中了要害。我现在就敢保证，这三个被害人一定有关系，不是在酒店客人中随机挑选的。他们被害的原因相同——都和首字母组合PIJ有关。而且，他们在同一天入住同一家酒店的原因也相同。"

"就像收到了邀请函，集体送上门来受死。"我漫不经心地说，"邀请函上写着：'请提前一天到，这样周四就能尽情享受死亡了。'"

拿这件事开玩笑可能有失严肃性，但当我心情低落的时候，恐怕也只能开开玩笑了。有时我真能骗过自己，幻想着一切都还不错。然而这次没能起效。

"尽情享受……"波洛嘟囔着，"对，我的朋友，就是这个意思。我知道你只是随口说的，但说到了关键点，而且很有意思。"

我并不认同，那不过是个愚蠢的玩笑，没别的意思。但波洛似乎是真心赞赏我这个荒唐至极的想法。

"一、二、三，"电梯上行的时候，波洛自言自语着，"哈里特·西佩尔住一二一[①]，理查德·尼格斯住二三八，艾达·格兰斯贝瑞住三一七。酒店还有五层和六层，但这三位遇害的客人分别住在连续的三层。这样的安排真整齐。"波洛平常喜欢整齐，但这一次整齐的安排

[①]英国的 first floor 其实指的是二层。因此这里哈里特·西佩尔住一二一房间，实际上位于二楼。全文涉及到楼层和房间号码处，均在房间号码第一位加"1"，即为所处楼层。

看起来让他有些不安。

我们检查了基本上一模一样的三个房间。都有一张床、一个橱柜、一个盥洗池、面台角落放有一只口朝上的玻璃杯、几把扶手椅、一张小茶几、一张书桌、一个瓷砖壁炉、一组暖气片，窗前还有一张大桌子、一个行李箱、一些衣物及私人用品，以及一具尸体。

所有房门都砰地关上了，把我关在了里面……

"抓住他的手，爱德华。"

我不敢近距离地观察尸体。他们都直挺挺地躺在地上，脚朝门，两只胳膊平放在身体两侧。整整齐齐。

（仅仅是写下这些描述尸体姿势的句子，已让我难以忍受。也就不奇怪我为什么无法近距离观察三具尸体，最多看几秒钟了吧？发蓝的皮肤；僵硬粗大的舌头；皱巴巴的嘴唇。确实，我不该只注意那双毫无生命迹象的手，而是要仔仔细细地观察一下他们的脸；我不该什么也不做，只知道胡思乱想，但我就是控制不住思绪：我在想，哈里特·西佩尔、艾达·格兰斯贝瑞和理查德·尼格斯会不会希望死后能有人握住他们的手，还是会被这个想法吓到。天哪，人的大脑真是一个反复无常、难以驾驭的器官。一想到这件事我就觉得痛苦不堪。）

整整齐齐……

突然，一个想法紧紧地抓住了我。三个杀人现场都太奇怪了。我发现，尸体的摆放方式很像医生放置医治数月却无效死亡的病人。哈里特·西佩尔、艾达·格兰斯贝瑞和理查德·尼格斯的尸体都经过了细心的处理——至少在我看来如此。凶手行凶之后还照顾了他们一番，这说明他下手时非常冷血，让人不寒而栗。

刚产生这个想法，我就马上否定了自己。这里不会提供这种服务，我想得太远了。我把过去和现在混在一起了，把布劳克斯汉酒店发生的事和我儿时最不愉快的记忆混为了一谈。我命令自己不要分心，专注眼前的事，并试图从波洛的眼睛中看到未经我自己的人生经历扭曲过的事实。

每一个受害者都躺在一把靠背带翼的扶手椅和小茶几之间的地板上。在哈里特·西佩尔和艾达·格兰斯贝瑞的房间，那张小茶几上放着一个有茶托的茶杯；在理查德·尼格斯的房间里，小茶几上只放有一个雪利酒杯。在艾达·格兰斯贝瑞的三一七号房，靠窗的那张大一点的桌子上有一个托盘，里面还有一套茶杯和茶托，茶杯是空的，盘子里除了一些面包屑外再无其他。

"啊哈，"波洛说，"这个房间里有两个茶杯和很多盘子，毫无疑问，有人陪艾达·格兰斯贝瑞小姐共进晚餐。很可能是凶手。但为什么托盘还在屋里？哈里特·西佩尔和理查德·尼格斯房间里的托盘是什么时候撤走的？"

"他们俩可能根本就没有点餐。"我说，"可能只点了喝的——茶和雪利酒——所以，原本就没有托盘。还有，艾达·格兰斯贝瑞带了很多衣服，是其他两位的两倍。"说着，我指了指衣柜，里面挂满了衣物，"去看看，再多一条衬裙都塞不进去了。看起来她是想呈现出最好的一面。"

"你说得没错。"波洛说，"拉扎里说他们三位都要了晚餐，我们一会儿去查查每个人具体点了什么。如果不是担心珍妮，我波洛应该不会忽略这一点。我至今还不知道珍妮的下落！而且，珍妮的年龄和这三位受害者差不多，都是四十到四十五岁之间。"

波洛检查他们的嘴和袖扣时，我把脸转到了一边。他一边检查，一边不时地发出各种惊叹声。我时而看看壁炉，时而望望窗外，为了避免再次想起那双再也不用去握的手，我甚至思考起我的填字游戏哪里出了错。这几周我一直在创作一个填字游戏，完成后想送到报社出版，但进展得不怎么顺利。

检查完三个房间后，波洛坚持要回到三楼理查德·尼格斯的房间，二三八号。多去几次死者的房间，我是不是就不会排斥了？目前为止，答案还是否定的。再次走进尼格斯的房间，我的感觉就好像被逼着攀爬一座危机四伏的大山，并且事先就知道爬到山顶就会陷入绝境。

波洛没有发现我很沮丧，希望是因为我掩饰得好，没有引起他的注意。他站在房子中间，对我说："我的朋友，这个房间最与众不同，是不是？确实，艾达·格兰斯贝瑞的房间里多出一个茶杯和托盘，但这里有雪利酒杯，没有茶杯，而且有一扇窗户完全敞开，另外两个房间的窗户都是关着的。尼格斯先生的房间真冷啊！"

"拉扎里先生进来发现尼格斯先生的尸体的时候房间就是这个样子，"我说，"没有任何变动。"

波洛走到打开的窗前说："这就是拉扎里先生要带我看的优美风景，酒店花园。哈里特·西佩尔和艾达·格兰斯贝瑞的房间都在酒店的另一边，可以看见'伟大的伦敦'。卡其普尔，你看见那些树了吗？"

我告诉他看见了，心想他是不是把我当成一个白痴了，怎么会看不见就长在窗边的树呢？

"这间屋子的另一个不同之处在于，袖扣的摆放位置。"波洛说，"你发现了吗？哈里特·西佩尔和艾达·格兰斯贝瑞嘴里的袖扣在两唇之间，稍稍向外突出一点儿。而理查德·尼格斯嘴里的袖扣非常靠里，都快到嗓子眼了。"

我张开嘴巴想表示异议，转念又放弃了，但已经来不及了，波洛从我的眼睛里看出了否定。于是他问："你想说什么？"

"我觉得你有点过于刻板。"我说，"三名死者的嘴巴里都有一枚刻有字母组合PIJ的袖扣，这是共同点，不是不同点。至于袖扣放在嘴巴的哪个位置，这不是大问题。"

"这是个很大的不同！嘴唇和喉咙口是不同的位置，完全不同！"说着波洛走过来，站在我面前，继续说，"卡其布尔，请你记住这句话：当三起凶杀案几乎一模一样时，一个极其微小的细节都至关重要。"

我真的要记住这句至理名言吗，尽管我压根不赞同？不过波洛不必担心，他在我面前说过的话我都记得，一字不差，而且，越是激怒我的我记得越牢。

"三枚袖扣都在受害者的嘴里，"我固执地重复着这句话，"对我来说，这就够了。"

"我明白。"波洛略显失望地说，"对你来说足够了，对你手下的几百人来说恐怕也够了，而且，我毫不怀疑，对你的头儿们和苏格兰场来说也够了。但是，对赫尔克里·波洛来说，这还不够！"

我不得不提醒自己，波洛只是在说案子的相同点与不同点，不是针对我。

"那么开着的窗户呢？另外两个房间的窗户都是关着的。"他问我，"这一点不同也无所谓吗？"

"可能也无关。"我说，"这个房间的窗户可能是理查德·尼格斯自己打开的，凶手没理由关上。波洛，你不是也常说英国人即便在隆冬季节也喜欢开窗吗，因为我们相信这样有益于身体。"

"我的朋友，"波洛耐心地说，"试想一下，这三个人都没有中毒，是自然地从扶手椅上掉下去，平躺在地板上、双手平放在身体两侧、两脚朝门，这是不可能的。为什么没有人爬过房间？为什么没有人倒在椅子的另一边？是凶手，重新摆放了他们的尸体，确保每具尸体在同样的位置,离椅子和小茶几的距离都一样。那么,既然凶手如此费心,把三个杀人现场布置得完全一样,为什么不把这个房间的窗户也关上?没错,也许是理查德·尼格斯先生自己打开的窗户,可为什么凶手不把它关上,使其和另外两个房间的窗户保持一致呢?"

我得好好想想这个问题。波洛说的对,尸体是被凶手故意摆成这样的,为了让他们看起一模一样。

整整齐齐的尸体……

"我认为这取决于你将哪里划定为犯罪现场。"思绪试图把我拖回儿时经历过的最黑暗的房间,于是我急切地说,"取决于你是否想把窗户归入其中。"

"划定犯罪现场?"

"对,但不是真的划,是理论上的。也许,咱们的凶手所制造的犯罪现场就只有这么一小块。"说完,我围着理查德·尼格斯的尸体转了一圈,在拐角处转了个弯,"看到了吗?我围着理查德的尸体划定了一个小犯罪现场,窗户在这个范围之外。"

波洛笑了,还想用那两撇小胡子掩饰笑意。"一个理论上划定的案发现场。嗯,我明白了。案发现场从哪儿开始,又在哪儿结束?这确实是个问题。它可能比这个房间还小吗?对哲学家来说,这是个很有意思的问题。"

"谢谢。"

"别客气。卡其布尔,请告诉我,你认为布劳克斯汉酒店昨晚发生了什么?咱们先把杀人动机放一边,谈谈你认为凶手做了什么?首先、其次、再次,这样。"

"我不知道。"

"好好想想,卡其普尔。"

"嗯……我认为,他来到了酒店,口袋里装着袖扣,依次去了这三个房间。他很有可能和我们一样,先去了三一七号房,艾达·格兰斯贝瑞的房间,然后一路下来,这样他就能在杀死最后一个人——住在二楼一二一号房间里的哈里特·西佩尔之后,尽快地离开酒店。只要再下一层楼,他就能轻松逃离了。"

"那么,他在这三个房间里都干了什么?"

我叹了口气说:"你已经知道答案了。他杀了人,将尸体摆放整齐,往每人的口中放入一枚袖扣,接着关好房门、上锁、离开。"

"他进入每个房间时都没有碰到阻碍吗?每个受害者都给他准备好了饮料,等着他下毒——并且饮料都是七点一刻由酒店服务员送进去的?他就站在受害者身旁,看着他们把饮料喝下去,之后还一直站在那儿等着对方死去吗?期间他还和其中一位共进晚餐,艾达·格兰斯贝瑞还给他点了一杯茶吗?所有这些动作——去三个房间,杀三个人,把袖扣放到受害者的嘴巴里,整齐地把尸体摆成一条直线,并让脚朝门——这一切能在七点一刻到八点十分之间全部做完吗?我亲爱的朋友,这根本不可能,完全不可能。"

"你说得没错。波洛,你有更合理的解释吗?你来这儿的目的不就是要找出一个更合理的解释嘛。想什么时候开始说明都行。"一说完这些话我立刻就后悔了,觉得太冒失了。

"我早就开始了。"波洛说。谢天谢地,他没有生气。"你说凶手在前台的桌子上留了一张纸条,说自己杀了人。拿过来给我看看。"

我从口袋里拿出那张纸条,递给了他。昨晚八点十分,拉扎里口中的模范员工约翰·古德在前台的桌子上发现了这张纸条,上面写着:"愿他们永不安息,121,238,317。"

"这个凶手，或者帮凶，竟敢厚颜无耻地靠近酒店大堂的前台，要是有目击证人看见，他手上的纸条就足够控告他了。"波洛说，"他真是大胆、自信，没有偷偷地从后门逃跑。"

"拉扎里看了这张纸条后，马上去检查了这三个房间，结果就发现了他们的尸体。"我说，"拉扎里还自豪地告诉我，之后他又把酒店里所有的房间都检查了一遍。还好，其他客人都安然无恙。"

我知道不该说这种不专业的话，但说完觉得心里舒服些。如果波洛是英国人，我可能会尽力控制一下情绪。

"拉扎里先生会认为凶手在其他客人之中吗？不，不会，住在布劳克斯汉酒店的客人都具有高尚的品德和诚信！"

我咳嗽了一下，头歪向门口。波洛转过头来，看到拉扎里就站在门口。他看起来非常开心，说道："对，太对了，波洛先生。"

"周四那天在酒店的人，必须都到卡其普尔先生这儿来说明他们的行踪。"波洛严肃地对他说，"每一个人，每一位客人、每一员工，那天所有在酒店的人。"

"愿为您效劳，卡其布尔先生，您想找谁谈话都可以。"拉扎里毕恭毕敬地对我讲，"等我们清理完早餐剩下的东西，餐厅就归您管了，随您使用。您觉得如何？相关人等，全部集中到那里。"

"谢谢。同时，我还要再把那三个房间彻底地检查一遍。"波洛说。听了他的话，我感到非常意外，刚刚不是彻底检查过了吗？"卡其布尔，你去查查哈里特·西佩尔、艾达·格兰斯贝瑞和理查德·尼格斯三人家住哪儿；酒店的哪位员工帮他们预订的房间；三人分别点了什么食物和饮料；是谁、什么时候给他们送到房间去的。"

我起身往外走，唯恐他会不停地给我增派任务。

我都走了，他还在后面喊："看看是否有个叫珍妮的人住在酒店，或者在这里工作。"

"波洛先生,布劳克斯汉酒店里没有一个叫珍妮的人。"拉扎里道,"这您应该问我,而不是卡其普尔先生。我熟悉这里的每个人,布劳克斯汉酒店是一个快乐的大家庭!"

第四章　犯罪现场变大

有时，回忆起某人在数月或数年前说过的话，仍会让你发笑。对我来说，就是那天下午晚些时候波洛对我说的话。他说："哪怕是世界上最机灵的侦探，面对拉扎里先生时也会不知所措。如果你对他的酒店表扬得不够，他就会在一旁加以补充；只要你不厌其烦地抬举，他就能一直耐心倾听。"

但波洛最终还是成功了，他说服拉扎里离开，让自己单独检查二三八房间。拉扎里走了，没有关门，波洛走过去关上门，轻松地出了口气。没有人在旁边喋喋不休，思考问题的思路清晰多了。

他径直走到窗前，盯着打开的窗户思考。也许凶手开窗是为了逃走，杀死尼格斯之后他顺着树爬下去了。

为什么要以这种方式逃走？为什么不正常地从走廊出去？可能是凶手听到尼格斯房外有人说话，不想冒险，怕出去时被人看见？对，有这个可能。但是，当他信步走向前台，把纸条放在桌子上，声称自己杀了三个人的时候，怎么不怕被人看见？那样做不止会被人看见，还有可能手握可以定罪的证据被人当场抓住呢。

波洛又看了看地板上的尸体，嘴唇间没有金属的光亮。三个被害人中，只有理查德·尼格斯口中的袖扣在咽喉处，这有点异常。这个房间还有很多异常之处。鉴于此，波洛决定先把二三八重新检查一遍。他……对，没必要否认，他确实怀疑这个房间。三个房间中，他最不喜欢这个，这里有些混乱，不守规矩。

波洛站在尼格斯的尸体旁，紧皱眉头。即便以他的标准来看，一扇打开的窗户也不足以说这个房间混乱，那是什么让他有这样的感觉的呢？他慢慢地转了个圈，把房间四处打量了一下。不对，他肯定是弄错了。赫尔克里·波洛一般不会出错，但偶尔也会发生，这次肯定就是这种情况，因为二三八房间确实非常整洁，没有一丝凌乱的痕迹，同哈里特·西佩尔和艾达·格兰斯贝瑞两人的房间一样整洁。

"我得把窗户关上，看是否有什么不同。"波洛自言自语。关上窗户后，他重新把房间审视了一遍，感觉还是不对劲。他就是不喜欢二三八房间，即便一到布劳克斯汉酒店就来了这个房间，他也会感觉不舒服。

突然，一个问题出现在他的脑海中，打断了他的思绪。壁炉！壁炉上有一块瓷砖没对齐，不平整，凸出来了一点，有些松动了。房间里有一块松动的瓷砖，波洛会睡不着的。波洛盯着理查德·尼格斯的尸体，对它说："如果是我身在此处，不，没有如果。"

他弯下腰摸了一下那块瓷砖，想把它推进去，这样就和其他的瓷砖在一条线了。以后的客人就不会因为明知道房间里有问题却又找不到在哪儿而难受了——多么完美的服务！拉扎里先生也会赞同的！

波洛刚一碰，那块瓷砖就啪地一声掉下来了，还有什么东西一同掉下来了：是一把钥匙，上面写着"238"。"天哪，"波洛低声说，"看来搜查得还是不够彻底。"

波洛把钥匙放回原处，开始检查房间的其他地方，一寸一寸地检查，但什么也没发现。随后他又去了三一七房间，最后是一二一房间。我完成任务，准备向他报告令人激动的新情况时，他还在那儿。

波洛还是老样子，他坚持要先说他的发现，如何发现了钥匙。我只能说，可能在比利时，他这样并不算太傲慢。他扬扬得意地说："明白我的意思了吗，我的朋友？窗户不是理查德·尼格斯开的，而是他死后才被打开的！凶手反锁好二三八房间的门后，需要想办法逃走。于是他把钥匙藏在一块松动的瓷砖后面，然后顺着窗外的树爬下去了。也有可能是他弄松那块瓷砖的。"

"凶手为什么不把钥匙藏在身上，随身带走，以正常的方式离开房间？"我问。

"我也一直在问自己这个问题，但至少现在，我还没找到答案。"波洛说，"我已经弄清楚了，这个房间没藏钥匙，三一七也没有。凶手离开布劳克斯汉酒店时肯定把那两把钥匙带走了，可为什么不把第三把也带走？为什么要特殊对待理查德·尼格斯？"

"我可没有好主意。"我说，"听着，我已经和约翰·古德谈过了，那位员工——"

"那位最可靠的员工。"波洛冲我眨了一下眼睛，纠正了我的表达方式。

"是。呃……不管他是否可靠，他提供的信息对我们确实大有帮助。你说得没错，三位受害者确实有关联。我查到了死者的住址，哈里特·西佩尔和艾达·格兰斯贝瑞都住在斑鸠谷一个叫格勒霍林的地方。"

"好。理查德·尼格斯呢？"

"他住在德文郡的比沃西。但他也有牵连，三个房间都是他预订的——艾达的、哈里特的和他自己的，并提前支付了房费。"

"真的是他？我觉得这很有意思……"波洛一边嘟囔，一边捋着小胡子。

"我的感觉是很奇怪。"我说，"最大的疑惑是：既然哈里特·西佩尔和艾达·格兰斯贝瑞要在同一天从同一个村子出发，为什么不一起来？为什么不一起来酒店？就这个问题我问了约翰·古德好几遍，他都坚持说，周三那天，哈里特比艾达早到了两个小时，整整两个小时。"

"理查德·尼格斯呢？"

我决定以后要最先把和尼格斯有关的情报说清楚，这样我就不用一次次地听波洛问"理查德·尼格斯呢"？

"他比哈里特·西佩尔还早到一个小时，是三个人中到得最早的，但接待他的不是约翰·古德。是位年轻的员工，托马斯·布里奈尔先生。我还查到，三位受害者都是乘火车来伦敦的，没人开车。不知道你是否想了解这些，但是——"

"我需要知道所有事。"波洛说。

很明显，他想负责并亲自调查这个案子，这既让我生气又让我放心。"布劳克斯汉酒店有好几辆专门负责去车站接人的车，"我告诉波洛，"费用不低，但他们乐意去等你。三个星期前，理查德·尼格斯通过约翰·古德预约了三辆车，分别去车站接他、哈里特·西佩尔和艾达·格兰斯贝瑞，分开接。而这一切费用，房间、租车，都提前支付了，尼格斯付了所有的费用。"

"我想知道他是不是很富有。"波洛沉思着大声说，"为钱杀人的事太多了。卡其普尔，你怎么想，我们现在又多了些线索了？"

"嗯……"既然他问了，我决定表现得积极一点。在波洛的词典里，想象案情的可能性是件好事，而我决定以事实证据为切入点，总结出一个理论。于是我说:"理查德·尼格斯预订了房间并支付了房费,说明他知道其他两人会来。但哈里特·西佩尔很可能不知道艾达·格兰斯贝瑞也来了布劳克斯汉酒店,艾达·格兰斯贝瑞也不知道哈里特·西佩尔会来。"

"对,有可能。"

受到波洛的鼓励,我继续讲:"或许对于凶手来说,实施计划的首要条件就是艾达和哈里特彼此都不知道对方要来布劳克斯汉酒店。假如真是这样,而理查德·尼格斯知道这两位女士都会住在布劳克斯汉……"说到这里,我却突然没灵感了。

波洛接下去说:"我的朋友,咱们俩的思路行驶在同一轨道上。是不是理查德·尼格斯根本就不知道自己是凶手的帮凶?凶手为了把他们三个都杀死,很可能找了个理由,说服理查德·尼格斯把另两位受害者骗到布劳克斯汉酒店。问题是:艾达和哈里特彼此不知道对方会住在同一家酒店,这一点是否重要?如果重要,那是对理查德·尼格斯,还是对凶手,还是对两者来说都很重要?"

"也许理查德·尼格斯有一个计划,凶手另有一个计划呢?"

"很有可能。"波洛说,"接下来我们要做的是,尽可能了解有关哈里特·西佩尔、理查德·尼格斯和艾达·格兰斯贝瑞的信息。他们生前到底是谁?有什么愿望,有什么不满,有什么秘密?那个村子,格勒霍林村,我们要去那里寻找答案。说不定我们还能在那儿找到珍妮和神秘的PIJ。"

"我已经核查过了,没有叫珍妮的客人入住酒店。昨晚到现在,都没有。"

"是的,我不觉得她会在这儿。那位叫菲·斯普琳的服务员告诉过我,珍妮住在城市的另一边。这说明她住在伦敦,不在德文郡,也不在斑鸠谷。如果珍妮真的住在'城市的另一边',她就没必要在布劳克斯汉酒店订个房间。"

"说到这里我插一句,理查德的弟弟亨利·尼格斯,现在正从德文郡赶往这里。理查德·尼格斯和他弟弟一家住在一起。另外,我已经安排一队得力人马去排查酒店的客人了。"

"你的办事效率一向很高,卡其普尔。"说着波洛拍拍我的胳膊。

我觉得有必要向波洛承认有件事没办好。我说:"送去房间的晚餐这件事有点难查,还没有弄清楚。事情有些让人不解。我找不到具体接到晚餐预订的人,也不知道是谁送的。"

"别担心,"波洛说,"等会儿去餐厅集合时我会查清楚的。现在,咱们去酒店的花园里走走,有时候随便看看能让人产生新的想法。"

刚一出来波洛就抱怨起天气,不过确实有些变天。于是我建议说:"要不要回去?"

"不不,先别回去。换个环境有助于那些小小的灰色细胞,没准树木可以挡一下风。我不在乎冷,但冷也分舒服的和难受的,而今天的,是不好的那个。"

刚一进布劳克斯汉酒店的花园入口,我们俩就站住了。当我看着连绵的黄绿色草地,以及尽头造型优雅的灌木丛时,我想卢卡·拉扎里没有夸张,这个花园真的太漂亮了。我第一次在伦敦见到如此具有艺术气息的花园。这不仅是对大自然的改造,而是征服,即便寒风瑟瑟,依旧令人赏心悦目。

"怎么样?"我问波洛,"咱们要进去吗?"我觉得,能在绿树丛中的小道上散散步应该非常惬意,这里的路纷乱却笔直。

"我不知道,"波洛皱了皱眉头,"这鬼天气……"说着他哆嗦了一下。

"……在花园里会更冷,毫无疑问。"我不耐烦地替他把话说完,"但我们只有两个地方可去,波洛。一是酒店里,二是酒店外面,你想去哪儿?"

"我有个更好的选项!"他高兴地对我说,"咱们乘公共汽车出去吧!"

"乘公共汽车?去哪儿?"

"哪儿也不去,去哪儿都行!都不重要。我们下车以后马上换乘另一辆返回,这样就既可以换个环境,又不用挨冻。走吧。我们可以透过车窗看看这座城市的风景,说不准会发现什么呢。"说完他就果断地出发了。

我跟在他身后,边走边摇头。"你在惦记珍妮,对不对?"我说,"我们绝对不可能看到她——"

"总比站在这儿看树枝和草强吧!"波洛生气地说。

十分钟后,我们已经上了一辆公共汽车。车窗上全是水雾,什么也看不见,用手绢擦了擦也不管用。

我想给波洛讲讲道理,于是开口道:"说起珍妮……"

"嗯?"

"她可能真的有危险,但她和布劳克斯汉酒店的事毫无关系。没有任何迹象表明他们之间有关系。一点都没有。"

"我不赞同你的看法,我的朋友,"波洛难过地说,"我越发相信他们之间有联系。"

"你真的这么认为?真见鬼。波洛,为什么呀?"

"因为这二者有两个共同的、不同寻常的特征。"

"是什么?"

"你会发现的,卡其普尔。真的,如果你打开思路,好好想想已经了解到的情况,就一定会发现。"

我们身后坐着一位上了年纪的母亲和她已到中年的女儿,她们正在讨论一般的酥皮点心和极好的酥皮点心的区别在哪里。

"卡其普尔,你听到她们说什么了吗?"波洛低声问我,"区别。我们不能把注意力放在相同之处上,而应该是区别——这才能指引我们找到凶手。"

"什么样的区别?"我问波洛。

"比如第三起和另两起之间的区别。为什么理查德·尼格斯案的现场细节有那么多不同?为什么凶手要从里面把门反锁,而不是从外面锁?为什么他要把钥匙藏在一块松动的壁炉瓷砖后面而不是随身带走?为什么他要从窗户旁边的树上爬下去,以这样的方式离开,而不是从走廊正常地走?起初,我怀疑他可能是听到走廊上有人说话,害怕离开理查德·尼格斯的房间时被人看见。"

"听起来很合理。"我说。

"不,我觉得这不是理由。"

"哦,为什么不是?"

"因为理查德·尼格斯嘴里的袖扣的位置也和其他两人的不同:完全在嘴巴里,快到喉咙了,而不是在两唇之间。"

我抱怨着:"又来了。我真的不认为——"

"啊!等等,卡其普尔,咱们看看……"

车停了,波洛伸长了脖子,挨个儿瞅着上车的乘客。等最后一位乘客——一个身子细长、穿一套花呢西服、耳边的毛发要比头顶的多的男人——也上了车,波洛无奈地叹了口气。

"因为没有珍妮而失望?"我说。我必须说出来,好让他相信。

"不，我的朋友。我确实感到失望，但不是你所说的原因。只要一想起这事我就会失望，在伦敦这么大的城市里，我几乎不可能再见到珍妮了。但是，我仍旧充满希望。"

"你常说要遵从科学，现在是不是有些不切实际呢？"

"你认为希望是科学的敌人，而不是推动力吗？我不赞同你这样的看法，如同我不赞同你对袖扣的看法一样。理查德·尼格斯一案和另外两位女士的案情有很大的不同。袖扣的位置不同不能以凶手听到走廊上有人说话，因此想要避开他们来解释。"波洛对我说，"必然存在另一种解释。在找出这个解释之前，我们还无法肯定它是否也适用于开着的窗户、藏起来的钥匙和反锁着的门。"

大多数案件都会走到这一步——当然是指赫尔克里·波洛插手的案子——某个人会不想参与交流，只想自己默默地思考，他觉得这样更加舒适，但实际上没什么效果。

在我心里，面对着一位通情达理的优秀听众，我的沉默表达了以下观点：理查德·尼格斯口中的袖扣位置稍有不同，这绝对不是什么关键问题。嘴就是嘴，嘴里的任何部位都属于嘴。在凶手看来，他对三位受害者做了同一件事：打开他们的嘴巴，把一枚刻有字母组合的金袖扣放了进去。

至于凶手为什么把钥匙藏在一块松动的壁炉瓷砖后面，我还没想到合理的解释。对凶手来说，把钥匙带走或者擦干净指纹后丢到地毯上要更快、更方便。

我们背后的那对母女已经聊完了酥皮点心，开始谈牛油了。

"我们该回酒店了。"波洛说。

"我们才刚上车！"我表示反对。

"对，没错。但我们不能离布劳克斯汉酒店太远，过一会儿还得去餐厅呢。"

我慢慢地呼出一口气，心里清楚在这种情况下没必要问他为什么。一开始是他想出来的，现在也是他想回去。

"我们必须从这趟车上下去，再换乘一辆回去，"他说，"可能下辆车上的风景更美。"

事实证明确实如此。波洛依旧连珍妮的影子都没见到，这让他很惊慌，我却看到了有意思的风景，并再次意识到自己为什么这么喜爱伦敦。一个打扮成小丑的人在变戏法，技术很差，我从未见过这么差的，但经过的路人还是不停地往他脚下的帽子里仍硬币；最精彩的是，我看到一只长得和一位知名政治家一模一样的狮子狗，还有一个流浪汉，坐在地上，身边放着一个打开的行李箱，他不停地从里面拿出东西吃，就像那箱子是他的个人流动食品商店。"波洛，快看，"我说，"那个家伙真不怕冷，开心得好像一只有奶油吃的猫咪。不，我应该说有奶油吃的流浪汉。波洛，看那只狮子狗，你不觉得它像某个人吗？一个名人。快，快看，要过去了。"

"卡其普尔，"波洛严肃地说，"起来，否则就要坐过站了。你总是乱瞅，开小差。"

我站起来，一下车我就对他说："是你带我出来漫无目地在伦敦瞎逛，因此你不能怪我欣赏风景。"

波洛突然停了下来。"告诉我，你为什么不愿意看酒店里的三具尸体？是什么让你无法忍受？"

"什么也没有。和你一样，我也看了很多遍。其实，在你来之前，我已经仔细地检查过了。"

"你要是不愿意和我聊这事，就直接说不想聊，我的朋友。"

"这真没什么可聊的。我想，没有哪个人在做完必要的事情之后还愿意站在那儿不停地看尸体的。就是这样。"

"不，"波洛平静地说，"不是这么回事儿。"

我本该告诉他原因的，但不知道为什么没能说出来。我五岁时祖父去世了，他病了很久，一直躺在房间里。我父母认为我需要每天都去那个房间看望他，因为这对祖父很重要。我不想去，但为了让父母高兴，也为了祖父，我还是去了，每天都去。我看着他的皮肤一点点地变黄，听着他的呼吸声逐渐衰弱，眼瞅着他的眼睛黯然失色。当时我没在意这些，也不害怕，只记得每天待在那个房间里时都在数秒，知道数到最后我就能停下来，离开，关上门。

祖父去世的那天，我觉得像从监狱里释放出来了，又自由了。他很快就会被带走，家里不再有死亡。但当时母亲说，我必须去祖父的房间里看他最后一眼，还说她会和我一起去，不会有事的。

医生把他的尸体放平，母亲还向我解释了为什么要这么做。我再次默默地数着时间，这次比平时都长，至少有一百三十秒。我站在母亲身旁，静静地看着祖父那一动不动的、瘦小的尸体。突然，母亲对我说："爱德华，握住他的手。"我说我不愿意，她就开始哭，眼泪好像永远也停不下来。

我只好握住祖父那双瘦骨嶙峋的手。我愿做一切，只要能松开手，逃离那个房间。但我一直握着，直到母亲停止哭泣，说我们可以下楼了，我才松开。

握住他的手，爱德华，握住他的手。

第五章　百人大调查

我和波洛刚走进布劳克斯汉酒店餐厅的时候，几乎没注意到挤在里面的人群。我们的注意力完全被房间本身所吸引，其富丽堂皇的样子让我完全移不开眼睛。我站在门口，抬头看着高高的天花板，上面装饰繁复，雕满了各种图样与花纹。难以想象人们坐在这样一幅艺术杰作下面吃面包和果酱这类日常餐点，很可能他们忙于剥鸡蛋皮的时候都不会抬头看一眼。

我正试图弄明白整幅作品的复杂设计，天花板上每一块不同的图案之间有什么关系，却见郁闷的卢卡·拉扎里突然向我冲来。他带着哭腔大声向我搭话，打断了我对头顶这一完美体现对称性的艺术作品的欣赏。"卡其普尔先生，波洛先生，我真诚地向你们道歉！我急于协助您如此重要的工作，不曾想传错了话！只是因为，你们看，我听到了太多的消息，本想收集起来，没想到没做好。要怪就怪我的愚蠢！与他人无关。唉……"

拉扎里停下来，回头看了看身后聚在餐厅里的一百多位男男女女。接着他转向左边，面对着波洛，挺起胸膛，双手垂在屁股两侧，摆出一副滑稽的动作。我想他可能是想挡在他的全体员工和波洛那不信任的眼神之间,他认为只要波洛看不见他们,就无法责怪他们。

"拉扎里先生,你到底犯了什么错误?"波洛问。

"一个重大的错误!您说得对,那是不可能的。但我希望您明白,站在您面前的这些员工都很优秀,他们告诉了我事情的真相,是我,歪曲了事实,误导了你们——但我不是故意的!"

"明白了。现在,你可以纠正错误了吗?"波洛满怀希望地说。

此时,那些"优秀"的员工们就静静地围坐在桌子周围,认真地听着每一个字。现场气氛沉重。我快速地扫视了一下他们的脸,没有看到一个笑容。

"我之前告诉您,三位被害的客人要求七点一刻把晚餐送到他们各自的房间里——分别。"拉扎里说,"但事实不是这样的!他们三个人在一起!一起吃的晚餐!在艾达·格兰斯贝瑞的房间,三一七。而且是一位服务员,不是三位,在晚上七点一刻时看到他们三位都还活得好好的。您听明白了吗,波洛先生?不是我跟您说的巧合,而是一件常有的事:三位客人聚在一个房间里,一起吃饭。"

"好。"听起来,波洛挺满意,"这说得通。你刚才提到的是哪位服务员?"

一个矮胖、秃顶的男人从桌旁站了起来。他看起来五十岁左右,长得有点像犹太人,一双悲伤的眼睛让他有点像短脚长耳猎犬。"是我,先生。"他说。

"先生,你叫什么名字?"

"拉法尔·波巴克,先生。"

"昨天晚上七点一刻,是你把哈里特·西佩尔、艾达·格兰斯贝瑞和理查德·尼格斯的晚餐送到三一七房间的?"波洛问他。

"不是晚餐,先生,"拉法尔·波巴克说,"是下午茶,尼格斯先生点的。晚餐时间点的下午茶。他还问我这样行不行,是不是必须点'正餐'——他用的是这个词。他告诉我,他和他的朋友都没心情吃饭,来点下午茶就可以了。我告诉他,先生您想点什么就点什么,于是他要了三明治,里面夹火腿、奶酪、三文鱼和黄瓜,以及混合蛋糕组。还有司康,先生,配果酱和奶油。"

"喝的呢?"波洛问。

"茶,先生。三个人要的都是茶。"

"哦。尼格斯先生没点雪利酒吗?"

拉法尔·波巴克摇了摇头说:"没有,先生,没有雪利酒。尼格斯先生没有点雪利酒,我也没往三一七送过雪利酒。"

"你肯定吗?"

"十分肯定,先生。"

被那么多双眼睛盯着,我觉得有点尴尬,并痛苦地发现自己一直没问问题。让波洛一个人表演也好,但如果我完全袖手旁观,会显得太无能了。于是我清了清嗓子,对着餐厅里的人说:"你们当中有没有人往哈里特·西佩尔住的一二一房间送过茶,任何时候?以及有没有人往理查德·尼格斯的房间送过雪利酒?昨天或前天都算,也就是周三?"

所有的人都在摇头。看起来只有拉法尔·波巴克一个人给三位受害者所在的房间送过东西,在周四晚上七点一刻送去了"晚间下午茶",送到了三一七房间。除非有人撒谎。

我试着理清思路:哈里特·西佩尔房间里的茶杯没有问题,那肯定是波巴克送去的茶杯中的一个,因为案发后,艾达·格兰斯贝瑞的房间里只剩两个茶杯了。可是,既然没有服务员送过酒,那只雪利酒杯是怎么跑到理查德·尼格斯的房间里的呢?

难道凶手来酒店时口袋里不仅装着毒药和刻有首字母的袖扣,还端着一瓶哈维斯甜雪利酒?这也太牵强了。

波洛好像也很关心这个问题。"我再确定一下,你们中没有任何人给理查德·尼格斯先生送过一杯雪利酒,不管是送去房间,还是在酒店的其他地方?"

摇头的人更多了。

"拉扎里先生,请告诉我,尼格斯先生房间里的玻璃杯是不是布劳克斯汉酒店的?"

"对,是酒店的,波洛先生。这件事确实很奇怪。我猜会不会周四或周三那天给尼格斯先生送酒的那位服务员今天没来,可是,那两天的工作人员都在这儿啊。"

"确实如你所说,太奇怪了。"波洛表示同意,"波巴克先生,请告诉我们,当你把'晚间下午茶'送到艾达·格兰斯贝瑞的房间时,发生了什么?"

"我把东西放在桌子上之后就走了,先生。"

"三个人都在房间里吗?西佩尔夫人、格兰斯贝瑞小姐和尼格斯先生都在?"

"是的,先生,他们都在。"

"说说当时的情景。"

"情景,先生?"

看到拉法尔·波巴克不知所措的样子,我插了一句:"谁给你开的门?"

"尼格斯先生开的门,先生。"

"那两位女士在哪儿呢?"我接着问。

"哦,她们坐在壁炉旁边的椅子上,在聊天。我只和尼格斯先生说了话，没和她们说话。先生，我把东西放在窗户旁边的桌子上后就走了。"

"你能不能回忆起当时那两位女士在谈些什么？"波洛问。

波巴克低下头："哦，先生……"

"这很重要，先生。关于这三个人，你能告诉我们的每一个细节都很重要。"

"哦……她们有点鬼鬼祟祟的，先生。笑起来也是。"

"你的意思是他们不怀好意？具体什么样？"

"其中一个确实是。尼格斯先生看起来挺开心的。他们好像在聊一个老女人和一个年轻男人的事。因为与我无关，所以我没在意。"

"你还记得他们具体说了些什么吗？他们想对谁不怀好意？"

"抱歉，先生，我说不清楚。我感觉他们大概是在说有个老女人在向一个年轻男人求爱，听起来就是这种八卦。"

"先生，"波洛用最正经的语气说，"如果你偶然想起他们的谈话内容——任何内容，请马上告诉我。"

"我会的，先生。让我想想，好像是那个年轻人抛弃了那个老女人，和另外一个女人私奔了。无聊的八卦，就这些。"

"那么……"波洛开始在房间里踱步。看着一百多人的脑袋跟着他的脚步移动，随着他的转身而转动，这场景着实新奇。他又开口道："理查德·尼格斯、哈里特·西佩尔和艾达·格兰斯贝瑞，一个男人和两个女人在三一七房间鬼鬼祟祟地聊着另一个男人和两个女人！"

"波洛，这有什么意义吗？"我问。

"可能没什么意义，但很有意思。无聊的八卦、笑声、晚间下午茶……这说明，我们的三位受害者不是陌生人，而是熟人，是朋友，并且都没意识到自己很快就要遭受厄运。"

突然，我被吓了一跳。就坐在我和波洛面前那张桌子旁的一个黑头发、脸色苍白的年轻人跳了起来，像有人从下面推了他一把。要不是他一副吓傻了的表情，我还以为他是急切地想说什么。

"这位是我们新来的员工，托马斯·布里奈尔先生。"拉扎里朝年轻人挥了挥手，向我们介绍道。

"他们不止是熟人，先生。"布里奈尔沉默了一会儿之后才开口说话，声音极小，就连坐在他后面的人可能都听不到他在说什么，他的声音太小了，"他们是很好的朋友，彼此非常熟悉。"

"他们当然是好朋友！"拉扎里冲着全屋子的人说，"他们都在一起吃饭了！"

"很多人每天都要和自己极不喜欢的人一起吃饭。"波洛说，"布里奈尔先生，请继续。"

"昨天晚上我碰到尼格斯先生的时候，他正迫切地关心那两位女士，只有好朋友才会那样。"托马斯·布里奈尔低声说。

"你碰见过他？"我说，"什么时候？在哪儿？"

"七点半，先生。"说着他抬手指了指餐厅入口的双扇门，我发现他的胳膊在哆嗦，"就在外面。我出去的时候正好看到他往电梯方向走去。他看见我后停了下来，叫我过去。当时我以为他是要回自己的房间。"

"他对你说了什么？"波洛问。

"他……他问我晚餐费是不是记在他的账上了，确保不要记在那两位女士的账上。他说他有钱，付得起，但西佩尔夫人和格兰斯贝瑞小姐没有。"

"他就说了这么多吗，先生？"

"是。"布里奈尔像是再多说一个字都会晕过去似的。

"谢谢你，布里奈尔先生，"我用极其温和的语气说，"你的话对我们很有帮助。"说完我马上有点愧疚，刚才怎么没用这种方式谢谢拉法尔·波巴克，于是我又加了一句，"也谢谢你波巴克先生，同样谢谢所有人。"

"卡其普尔，"波洛喃喃地说，"餐厅里的大多数人还没说话呢。"

"他们都在用心地听，也在考虑刚才的问题，我们应该为此感谢他们。"

"你很相信他们，是吧？如果我们有什么异议，是不是要再把这百十号人召集起来？好，让我们来问问这百十来号人……"波洛转向大家，"女士们，先生们，我们都听到了，理查德·尼格斯、哈里特·西佩尔和艾达·格兰斯贝瑞是朋友，晚上七点一刻，他们的晚餐被送到了三一七房间。但是，在七点半，布里奈尔先生却在这儿看见了理查德·尼格斯，正往电梯方向走。他肯定是要回房间，对吧？那他是要回他自己的房间二三八，还是去三一七找那两位朋友呢？另外他这是从哪儿来的？他的三明治和蛋糕十五分钟前才刚送到房间！他没吃就去了别的地方？还是他只花了几分钟，吃完自己的那份，然后就匆匆忙忙地出去了？他要匆匆忙忙地去哪儿？到底有什么要事，需要他离开三一七房间？是来确保餐费没有记在哈里特·西佩尔或艾达·格兰斯贝瑞的账单上吗？他甚至等不及二三十分钟或一个小时，就出发去办这件事了？"

这时，餐厅后面，一位体格健壮、一头棕色卷发的女士站了起来，她眉头紧锁。"您一口气问了这么多问题，好像我知道似的，就好像我们都知道似的。但我们什么也不知道！"她这番话是说给波洛听的，却环视了一圈餐厅，把每个人都看了一遍。"我想回家，拉扎里先生，"她哭诉着，"我想回去看看我的孩子们，看他们是否安全！"

坐在她旁边的一位年轻女士抓住她的胳膊，想让她冷静下来。"坐下吧，泰茜，"她说，"那位先生只是想帮我们。只要你的小孩不在布劳克斯汉酒店附近，他们就不会受到伤害。"

这段貌似安慰的话使得拉扎里和斯图德·泰茜都发出了痛苦的声音。

"我们不会留你们太久的，夫人，"我说，"我保证，完事之后，只要您想回家看孩子，拉扎里先生肯定会让您去。"

拉扎里立刻表示同意，泰茜这才坐下，情绪也缓和了许多。

我转身对波洛说："理查德·尼格斯离开三一七房间不是为了处理账单的问题。他去了别的地方，处理完自己的事，在回来的路上碰到了托马斯·布里奈尔。他只是碰巧遇到布里奈尔先生，便临时决定处理账单的事。"我希望这番话能让餐厅里的人明白，我们有问题，但也有答案。虽然眼下还不是所有问题都有答案，但有总比没有好。

"布里奈尔先生，你还记不记得碰到尼格斯先生时情景，是不是就像卡其普尔先生说的那样，只是碰巧遇到？他并不是特意找你的吧？周三他入住酒店时，是你接待的，对吗？"

"您说得对，先生。他并没有特意找我。"布里奈尔坐在椅子上说，看起来坐着让他舒服了一些，"他碰巧遇到了我，可能在想'哦，又是那个家伙'，如果您能明白我的意思的话。"

"女士们，先生们，的确是这样，"波洛提高了声音说，"昨天晚上，案件发生后，凶手，或是认识凶手并且决定协助他作案的人，在前台留下了一张纸条，上面写着：'愿他们永不安息，121，238，317。'有没有人碰巧看见留纸条的人？就是这张纸条。"波洛从口袋里拿出那张白色的小纸片，高高地举在空中，"这是约翰·古德先生于昨晚八点十分时发现的。有没有人注意到，那时有一个或几个人靠近过前台,且行为异常?好好想想!肯定有人看到了什么!"

结实的泰茜已经闭上眼睛,靠在了朋友的身上。餐厅里瞬间充满窃窃私语声和喘气声,大家看到凶手留下的信息都既惊恐又兴奋——这件纪念品使得这起三尸命案更具真实感了。

没人再提供消息了。结果证明,如果你想询问一百个人,恐怕只会失望。

第六章 雪利酒之谜

半小时后，我和波洛坐在拉扎里说的"秘密休息室"里，喝着咖啡，烤着火，火烧得很旺。这个"秘密休息室"藏在餐厅后面，和所有的公共走廊都不相通。休息室四周的墙上挂的全是肖像画，我努力不去看。随便换一张阳光明媚的风景画，哪怕是阴天的也好啊。肖像画上的眼睛总是让我很难受，无论是哪位艺术家创作的。我总觉得肖像画里的人在嘲笑我，而我无法逃过那嘲弄的目光。

刚才还在餐厅里像节目主持人一样激情洋溢地发表演讲的波洛，这会儿又开始郁闷了。"你又在担心珍妮吗？"我问他。

他承认了，又说："我不想听到消息说她的嘴里也有一枚袖扣，上面刻着首字母组合PIJ。我害怕听到这样的消息。"

"鉴于你现在什么也做不了，我劝你还是想点别的事吧。"我向他建议道。

"你好现实啊，卡其普尔。好吧，让我们想想茶杯的事吧。"

"茶杯？"

"是啊。你有什么想法？"

我想了想，说："我想，我对茶杯没有任何看法。"

波洛发出了不耐烦的声音。"拉法尔·波巴克往艾达·格兰斯贝瑞的房间送去了三个茶杯。三个人,三个茶杯,合情合理。但当人们发现他们的尸体时,那个房间里只有两个茶杯了。"

"另一个在哈里特·西佩尔的房间里,和他的尸体在一起。"我说。

"完全正确,但这也是最让人好奇的地方,不是吗?西佩尔夫人端着茶碟和茶杯回了房间吗?无论那时茶里有没有下毒,她会端着一杯茶穿过酒店走廊,然后再乘电梯或者爬两段楼梯吗?如果茶杯是满的,茶水就有可能溢出来;而如果茶杯半满或者基本空着,那就没有必要拿着了。一般情况下,人们会在倒茶的房间里把茶水喝了,是不是?"

"一般情况下,是的。但这个凶手明显大大超出一般情况,他很让我震惊。"我激动地说。

"受害者呢?他们是一般人吗?他们的行为正常吗?你是不是想让我相信,哈里特·西佩尔端着茶回了房间,坐在椅子上,刚要喝茶的时候,凶手就敲门进来了,找了个机会把氰化物放到她的茶里了?还有,别忘了理查德·尼格斯。不知什么原因,他也离开了艾达·格兰斯贝瑞的房间,但他很快又回到了自己的房间,手里还拿着一杯雪利酒。可是,酒店里没人给他送过雪利酒。"

"照你这么说,我认为……"我说。

但波洛继续说了下去,就像没听到我说话似的。"啊,没错,理查德·尼格斯也是,凶手去房间找他时他也独自坐着,拿着饮料,就像在对凶手说:'请一定要把毒药放进我的酒里。'此时此刻,艾达·格兰斯贝瑞是不是正独自一人待在三一七房,耐心地等待凶手?她慢慢地品着茶,要是在凶手来之前就把茶喝完那就太不体谅人了。如果那样,凶手还怎么给她下毒呢?凶手往哪儿放氰化物啊?"

"该死的,波洛,你到底想让我说什么?我和你知道的一样多!听着,我只是觉得,这三位受害者肯定起了争执。要不然,他们为什么计划共进晚餐,但又各自走开了呢?"

"我认为,一位生气的女士不可能端着一杯喝到一半的茶离开。"波洛说,"等回到一二一房,茶水不就凉了吗?"

"我就常常喝凉茶水,"我说,"我很喜欢。"

波洛扬了扬眉毛。"要不是我知道你是个诚实的人,我简直不敢相信你说的话。凉茶!*撒谎!*"

"哦,我应该说我渐渐开始喜欢喝凉茶了,"我为自己辩解道,"喝凉茶就不必着急,想什么时候喝就什么时候喝,等一会儿也不会变坏。没有时间约束和压力,我很看重这一点。"

这时有人敲门。"很可能是拉扎里,来看看是否有人打扰我们的重要谈话。"我说。

"请进。"波洛大声说。

来人不是卢卡·拉扎里,而是托马斯·布里奈尔,那个说曾在七点半看到理查德·尼格斯等电梯的年轻员工。"啊,是布里奈尔先生,"波洛说,"进来吧。关于昨晚的事,你提供的情况对我们非常有帮助,卡其普尔先生和我都非常感激你。"

"是的,非常感激。"我真心地说。之前,我已尽最大的努力让他放松,让他把烦心的事都讲出来。但很明显,他还有事。现在这个可怜的家伙看起来和在餐厅时一样紧张。他的双手不停地搓来搓去,额头上全是汗,脸色看起来比之前更苍白了。

"我让你们失望了,"他说,"也让拉扎里先生失望了,他一直对我很好,一直很好。我没有……刚才在餐厅,我没有……"他停下来,更加剧烈地搓着手。

"你没跟我们说实话?"波洛问。

"我所说的每一个字都是真的,先生!"托马斯·布里奈尔生气地说,"这么重要的事,我要是对警察撒谎,那和那个凶手有什么两样!"

"我可不觉得你有他那么坏,先生。"

"有两件事情我忘记说了。真的很抱歉,先生。您看,在那么一屋子人面前说话对我来说不是件容易的事,我一直不敢在很多人面前讲话。而刚才的情况更糟……"说着他朝餐厅的方向点了点头,"这件事我不太愿意说,因为尼格斯先生还表扬了我。"

"表扬?"

"我明白,我什么也没做,不值得表扬,先生。我只是个普通员工,不是什么重要人物。我做我的工作,拿薪水,尽一切努力做好,但也没好到让人单独表扬的地步。"

"但是尼格斯先生表扬你了?"波洛问他,"他单独表扬了你?"

布里奈尔有些畏缩。"是的,先生。正如我刚才所说,我并没要求他那么做,我什么也没做,不值得表扬。但当时,我看见了他,他也看见了我。他对我说:'啊,布里奈尔先生,你做事效率很高,我想你值得信赖。'之后的事你们都已经知道了,他跟我说起账单的事,他希望记在他的名下。"

"而你不想在众人面前复述说他表扬了你,对吧?"我说,"你怕别人说你在自夸?"

"是的,先生,确实如此。但还有一件事。我们确定完账单的问题后,尼格斯先生让我给他弄一杯雪利酒。给他雪利酒的人是我。我说等会儿给他送到房间里,但他说愿意在那儿等。于是我倒好后给了他,他就拿着乘电梯走了。"

波洛向前探了探身。"而刚才我在餐厅问是否有人给过理查德·尼格斯一杯雪利酒时,你却什么都没说?"

布里奈尔看起来迷惑又沮丧，就好像正确答案就在嘴边，但又不知为何消失了。"我本该说的，先生，我应该在您问的时候就和盘托出。我现在很后悔，后悔没有向您和三位受害者履行我的职责。愿上帝保佑他们安息！我希望现在告诉您能稍微弥补我的过失。"

"能，能。但是，先生，我很好奇，你为什么不在餐厅里说。当我问'有谁给过理查德·尼格斯一杯雪利酒？'时，是什么阻止你承认的？"

这位可怜的服务员又开始哆嗦了。"波洛先生，我以我亡母的名义向您发誓，我已将昨天我和尼格斯先生巧遇时发生过的每件事都告诉您了。所有的细节。请您放心，这就是昨天所发生的一切，没有任何遗漏。"

波洛张开嘴还想问问题，但我及时插了进去。"布里奈尔先生，非常感谢你。你不必因为没有及时告诉我们而难过。我明白当着那么多人的面站起来说一件事有多么不容易，我自己也不喜欢那样做。"

刚一说他可以走了，托马斯·布里奈尔就像只摆脱了猎犬的狐狸一样，蹭地一下窜出了门。

"我相信他，"他一走，我就对波洛说，"他把他知道的全告诉我们了。"

"没错，关于他和理查德·尼格斯在酒店电梯旁相遇的话都是真的。但他隐瞒了和自己有关的细节。为什么没在餐厅里说雪利酒的事呢？这个问题我问了两次，他都没有回答。他只是忏悔，真心实意地道歉。他没有撒谎，但他也不敢站出来澄清事实。啊，他怎么能隐瞒呢！这也是撒谎，甚至更糟糕，他不用担心谎言被戳穿！"

波洛突然笑了起来。"还有你，卡其普尔，想方设法地保护他，不让赫尔克里·波洛反复向他施压。是不想让我获得情报吗，啊？"

"他看起来快崩溃了。而且坦白地说，如果他对某件事有所隐瞒，那说明他认为那件事和我们无关，但对他来说却难以启齿。他是个脆弱又谨慎的人，如果他认为事关重大，他的责任感会逼迫他来告诉我们的。"

"可你让他走了。我没机会向他说明，他所保留的信息很可能至关重要。"波洛提高了嗓门，眼睛瞪着我，想让我知道他生气了，"即便是我，赫尔克里·波洛，目前也还不知道什么事有关，什么事无关。所以我必须弄清楚所有的事。"他站起身来，突然冒出一句，"我现在要去'欢乐咖啡屋'了，那儿的咖啡要比拉扎里先生的好喝得多。"

"可是，理查德·尼格斯的弟弟亨利正在来的路上。我以为你想和他谈谈。"我反对他离开。

"我需要换个环境，卡其普尔。我必须激活我的灰色脑细胞，要是不带它们去别的地方溜溜，他们就要罢工了。"

"一派胡言！你就是希望能见到珍妮或打听到她的消息。"我说，"波洛，关于珍妮的事情，我觉得你就像在追捕一只鹅，是无用功。你也清楚这一点，否则你就会直接说要去'欢乐咖啡屋'找她。"

"也许吧。但如果外面就有个专杀鹅的凶手四处游荡，你该怎么办？把亨利·尼格斯先生带到'欢乐咖啡屋'，我在那儿和他谈。"

"什么？他一路舟车劳顿从德文郡来，肯定不想刚到酒店就又要出门——"

"那他想不想要一只死鹅呢？"波洛命令道，"你就这么问他。"

我可不想问亨利·尼格斯这样的问题，我很担心问完之后他会马上转身回去，并且认为苏格兰场的负责人是个疯子。

第七章 两把钥匙

波洛到了"欢乐咖啡屋"后,发现生意好得很,里面混杂着烟味和薄饼糖浆味。"我想要张桌子,可都坐满了人。"他向菲·斯普琳抱怨道。菲也刚到,站在木制衣帽架旁边,胳膊上还搭着外套。她摘帽子的时候,因静电反应,乱糟糟的头发发出呲拉呲拉的响声,竖起来好几秒钟才慢慢垂下。波洛觉得那种效果很滑稽。

"您的要求不太好办,是不是?"她开心地说,"即便您是个大侦探,我也不能把在这儿消费的客人赶到大街上去吧。"接着她压低声音说,"这个时间'哦塞西尔夫妇'早该走了,您等一会儿,可以坐他们那桌。"

"哦塞西尔?这个名字可真奇怪。"

菲笑了笑,又低声说:"'哦,塞西尔',是那位夫人的口头禅,一天到晚不停地说。而先生呢,那个可怜的家伙,平时不等他说完一句话,夫人就开始指手画脚了。要是他说想吃炒鸡蛋和烤面包,他老婆马上就会说:'哦,塞西尔,不吃炒鸡蛋和烤面包!'我觉得他压根不敢顶撞她!他进来以后就直接坐在第一张桌子那儿,她老婆马上就说:'哦,塞西尔,不坐这儿。'显然,他应该反着说,想要不想要的,不想要想要的。要是我，就这样做。我一直等着看他反抗呢。不过说实话，我真觉得他是个没用的老东西，脑袋像颗发霉的大白菜，也难怪她整天说'哦，塞西尔'。"

"他要是不快点走，我就会过去说'哦，塞西尔'。"波洛说，他已经站得腿都发麻了，迫切地想找个位子坐下。

"您的咖啡上来之前他们就会走。"菲说，"您看，她已经用完餐，很快就会说'哦，塞西尔'催着他离开。您怎么午餐时间到这里来了呢？等等，让我猜猜，您是来找珍妮的，对吧？而且我听说您一早就来过了。"

"你怎么听说的？"波洛问，"你不也刚到吗？"

"我从未走远。"菲神神秘秘地说，"没人知道她藏在哪儿，连根头发丝都没看见。不过波洛先生，我也总惦记着她，和您一样。"

"你也担心她？"

"哦，我倒不是担心她有危险，救她不是我的事。"

"是啊。"

"也不是您的事。"

"啊，但是赫尔克里·波洛就是救人的，他已经从死神手中救出了许多无辜的人。"

"可能一半以上都有罪吧。"菲开心地说，好像这个想法很好玩。

"哦，女士，你有点愤世嫉俗。"

"可以这么说吧。我只知道，如果要为每个来到这里的伤心人担心，那我会一刻都不得安宁。生活就是一个接一个的麻烦，但大都是人们凭空想出来的，不是真正的问题。"

"如果凭空想出来的成了真呢？"波洛说。

"毫无根据的瞎想是不会成真的，事情大都如此。"菲说，"不过，说起珍妮，昨晚我确实发现了什么……但我记不清了。我记得当时心里在想'珍妮居然那么干了，真好笑'，或者在想'她居然那么说了'。问题是我现在不记得她到底做了什么或说了什么而让我那么想了。我使劲想，使劲想，想得头都晕了。啊，快看，'哦，塞西尔'夫妇要走了。您快去坐吧。咖啡吗？"

"好的，谢谢。女士，你能不能再好好想想珍妮到底做了什么或说了什么？这对我来说比什么都重要！"

"比笔直的架子还重要？"菲突然刻薄地说，"比把餐具整整齐齐地摆在桌子上还重要？"

"哦，你认为那些担忧也是凭空想出来的，对吧？"波洛问。

菲脸红了。"如果我冒犯了您，实在抱歉。"她说，"只不过……呃，如果您不再因为叉子没摆正而大惊小怪，会更开心的，对吧？"

波洛努力露出最友好的微笑。"如果你能记起珍妮女士做过的什么事给你留下了深刻的印象，我会更开心的。"说完他威风地走到餐桌旁，坐了下来。

波洛在"欢乐咖啡屋"等了一个半小时，期间吃了一顿美味的午餐，但还是没看到珍妮。

下午快两点钟的时候，我拉着一个人进了"欢乐咖啡屋"。波洛一开始还以为他是理查德的弟弟亨利·尼格斯。情况有点混乱，我解释说已经吩咐了斯坦利·比尔警官，尼格斯一到就把他带到这儿来。而我现在唯一关心的人，是站在我身边的这位。

我介绍说他叫塞缪尔·基德，是个做锅炉的。波洛被他脏兮兮、还缺颗扣子的衬衣，以及只刮了一半的脸吓得往后缩了缩，我在一旁看着暗自发笑。基德先生脸上的胡子既称不上络腮胡也不是八字胡，这都是因为他不太会用剃须刀造成的。他的脸证明他曾试着刮胡子，但把自己弄伤了，于是刮到一半就不刮了。结果，一面脸光滑没有胡子，但有伤；另一面没伤，但布满黑乎乎的胡子，很难说到底哪边的脸看起来更难看。"基德先生要给我们讲个有意思的故事，"我说，"我在布劳克斯汉酒店等亨利·尼格斯的时候，突然——"

"啊！"波洛打断了我，"你和基德先生是从布劳克斯汉酒店过来的？"

"是啊。"他觉得我是从哪儿来的？廷巴克图①？

"你们是怎么来的？"

"拉扎里给我安排了一辆酒店的车。"

"花了多长时间？"

"正好三十分钟。"

"路上交通怎么样？有很多车吗？"

"不。应该说几乎没人。"

"你认为有没有可能用更少的时间到这里？"波洛问。

"除非我长了翅膀。我觉得三十分钟已经算非常快的了。"

"好的。基德先生，请坐，给波洛讲讲你那有趣的故事。"

令我吃惊的是，塞缪尔·基德没有坐下，反而大笑起来，同时用夸张的法国口音抑或是比利时口音重复波洛刚才说过的话。"纪德森，请坐，给破锣讲讲你那有趣的故西。"

被人取笑发音，波洛像是受到了侮辱。我突然有些同情他，直到他说："卡其普尔，基德先生说我的名字时发音比你好。"

"纪德森，"脸刮了一半的人大笑着说，"哦，先生，请别介意，我只是自我娱乐一下。纪德森！"

---

①位于西非马里的一座历史古城，常用来形容非常遥远的地方。

"我们到这里来不是娱乐的。"他搞怪的表现已经让我不耐烦了,于是对他说,"请把你在酒店外面对我说的话再重复一遍。"

基德花了十分钟,讲完了一个可以归纳为几句话的故事,但很有价值。昨晚刚过八点,基德路过布劳克斯汉酒店门前的时候,刚好看到一位女士从里面跑出来,下了台阶后直奔大街,她气喘吁吁的,看起来吓坏了。他本想上前去问她是否需要帮助,但那位女士跑得太快了,他没追上。她跑的时候把东西掉到了地上,是两把金色的钥匙。发现钥匙掉了,她又匆忙跑回来捡。她戴着手套,紧紧地攥着那两把钥匙,消失在夜幕中。

"当时我还对自己说,真奇怪,她干吗那么匆忙。"塞缪尔·基德若有所思地说,"今天早晨,我发现到处都是警察,就问他们发生了什么大事。当我听说那儿发生了几宗杀人案时就暗自寻思,'塞米,你昨晚看见的那个人很可能就是凶手'。那位女士看起来吓坏了,是不是,吓坏了!"

波洛目不转睛地盯着他脏兮兮的衬衣上的一处污点,喃喃道:"吓坏了。你的故事非常有意思,基德先生。你说有两把钥匙?"

"是的,先生,两把金钥匙。"

"你离得很近吗?看清楚了吗?"

"哦,是的,先生。布劳克斯汉酒店外面的路灯很亮,看清楚了。"

"除了是金色的,那两把钥匙还有什么特征么?"

"有,钥匙上面都有数字。"

"数字?"我说。塞缪尔·基德在酒店外第一次给我讲这件事的时候可没说起这个细节,乘车来咖啡屋的路上,第二次讲起时他也没说。唉……真可恶,我应该问他的。我见过理查德·尼格斯房间的钥匙,就是波洛在一块松动的壁炉砖后面发现的那把,上面有数字"238"。

"对，先生，上面有数字。就是，你知道，一百、两百这样的……"

"我知道什么是数字。"我烦躁地打断他。

"这就是在钥匙上的数字吗，基德先生？"波洛问，"一百、两百？"

"不，先生。如果我没看错的话，其中一个是一百还带点零头。另一个是……"基德用力地抓了抓头发，波洛急忙移开了视线。基德又说："先生，我记得是三百多……当然我不敢确定，希望您能理解。但我看到的确实是一百多和三百多两个数字。"

哈里特·西佩尔住在一百二十一，艾达·格兰斯贝瑞住在三百一十七。

我突然觉得胃里空空的，我明白这是什么感觉。当我第一次看到那三具尸体，并听到法医说他们每个人的嘴里都有一枚刻有字母组合的金袖扣的时候，就是这种感觉。

现在看来塞缪尔·基德昨天晚上与凶手擦肩而过，一位看起来被吓坏了的女士。我颤抖了一下。

波洛说："你看到的那位女士，是不是有一头淡金色的头发，戴着一顶棕色的帽子，穿着棕色的外套？"

显然，他又在想珍妮了，可我依然坚信珍妮和这事没关系。但我明白波洛的推理：昨晚珍妮曾穿过整个伦敦城，且情绪激动，这位女士也是。很可能她们俩就是同一个人。

"不，先生。她确实戴着帽子，但是浅蓝色的。头发是黑色的，卷发。"

"有多大年龄？"

"女士的年龄很难猜，先生。我只能说是不算老，但也不年轻。"

"除了蓝色的帽子，她的穿着还有什么特点？"

"我想我没太注意,先生。当时我只顾看她的脸了。"

"她漂亮吗?"

"漂亮,但我看她的脸并不是因为她长得漂亮,而是因为我认识她。您瞧,我刚瞥了她一眼,就对自己说'塞米,你认识这位女士'。"

波洛在椅子上换了个姿势,看看我,又看看基德,问:"如果你认识她,基德,请告诉我们她是谁。"

"我做不到,先生。她跑开的时候我就在想她是谁了。我也不知道怎么会认识她,我不知道她的名字,其他信息也不知道。我只能肯定不是做锅炉的时候认识的。她看起来很有涵养,是一位得体的夫人。我从不认识什么夫人,但认得她。那张脸——昨天绝不是我第一次见。不,先生。"塞缪尔边说边摇头,"我还没想明白。要不是她跑走了,我可能会上前问她。"

我在想,那些逃跑的人,有多少是出于这个原因:这样就不会再被问问题了,无论什么问题。

我刚安顿好塞缪尔·基德,让他好好回忆一下这个神秘女人叫什么,他是在什么时候、什么地方认识她的,斯坦利·比尔警官就带着亨利·尼格斯来"欢乐咖啡屋"了。

尼格斯先生比塞缪尔·基德看起来顺眼多了,五十岁左右,相貌英俊,头发呈铁灰色,看着就很聪明。他衣着潇洒,说话声音柔和,我立马就喜欢上了这个人。尽管和我们说话时他一直很好地控制着情绪,可还是掩盖不住失去兄弟的悲伤之情。

"节哀顺变,尼格斯先生。"波洛说,"真的很遗憾。我知道失去亲兄弟是件多么悲伤的事。"

尼格斯感激地点点头，说："有什么需要我的，尽管说，无论什么事情，我都会去做。卡其普尔先生说您有问题要问我？"

"对，先生。你认识哈里特·西佩尔和艾达·格兰斯贝瑞吗？"

"难道她们就是另外两个被……"看见菲·斯普琳端着他点的茶过来了，亨利·尼格斯暂时闭上了嘴。

菲走后，波洛说："是的，哈里特·西佩尔和艾达·格兰斯贝瑞也于昨天晚上在布劳克斯汉酒店被杀。"

"我不认识哈里特·西佩尔，但艾达·格兰斯贝瑞很多年前曾和我弟弟订过婚。"

"所以你认识格兰斯贝瑞小姐？"我能从波洛的声音中听出他很激动。

"不，我从没见过她，"亨利·尼格斯说，"我知道她的名字，是从理查德写来的信中知道的。他住格勒霍林时我们很少见面，只能写信交流。"

我感觉又有一块拼图顺利地滑入正确的位子，感到很愉快。"理查德住在格勒霍林？"我拼命让声音听起来很平静。波洛依旧若无其事的样子，不知是否也像我一样因为这个新发现而惊喜。

三位受害者都和这个村子有关系。我在脑子里不断地重复这个村子的名字：格勒霍林、格勒霍林、格勒霍林，似乎所有的问题都指向这个地方。

"对，一九一三年以前，理查德一直住在那儿。"尼格斯说，"他在斑鸠谷做律师。我和他都是在那里长大的，在斯尔思福德。一九一三年，他搬到德文郡和我一起生活，直到现在。我是说，直到他死之前……"他纠正了自己的用词，脸色突然变得十分憔悴，好像弟弟的死讯再次猛烈地袭来，将他粉碎。

"理查德是否向您提起过斑鸠谷有一个叫珍妮的人？"波洛问，"或是格勒霍林或其他地方有个叫珍妮的人？"

过了好大一会儿，亨利·尼格斯才说："没有。"

"那有没有提过名字首字母缩写为PIJ的人？"

"也没有。在那个村子里时他只提过一个人，就是他的未婚妻艾达。"

"我有个问题不知道该问不该问，先生。你哥哥为什么订了婚却一直不结呢？"

"恐怕我也不知道。我和理查德关系很好，但我们主要聊些思想方面的话题。哲学、政治、宗教……等等，从不问及对方的私人生活。关于艾达，他只告诉我他准备和她结婚，但一九一三年他们又解除了婚约。"

"等等。一九一三年，他和艾达·格兰斯贝瑞解除了婚约，并且离开了格勒霍林村，搬到德文郡和你一起住，是吗？"

"还有我的妻子和孩子。"

"他离开格勒霍林村是不是想远离格兰斯贝瑞小姐呢？"

亨利·尼格斯想了想说："我想确实有这部分原因，但不是全部。离开格勒霍林时，理查德恨透了那个地方，不光和艾达·格兰斯贝瑞有关。他说他讨厌那里的每一寸土地，但他没说原因，我也没问。理查德能让你明白，他已经把想说的都说了。我记得他对那个村子的总结差不多是'就那样了'。要是我能多问问……"尼格斯露出极度痛苦的表情，说不下去了。

"你也不必自责，尼格斯先生，"波洛说，"你哥哥的死不是你造成的。"

"可我忍不住这么想……当时村子里肯定发生了什么对他来说糟糕

透顶的事。碰到这种事，当事人都是能不谈起就尽量避免。"亨利·尼格斯叹了口气，"理查德自然不愿意说起，于是我也想当然地认为还是不问为好。你们看，他是长兄，更有威信，大家都听他的。而且，他很聪明，你们知道么？"

"是吗？"波洛亲切地笑了笑。

"哦，理查德颓废之前，没人能像他那么一丝不苟。他无论做什么事都认真仔细。任何事你都可以相信他，大家也都信任他。这也是他成为一名优秀律师的原因吧，直到情况急转直下。我一直认为他能振作起来。几个月前，看他的精神有些好转，我还想'理查德终于又燃起对生活的热爱了'，并希望他在花完积蓄之前重新工作……"

"尼格斯先生，你能不能慢点说，"波洛说，语气礼貌但很坚决，"你哥哥搬到你家时并没有工作吗？"

"没有。理查德来德文郡时，不仅离开了格勒霍林和艾达·格兰斯贝瑞，也抛下了工作。他不再当律师，而是每天都把自己关在房间里，与酒为伴。"

"啊，你刚才说的颓废指什么？"

"嗯，"尼格斯说，"住进我家的理查德和上次见他时判若两人，他沉默寡言、闷闷不乐，像在自己四周围起了一道墙。他足不出户，不见人，不给人写信，也从没收到过信。每天只是读读书，发发呆。他拒绝和我们一起去做礼拜，甚至不愿意态度温和一些讨我妻子欢心。他在我家住了一年后的一天，我在他的房间门外的地上发现了一本《圣经》。那是我们送他的，曾放在他卧室的抽屉里。我想把它放回去，但理查德明确地说不想在房间里再看到它。我必须承认，那件事之后，我曾问过妻子，是不是该……该让他另找个地方住。他在身边总让我感到不安。但我妻子，克拉拉，她不同意，她说：'家人就是家人，理查德只有我们了，你不能把亲人赶到大街上去。'没错，她说得对。"

"你说你哥哥挥霍无度？"我问他。

"是的。我们兄弟俩都很富有。"亨利·尼格斯摇了摇头，"我认为我那令人尊敬的哥哥要糟蹋完所有钱，完全不考虑将来……他确实在这么做。他像是故意要把父亲留给他的财产全都变成酒，灌进喉咙里。恐怕不久的将来他就会穷困潦倒，并且疾病缠身，我很怕他这样。有时候，我会整晚睡不着，担心不幸的事会降临到他身上。但绝不是谋杀。我从没想过他会被人杀害。也许我该想到的。"

波洛马上警惕起来，抬起头问他："你为什么会这样想呢，先生？一般没有人认为自己的亲戚会被杀害，这是人之常情。"

亨利·尼格斯想了想才说："要是我说理查德好像知道自己会被谋杀，会不会很可笑？可谁知道呢？自从他搬到我家以来，他那孤僻、绝望的举止就和死人一般无二。我只能这么形容他的状态。"

"但是，你刚才说，几个月前，他的精神有些好转？"

"是的，我妻子也这么认为。她还让我去问问怎么回事——女人总这样，对吧？但我很了解理查德，知道他不喜欢别人干涉他的私事。"

"他看起来开心了一些？"波洛问。

"我真希望可以这么说啊，波洛先生。如果我知道他死的那天要比过去这多年都要开心，那对我真是莫大的安慰。但实情不是这样的，不是开心，而像是在计划什么事，好像过了很多年以后他又有了新的目标。这是他那时给我的印象，尽管我并不知道他的目标是什么。"

"你能肯定他的变化不是你自己臆想出来的吗？"

"是的,我敢肯定。他的变化表现在很多方面。理查德开始频繁地下楼吃早饭了,而且看起来精力充沛,个人卫生状况也有所改善。最值得一提的是他不喝酒了。就这一点,您不知道我有多么欣慰。不管他打算做什么,我和妻子都祈祷他能再次成功。他终于摆脱了格勒霍林的魔咒,重新开始享受丰富多彩的生活了。"

"魔咒,先生?你觉得那个村子被诅咒了吗?"

亨利·尼格斯的脸腾地一下红了。"不是真的诅咒,当然不是。不会有这样的事的,对吧?这话是我妻子说的,她没受过什么教育,就冒出了这么个词。鉴于理查德急切地逃离那里,又毁了婚约,再加上她所知道的别的情况。"

"什么别的情况?"我问。

"啊,"亨利·尼格斯有点吃惊,然后接着说,"确实,我想你们肯定不知道那件事,怎么会知道呢?发生在负责那片教区的年轻牧师和他妻子身上的惨剧。理查德在离开村子前几个月的信上告诉我们的,牧师夫妇在几个小时内相继死去。"

"真的吗?死因是什么?"波洛问。

"我不知道,即便理查德知道,也没在信里详细说明。他只告诉我们,那是一个可怕的悲剧。其实我后来又问过他,但他冲我大吼了一通,而我还是一无所知。我觉得他可能是过于沉溺在自己的不幸之中,不愿意关心别人的事。"

第八章　汇整思路

半个小时后，我和波洛从"欢乐咖啡屋"出来，朝住的地方走去。途中他说："如果不出意外，十六年前那些不愉快的事是互相关联的：牧师和妻子的悲惨命运，理查德·尼格斯突然和艾达·格兰斯贝瑞解除婚约，理查德·尼格斯厌恶格勒霍林，决定逃离，然后来到德文郡，终日酗酒、无所事事、挥霍无度，差点儿死在弟弟家里！"

"你认为理查德·尼格斯酗酒和牧师的死有关？"我说，"把每件事都联系起来确实挺吸引人的，但会不会也有可能，这些事情之间根本没有联系呢？"

"不，我不这么认为。"波洛瞪了我一眼，"卡其普尔，在冬日暖阳下呼吸一些新鲜空气有助于给你的灰色脑细胞提供氧气。我的朋友，请深呼吸。"

我照他说的吸了口气，把他逗乐了。当然，我必须呼吸，因此显得傻乎乎的。

"好。现在想想这个问题：那位年轻牧师不只是死得悲惨，更重要的是，他妻子刚死了几个小时他就死了，这才是最不寻常的地方。理查德·尼格斯在信中告诉了他弟弟这件事，几个月后，他就和艾达·格兰斯贝瑞解除了婚约。然后他逃去了德文郡，过起了颓废的生活。他不想在房间里看到《圣经》，也不去教堂，哪怕是为了安慰女主人。"

"你说的这些有什么特殊的意义吗？"我问他。

"哈！氧气要经历一番辛苦才能到达脑细胞！没关系，它最终一定能到达需要的地方——你脑子里那个针线包大小的地方。卡其普尔，教堂！格勒霍林的牧师和妻子惨死不久，理查德·尼格斯就开始讨厌那个村子、教堂，还有《圣经》。"

"哦，我知道你在想什么了。"

"很好。理查德·尼格斯回到德文郡后，多年来一直过着颓废的生活。然而，这期间他弟弟从未冒昧干涉过他的事，要不然或许可以将他从自暴自弃的深渊拯救出来。"

"你认为亨利·尼格斯在这方面太大意了吗？"

"这也不是他的错，"波洛挥了挥手说，"他是英国人。你们英国人，就算看着那些可以避免的灾难发生在眼前，也会礼貌地安静坐着，而不愿揽事上身！"

"我想你这话可不公平。"身处风声凛冽、熙熙攘攘的伦敦闹市街区，我不得不提高说话的声音。

波洛没理会我的抱怨。"这么多年，亨利·尼格斯也在默默地关心哥哥。他满怀希望，当然也为他祈祷。而且就在他快要绝望的时候，他的祈祷似乎有了回应——几个月前，理查德·尼格斯的精神好转了，看起来像在计划什么。鉴于我们已经了解到的情况，或许他的计划里也包括在布劳克斯汉酒店给自己和那两位在格勒霍林就相识的女士预订房间。然后，昨晚他死在了布劳克斯汉酒店，嘴里放有一枚刻有字母组合的袖扣。他曾经的未婚妻，艾达·格兰斯贝瑞，以及曾经的邻居哈里特·西佩尔，就挨着他住，也以同样的方式被杀了。"

波洛突然停了下来。他走得太快了，有点儿气喘吁吁。"卡其普尔，"他大口地喘着粗气，从马甲口袋里拿出叠得整整齐齐的手绢，擦了擦额头上的汗，继续说，"这一系列事件，你觉得哪件事才是一切的开端？难道不是牧师夫妇的惨死吗？"

"哦，对，但我们先要确定这件事和布劳克斯汉酒店的三尸命案有关。波洛，我们没有证据。我还是认为，那个可怜的牧师和这些事情完全没有关系。"

"就像可怜的珍妮和此事完全没有关系？"

"没错。"

我们继续沿街往前走。

"波洛，你做过填字游戏吗？因为……哦，你知道我正在设计一个填字游戏吗，我自己的？"

"跟你住得那么近很难不知道，我的朋友。"

"对，也是。嗯，我在思考填词线索时发现了点情况。非常有意思。比如，线索是'厨房用具，三个字母'，已给出的第一个字母是'p'。思路非常简单，是'pot'，'p'打头的三个字母的单词，又是厨房用具。你对自己说肯定是这个没错，结果正确答案是'pan'，也是'p'打头的三个字母的单词。你明白我在说什么吗？"

"卡其普尔，你举的这个例子并不贴切。根据你的描述，我会猜到'pot'和'pan'两个都有可能是答案。傻子才会只想到一个。"

"好吧。如果你想要另一个同样可能的解释，那你觉得这个如何：理查德·尼格斯拒绝去教堂，也不要把《圣经》放在房间里，这说明他在格勒霍林遭遇了不幸，侵蚀了他的信仰。这个解释听起来不是也很完美吗？而他所遭遇的事情很可能和牧师夫妇的死毫无关系。

理查德·尼格斯不是第一个发现自己深陷绝望之中,开始质疑上帝是否也像爱别人那样爱自己的人!"我的语气比我以为的要强烈得多。

"你质疑过吗,卡其普尔?"波洛扯住我的袖子,不让我继续再往前走。我总忘记我的腿比波洛的腿长。

"实话说,我质疑过,但我依旧去教堂做礼拜。不过我知道有些人会受影响。"那些被人说大脑就像针线包以后会激烈反驳,而不是沉默对抗的人。但我对波洛说:"我认为,这取决于你想让自己为自己的问题负责,还是让上帝负责。"

"你的困境和女人有关吗?"

"有好几个好女孩,我的父母热切地希望我能和她们中的一个结婚,但我态度坚决,不愿选择任何一个。"说着我又坚定地迈开了步子。

波洛赶忙追上来说:"所以,以你的理解,我们必须忘记惨死的牧师夫妇?我们要装作不知道这件事,以防被误导,从而得出错误的结论?同样的道理,我们还得忘记珍妮,是吗?"

"哦,不,我只是说这么做事不对。我并没说要忘记,只是……"

"让我来告诉你做什么是对的!你必须去一趟格勒霍林。哈利特·西佩尔、艾达·格兰斯贝瑞和理查德·尼格斯,他们不是三个填字游戏,也不是三样东西,让我们努力拼凑在一起。被害前,他们都是有血有肉、有感情的人:有时会做傻事,有时也会有智慧和远见。卡其普尔,你必须亲自去他们曾经生活过的村子,弄清楚他们到底是谁。"

"我?还是我们?"

"不,我的朋友,波洛要留在伦敦。为使案情取得进展,我只需动脑子,不需要移动身体。我不去,你去,然后把你此次旅行的见闻详细地讲给我听，这就够了。另外，带上两份名单：一张是周三和周四晚上入住布劳克斯汉酒店的客人名单，另一份是酒店员工名单。查查那个受诅咒的村子里有没有人认识名单上的人，询问一下有关珍妮和PIJ的事情。还有，查不出一九一三年牧师夫妇惨死的原因，你就别回来。"

"波洛，你得和我一起去，"我有些绝望地说，"布劳克斯汉酒店的案子不是我能应付的，我就指望你了。"

"我的朋友，你可以继续指望我。我们现在就回布兰奇·昂斯沃思夫人的公寓，把思绪好好整理一下，这样你就可以有备而去。"

他总把我们住的地方称为"布兰奇·昂斯沃思夫人的公寓"。每次他这么一说，我就会想起在称那里为"家"之前，我也觉得那是"布兰奇·昂斯沃思夫人的公寓"。

"整理思绪"的结果就是：在到处都是紫色流苏的客厅里，波洛站在壁炉旁，滔滔不绝地讲，我坐在旁边的椅子上记下他说的每一个字。我从未见过有人说话能像他这般有逻辑，以后也再未见过。在他让我写下来的东西中，有很多我已充分了解，为此我表示抗议，但他针对"方法的重要性"的长篇大论确实让我受益匪浅。看来我那针线包似的脑袋确实记不住所有的东西，有必要记在本子上，以备不时之需。

说完一大串已知事实后，波洛又以同样的方式让我记下尚且未知的、希望找到答案的事。（我本想把这两大长串事实全都列在这里，但又不想让大家和我一样觉得无聊、生气，就省去了。）

说句公道话，匆忙记下又检查了一遍这些事实之后，我的确有了更清晰的认识：明明白白，但令人沮丧至极。我放下笔，叹了口气说:"我不想带着这么一大堆没有答案的问题去,而且很可能永远找不到答案。"

"你没有信心,卡其普尔。"

"是的。这种情况下该怎么做呢?"

"我不知道,我没遇到过这种情况,我从不担心会遇到解决不了的问题。"

"你觉得你能找到这些问题的答案?"

波洛笑了笑说:"你对自己没信心,于是想让我说'相信我吧',是这样吗?我的朋友,你知道的要比你以为的多。还记得你在酒店开的那个玩笑吗?就是三位受害者都在案发前一天晚上入住的玩笑?你说'就像收到了邀请函,集体送上门来受死'。"

"怎么了?"

"你的这个玩笑基于一个想法,实行这起谋杀花了不止一天时间——乘火车穿越整个国家,然后受死,全都发生在同一天,这对谁来说都太紧张了!可凶手不想让他的目标太辛苦!这太有趣了!"

波洛捋了捋胡子,好像笑几下就能把他的胡子震乱了型似的。

"我的朋友,你的话也让我产生了疑惑:对受害者来说,准备受死又不费力气,而且没有凶手会对要下毒的对象如此体贴,所以,他为什么不在周三晚上就杀了那三位客人呢?"

"可能他周三晚上太忙?"我说。

"那为什么不安排三位受害者在周四上午或下午到酒店呢?这样凶手依旧可以在晚上七点一刻到八点十分之间把他们杀死,就像实际发生的那样。"

我耐心地说:"波洛,你把事情想得太复杂了。如果这几位受害者彼此认识——目前我们已经知道他们确实认识,这么一来,他们或许有什么事需要一起在伦敦住两个晚上,和这起谋杀案无关的事。而凶手选择在第二个晚上作案,只是因为那天对他来说更方便。他并没有邀请三位受害者去布劳克斯汉酒店,只是碰巧知道他们都在那儿,以及什么时候在。而且……"我停了下来,"算了,别在意。这样想太傻了。"

"告诉我这个傻想法。"波洛命令我道。

"那个,也许凶手天生就是个缜密的策划者,他担心火车误点,所以没有选择三位受害者抵达伦敦的当天下手。"

"也有可能凶手那天也要从格勒霍林或别的地方乘车到伦敦,他或她——凶手很可能是个女的——不想长途跋涉后还要去杀三个人。"

"假设真是这样,受害者还是可以周四再来啊,不是吗?"

"但他们没有这么做,"波洛淡淡地说,"我们知道他们是前一天到的,周三。所以,我在想,案发前,凶手和三位受害者是不是发生了什么事?如果是这样,凶手就不需要从外地赶来了,而有可能住在伦敦。"

"有可能。"我说,"其实,这些看法不过是'对于发生了什么以及为什么,我们一无所知'的委婉的说法。我又想起一开始我对这件事的看法了。哦,波洛……"

"怎么了,我的朋友?"

"之前我不敢说,我知道你不会赞同的。那些刻有首字母组合的袖扣……"

"嗯?"

"你也问了亨利·尼格斯有关 PIJ 的事。但我认为,袖扣主人——不管他是谁,他的名字首字母缩写并不是 PIJ。我认为应该是 PJI。你看,"我拿出一张纸,根据记忆,尽可能模仿袖扣上的字体,把那三个字画了下来,"你看出来了吗?字母'I'要大一点儿,两边的'P'和'J'小多了。这是一种流行的刻字方式,大一点儿的字母代表姓,而且要放中间。"

波洛皱起眉头摇了摇头,说:"故意把首字母颠倒排列?我从没听说过,这是谁想出来的?简直荒谬!"

"恐怕是一种习惯做法。相信我,我的同事里就有用这种袖扣的。"

"不可思议,英国人完全没有按序排列的概念。"

"是的,但是,可能……我们去格勒霍林要询问的是PJI,而不是PIJ了。"

我的努力毫无意义,波洛一听就明白了。"是你,我的朋友,去格勒霍林,"他说,"波洛要留在伦敦。"

第九章　格勒霍林之行

按照指示，周一一大早我就动身前往格勒霍林。这里给我的印象和曾经到过的很多英国村子一样，对这里的描述也就仅此而已了。我想，城市之间的差异肯定多于乡村，所以城市才有更多话题。单就伦敦的复杂程度我就可以做一番详细的介绍。也许我只是不太适应格勒霍林这样的地方，超出了我的原则——如果我有原则的话。这一点我倒不是太确定。

我计划住在王首旅馆，他们都告诉我那儿很容易找，可我没找到。幸好一个脸上长满雀斑、胳膊下面夹着卷报纸的戴眼镜的先生帮了我。他突然出现在我身后，吓了我一跳。他问我："迷路了吗？"

"我想是的。我想去王首旅馆。"

"啊！"他咧开嘴笑了，"猜到了，看你拿着行李箱和这么多东西。你不是本地人吧？从街上看，王首旅馆就像一座普通的房子，所以你没看出来。沿着这条小巷过去，看见了吗？走下去，右转，你就会看到旅馆的牌子和入口处。"

我向他道了谢，正准备按他说的往前走，突然他又喊住我。"你从哪儿来？"

我告诉了他,他又对我说:"我从没去过伦敦。是什么风把你吹到我们这儿的?"

"工作,"我说,"是这样,我不想表现得无理,但我想先安顿好。可以晚点再找你聊天。"

"哦,那我就不耽误你了。"他说,"你是做什么工作的?呀,我怎么又开始问你问题了。以后再聊吧。"说完他向我挥了挥手,沿街走了。

我再次朝王首旅馆走去,而他又在我身后大喊:"沿小道走,然后右转。"边说边快活地挥手。

他在尽量表现得友好,尽量帮助我,我真该感谢他。通常情况下我确实会这么做,然而……

我必须承认,我不喜欢乡下。来这儿之前我没告诉波洛,但在来的火车上,我不停地在心里这样说,直到在那个可爱的小车站下车。我一点也不喜欢脚下的这条迷人的小径,拐来拐去的简直就是字母"S"形,路两边全是小屋子,看起来完全不适合人居住,更适合古老的森林怪物。

我也不喜欢站在大街上被陌生人问些唐突的问题,这样说显得我很虚伪,因为我到格勒霍林就是来质问陌生人的。

那位带眼镜的男人走远了,除了偶尔有几声鸟叫,我只能听到自己的呼吸声。房屋后方是大片的空地和远处的山丘,结合寂静的气氛,让我突然有种孤独感。当然,城市也会让人感到孤单。在伦敦,你看着那些人在身边来来去去,却不知道他们在想什么。每个人看起来都和你很亲近,但又都很神秘。在乡村情况相同,唯一的不同是可能每个人想的事都一样。

王首旅馆的老板叫维克多·米金,五十多岁,头上长着稀稀疏疏的白头发,脑袋两边的耳朵略微泛红。他似乎很想聊聊伦敦。他说:"卡其普尔先生,你是在伦敦出生的吗?请原谅我这么鲁莽。那里有多少人?人口规模有多大?脏不脏?我姑姑曾去过一次,回来说那儿很脏。但我依旧想去一次。我从未对她说过这些,我们曾大吵过一架。哦,愿她安息!伦敦人都有车吗?"

幸运的是,他连珠炮似的提问让我连回答的机会都没有。不过,当他问起真正感兴趣的问题时,我就逃不掉了。"你为什么来格勒霍林,卡其普尔先生?我看不出这儿会有什么事情值得你关心。"

说完,他停了下来,我不得不回答:"我是一名警察,从苏格兰场来。"

"警察?"他仍旧笑着,但看我的眼神变了:冷酷、锐利、蔑视,像在揣摩我,想找出对我不利的地方。"警察,"他又说了一遍,更像是自言自语,"警察为什么来这儿?还是从伦敦来的警察。"他看起来不像是在问我,所以我就没搭腔。

他提着我的行李,沿着弯曲的木梯往上走。中途停下三次,回头打量我,没什么明显的原因。

我愉快地发现,与布兰奇·昂斯沃思家那间满满当当、全是流苏的奢华房间不同,米金给我安排的房间装饰简单,略显空荡。谢天谢地,他没有为我准备一个包着针织外罩的热水瓶放在床上。我受不了那些东西,光是看到就烦。我认为,在任何一张床上,最温暖的都应该是人。

米金还向我简单介绍了一下我肯定不会忽略的摆设,比如床、木制衣柜什么的。我尽量表现得既吃惊又高兴。出于反正以后还是要告诉他我来格勒霍林的目的的考虑,我对他坦白了此行的原因,希望这样可以满足他的好奇心,让他以后不再用审视的眼神看我。我告诉了他布劳克斯汉酒店的谋杀案。

听我讲故事的时候，他的嘴巴不停地扭曲着，像在极力克制自己不要笑出来，但也有可能我猜错了。"你说是，谋杀？在伦敦的一家豪华酒店？更重要的是！西佩尔夫人和格兰斯贝瑞小姐被杀了？还有尼格斯先生？"

"你认识他们吗？"说着我脱下外套，挂在衣柜里。

"哦，是的，我认识他们。"

"我想，他们不是你的朋友吧？"

"不是朋友，也不是仇人。"米金说，"如果你经营着一家旅馆，这是最好的处世方式，朋友和仇人只会给你带来麻烦。看起来西佩尔夫人和格兰斯贝瑞小姐就遇到麻烦了，还有尼格斯先生。"

我听出他话里有话，有一种奇怪的强调语气，是什么意思呢？他是在期待着什么吗？

"抱歉，米金先生，但是……听到他们三人被杀的消息你很高兴吗？还是我想多了？"

"是的，卡其普尔先生，确实是你想多了。"他马上坚定地否定了。

我们俩对视了一会儿，我发现他的眼里充满怀疑，不带一丝情感。

"我不过是对你讲的故事感兴趣罢了，"米金说，"我对每一个客人讲的故事都感兴趣。经营旅馆的人会这样也很正常。不过真想不到啊——谋杀！"

我把脸转向一边，坚定地说："谢谢你带我来房间，这帮我了很多。"

"我想你有很多问题想问我吧？我从一九一一年开始经营王首旅馆，我是最佳人选。"

"哦，当然。但我想先整理一下行李，吃个饭，休息休息。"我并不指望能和这个人深聊，但恐怕避免不了，"米金先生，还有一件事，很重要。能不能请你不要我把刚才说过的话外传，非常感谢。"

"是秘密吗？"

"不，不是。只是我想亲口说出来。"

"你准备去询问他们，对吗？但格勒霍林没人能向你提供有价值的信息。"

"我不相信，"我说，"你刚才不就提出想和我谈谈吗？"

米金摇了摇头说："我可不记得我这么说过，卡其普尔先生。我只是说你肯定想问我问题，但没说我会回答。这么说吧……"他伸出瘦骨嶙峋、关节肿大的食指，指着我说，"如果你是在伦敦的某家豪华酒店里发现了三具尸体，并自以为是伦敦来的警察，那么，你还是回伦敦去问问题吧，别来这儿问。"

"你是在暗示我离开吗，米金先生？"

"不。怎么安排行程完全是你自己的事。只要你愿意留下，这里就欢迎你，这不关我的事。"他扔下这么一句就转身走了。

我不解地摇了摇头。如今的这个维克多·米金和我刚走进王首旅馆时的他完全不一样了。他那么热情地迎接我，开心地畅谈伦敦和他那位意见不和的姑姑。

我坐到床上，立马又站了起来，想出去呼吸一下新鲜空气。除了王首旅馆，要是格勒霍林还有别的去处就好了。

我把几分钟前刚脱下来的外套又重新穿上，锁好房门，往楼下走。维克多·米金正在吧台后面擦啤酒杯，看见我进来，他点头表示了一下。

角落里的桌子上摆满了杯子，有空的，也有装满酒的。桌边坐着两个男人，都在努力把自己灌醉。两个人都摇摇晃晃的，但又维持着完美的平衡。其中一位是个老者，像个土地爷，脸上的白胡子让人联想到圣诞老人。另一位体格健壮、方下巴，看起来最多二十岁。他想对老人说些什么，但酒喝得太多，嘴巴不听使唤了，完全不知道在说什么。幸好，他的酒友也不在状态。这种情况正适合说些莫名其妙的废话，而不是进行机智的对谈。

看到这个年轻人，我突然觉得有些不安，他怎么变得如此颓废？如果不改掉坏习惯，他这张脸恐怕会永远如此。

"你想来一杯吗，卡其普尔先生？"米金问。

"晚点吧，谢谢。我先活动活动这双老腿。"我温和地笑着说。对不喜欢的或不信任的人，我会尽可能表现得愉快。这一招不一定总是管用，但偶尔也能得到友善的回应。

那位喝得醉醺醺的年轻人摇摇晃晃地站了起来，好像突然生气了，我只听到他说了一声"不"，剩下的都没听清。他跌跌撞撞地从我身边走过，走向大街。这时那位老者慢慢地抬起胳膊——这个动作花了他将近十秒钟的时间——指着我说："你。"

我到格勒霍林还不到一小时，已经有两个人粗鲁地用手指着我的脸了。也许这是这里的村民表示欢迎的手势，虽然我不太相信。我说："您是在叫我吗？"

圣诞老人说了些话，我感觉他的意思是："是，说的就是你，老弟，过来坐这儿，坐到这把椅子上，挨着我坐。坐在刚才那个游手好闲的家伙坐的地方，过来。"

正常情况下，这种不断重复的说话方式肯定会让我恼火，但鉴于眼下我要猜想他的意思，不断重复反而帮了我。

"其实，我想到村子里走走……"我勉强开口，老人却完全不理，认定我不会拒绝。

"以后有的是时间!"他喊道,"现在,过来坐这儿,咱们聊聊。"令我惊讶的是,他唱了起来:

> 过来,坐下,
> 过来,坐下,
> 伦敦来的警察先生。

我看向米金,他则盯着啤酒杯。怒气给了我勇气,我对他说:"我记得就在十分钟前,我刚嘱咐你不要向任何人透露我的事情。"

"我一个字也没说。"他说话时都没正眼看我一下。

"米金先生,要不是你说的,这位先生怎么会知道我是从伦敦来的警察呢?这个村里没人知道我是谁。"

"你不要这么快下结论,卡其普尔先生。这对你没好处。我没有对别人说过关于你的事,一个字都没说。"

他在撒谎。他知道我知道了,但他不在乎。

我认输了,走过去和土地爷老人家一起坐在旅馆的角落里。老人四周的昏暗灯光照着啤酒花和一些铜器,我突然觉得他像一个奇怪的白发怪物,躲藏在一个奇怪的巢里。

他聊起来,就像我们已经聊了很久似的。"……就知道游手好闲,一点绅士风度都没有。他父母就是这样的人,没读过书,连自己的名字都不会写,他也这样。更别说拉丁语了!你看看他,都二十岁了。我二十岁的时候——啊,那是很久以前的事了。岁月无情啊!我年轻的时候总是竭尽全力,有的人却不懂珍惜,肆意挥霍上帝的恩赐。他们不知道每一个人都能成功,成败就在一夕之间,因此不知道努力去争取。"

"拉丁语，呃？"我只能这样回应。成功？能避免一次屈辱性的失败我就会觉得万幸了。若不看他那深紫色的蒜头鼻和被酒浸湿了的山羊胡，我会觉得老人的声音中透着一丝优越感。要不是被酒意摧残，他说话的声音或许很好听，我觉得。

"那么，您取得过成功吗？"我问他。

"我努力了，而且出乎意料地成功了。"

"真的？"

"啊，那是很久以前的事了。光做梦是不会有回报的，而且最伟大的梦想永远无法实现。我年轻的时候也不理解，但我很高兴那时不理解这些。"他叹了口气，"你呢，小伙子？你最大的成功是什么？是破了哈里特·西佩尔、艾达·格兰斯贝瑞和理查德·尼格斯的案子吗？"

他说话的口气就好像不值得把这个案子设为目标似的。

"我不认识尼格斯，就见过一两次。"他继续说，"我刚到这个村子后不久他就离开了。来了一个，走了一个；为同一件事而来，为同一件事而走；都带着沉重的心情来。"

"为了什么事？"

只见这位土地爷一扬手，把一大杯艾尔啤酒咕嘟一下子全倒进喉咙里去了，接着他说："她一直没缓过来！"

"谁？从什么缓过来？你是说理查德·尼格斯离开格勒霍林后，艾达·格兰斯贝瑞就再也没缓过来吗？"

"失去了丈夫。他们这么说的。哈里特·西佩尔。他们说，正是因为年纪轻轻就失去了丈夫，她才会变成那样的。我觉得这个借口太牵强了。他死的时候，还没刚才坐在你这个位置的那个年轻人岁数大呢。太年轻了。他们前途无量啊。"

"您刚才说'她才会变成那样'是什么意思？先生，呃……能解释一下吗？"

"什么，老弟？哦，是的。光做梦不会有回报，无论男女。我很高兴时间让我变老，时间也让我悟出了这个道理。"

"抱歉，看我理解的对不对。"我说，希望他别跑题，"您是说，哈里特·西佩尔年纪轻轻就失去了丈夫，守了寡，因此她变得……怎样了呢？"

老人竟然哭了起来，吓了我一跳。"她为什么一定要到这儿来？她本该有丈夫、有孩子、有一个自己的家，过着幸福的生活。"

"谁应该拥有这些？"我急切地问，"是哈里特·西佩尔吗？"

"要不是她撒了个不可原谅的谎……那是一切的祸根。"突然，像有个隐形人问了他另一个问题似的，老人皱了皱眉头，说，"不，不。哈里特·西佩尔的先夫叫乔治，很年轻就死了，一种可怕的疾病。死时和那个孩子差不多大，就是刚才坐在这儿的那个游手好闲的家伙。斯图克里。"

"那个游手好闲的家伙叫斯图克里？"

"不，老弟，我叫斯图克里，沃尔特·斯图克里。我不知道他叫什么名字。"老人用手指梳理着他的山羊胡说，"她把生命都奉献给了他。哦，我知道为什么，我一直知道为什么。他很富有，不管他有什么罪。她愿意为他付出一切。"

"为……刚才坐在这儿的那个年轻人吗？"不，不可能，那个游手好闲的年轻人不像是个有钱人啊。

我心想，幸亏波洛没参与这个对话，否则，沃尔特·斯图克里这番含糊不清、杂乱无章的表述肯定会让他抓狂。

"不，不是他。他才二十岁。"

"嗯，您刚说过。"

"没必要把生命献给这么个没用的酒鬼。"

"我同意，但是——"

"她不可能喜欢上一个孩子的，特别是曾与一个富有的男人相恋。因此，她把他抛弃了。"

我想起了布劳克斯汉酒店服务员拉法尔·波巴克说过的话，心里突然有了个想法，于是又问他："她比他大很多吗？"

"谁？"斯图克里看起来很疑惑。

"您说的这位女士。她多大？"

"差不多比你大十岁。大概四十二或四十三岁。"

"我明白了。"他把我的年龄猜得很准，这让我大受震动。如果可以，我日后一定能从他这儿打听到更多相关联的信息。

我又回到之前混乱的话题，问他："所以，您说的那位女士，比刚才坐在这儿的那个游手好闲的家伙大吗？"

斯图克里又皱了皱眉头说："为什么这么问，老弟？她比他大了二十多岁！你们警察总爱问些奇怪的问题。"

一个老女人和一个年轻男人：正是哈里特·西佩尔、艾达·格兰斯贝瑞和理查德·尼格斯聊起的那对恋人。我已经取得进展了。我接着说："所以，她原本要和那个游手好闲的家伙结婚，但最终选择了家境殷实的男人。"

"不，不是那个游手好闲的家伙。"斯图克里不耐烦地说。然后，他眨了眨眼睛，笑着说："啊，是帕特里克！他事业有成。她看到了，她懂他。卡其普尔，如果你想让女人爱上你，就要让她们看到你的成功。"

"我不想让女人爱上我，斯图克里先生。"

"为什么？"

我深吸了一口气。

"斯图克里先生，您能不能告诉我，这位女士叫什么？您认为她不该来、不该爱上有钱人、不该撒那个不可原谅的谎言的女人。"

"不可原谅。"老人喃喃道。

"谁是帕特里克？他的全名叫什么？姓名的首字母缩写是不是PJI？还有，格勒霍林是否有个叫珍妮的女人，或者以前有过？"

"事业有成。"斯图克里伤心地说。

"是的，没错。但是——"

"她把一切都献给了他，即使今天再问她，我相信她也不会说后悔。她还能做什么呢？你瞧，她就是爱他。爱情是没有理由的。"他抓住自己的衬衣，使劲儿地拧，"你甚至想把心掏给她。"

在又花了半小时，尝试弄清沃尔特·斯图克里话里的逻辑后，我确实有这种感觉了。我一直坚持着，直到再也受不了了，只好放弃。

第十章　流言蜚语

走出王首旅馆，我感到轻松多了。空中飘起毛毛细雨，在我前面，有个穿着长大衣、戴帽子的人一路小跑着，毫无疑问，他想在雨势变大前回到家，回到屋里。我看向旅馆对面的田地尽头，一道矮树篱那边是一大片绿地，其他三面由整齐的树木围着。依旧是万籁俱寂。除了雨点打在树叶上的滴答声，什么也听不到；除了一片翠绿，什么也看不见。

我敢保证，对于想暂时放下心中所想的人来说，乡村非常不适合生活。在伦敦，总会有小汽车、公共汽车、一个人或一条狗从身旁经过，制造出点儿动静。此时此刻，我多么希望能有点儿动静，什么都行，只要不是这一成不变的安静。

两个女人从我身边走过，也是匆匆忙忙的。我热情地向她们打招呼，可她们头也没抬，匆匆赶路。直到听到从身后传来"警察"和"哈里特"，我才意识到或许是我错怪了这场无辜的雨。他们是在逃离天气，还是在逃离伦敦来的警察呢？

是在我动用波洛所说的灰色细胞，与沃尔特·斯图克里进行毫无逻辑的对话时，维克多·米金违背了我的意愿，悄悄地从旅馆后门出去，拦下过路人，告诉他们我在村子里的吗？我都可以想象当时的情景，他真是一个奇怪又惹人讨厌的家伙！

我继续沿着"S"型小道往前走，忽然看见前方有个戴眼镜、满脸雀斑的年轻人从屋里出来。我很高兴地发现那正是我刚下火车时碰到过的男人。他见我向他走去突然站住了，就像鞋底粘在了地上。"你好！"我大声说，"我找到王首旅馆了，谢谢你的帮助！"

我走近才看到，年轻人的眼睛睁得大大的，看起来想逃走，但又因为不想失礼而没有动。如果不是鼻子上呈"飞回镖"形状的雀斑，我可能会怀疑他并不是我之前见过的那个人。他的态度完全变了，和刚才维克多·米金一样。

"我对那三个被杀的人一无所知，先生。"我还没有来得及问他问题，他就结结巴巴地开口了，"我什么都不知道。而且之前已经告诉您了，我从来没去过伦敦。"

这下能确定了：我的身份和到格勒霍林来的原因已经众所周知了。我在心里暗骂米金。"我到这里来不是为了伦敦的事。"我说，"你认识哈里特·西佩尔、艾达·格兰斯贝瑞和理查德·尼格斯吗？"

"先生，恐怕我不能在这儿和您聊天，我还有事。"他一直称我"先生"。刚见到我时，不知道我是警察时，他可没有这样称呼我。

"哦，"我说，"那咱们晚点聊聊，好吗？"

"不，先生，我想我没有时间。"

"明天呢？"

"不，先生。"他咬着下嘴唇。

"我知道了。要是我强迫你，我敢保证你会缄口不言或者撒谎，对吗？"我叹了口气，"无论如何，感谢你和我说了这么几句话。大多数人看到我都匆匆忙忙地朝另一个方向逃走了。"

"先生，那不是因为您，而是人们害怕。"

"害怕什么？"

"死了三个人，他们不想成为下一个被害者。"

我也不知道我想从他这儿听到怎样的回答，但肯定不是这个。我还没有来得及回复，年轻人已经从我身边窜过去，沿街跑了。我想知道是什么让他认为会有"下一个"？我想起了波洛提起的第四枚袖扣，躺在凶手的口袋里，等待着放进下一个受害者的嘴里。想到这里，我的喉咙不由自主地紧了。我不允许再出现下一具尸体，规规矩矩地躺着，手心向下……

不，这绝对不可能再发生。对自己说了这句话后，我心里觉得好受多了。

我在街上来来回回走了好大一会儿，希望能再见到其他人，结果一个人也没碰到。我还不想回王首旅馆，于是一直走到了位于村子尽头的火车站。我站在开往伦敦的列车停靠的月台上，为不能立刻登上一辆火车回伦敦而感到失落。我在想今晚布兰奇·昂斯沃思夫人会做什么晚餐，波洛会不会喜欢。接着我又强迫自己把思绪拉回到格勒霍林。

如果村里人都躲着不理我，我该怎么办啊？

教堂！其实，我已经大踏步地从墓地旁走了好几个来回了，就是没仔细看，也忘了牧师夫妇曾经在几小时内先后惨死的事了。我怎能如此大意呢！

我返回村子，径直走向教堂。这所教堂叫圣徒堂，小小的一幢蜂蜜色石砌建筑，和建火车站用的石头一样。教堂院落内的草坪修剪得整整齐齐，多数墓碑前都摆放着鲜花，而且很新鲜。

教堂后面有一堵矮墙，穿过墙上的门，眼前出现两幢房子。其中一幢稍微靠后，看起来像是牧师住所，另一幢要小一点儿，后墙紧挨着那堵矮墙，低矮窄长，像一间农舍。房子没有后门，但有四扇窗户，相较于屋子的大小来说算大的了，正对着一排排墓碑。我心想，住在这里的人胆子肯定很大。

我打开铁门，走进院子。很多墓碑旧得连上面的名字都看不清楚了。我正想着，突然一座漂亮的新墓碑进入我的视野，墓前没有摆放鲜花，但看到上面刻着的名字后，我有点喘不过气来。

不可能……但确实如此！

帕特里克·詹姆斯·伊夫，教区牧师，和他亲爱的妻子弗朗西斯·玛利亚·伊夫。

PJI[①]。正如我对波洛说过的那样：放在中间的大一点的字母代表姓氏，而帕特里克·伊夫曾是格勒霍林的教区牧师。

我怕弄错，再次仔细地看看了他们的生卒日期。没错，帕特里克·伊夫和弗朗西斯·伊夫都是一九一三年去世的，前者享年二十九岁，后者二十八岁。

一位牧师和他的妻子在几个小时内相继惨死……刻有他姓名首字母缩写的三枚袖扣被放入了布劳克斯汉酒店的三位受害者口中。

真该死！尽管我不情愿，但还是得承认波洛是对的，这其中确实有联系。他对珍妮的判断也是对的吗？珍妮也与此相关吗？

墓碑上的名字和日期下面还有一首小诗。一首我从未读过的十四行诗。

受人指摘不是你有过错，
流言蜚语总是不公平。

---

①帕特里克·詹姆斯·伊夫的英文原文写为 Patrick James Ive。

刚读了两行，突然身后有人说话，打断了我。

"作者是威廉·莎士比亚。"

我转身一看，是个五十岁左右的女人，瘦长脸，栗色的头发中夹杂着几缕白发，一双灰绿色的眼睛看起来既精明，又充满警惕。她用深色外套把身子裹得紧紧的，说："关于该不该有威廉·莎士比亚的名字，争了好久。"

"您说什么？"

"是否该把莎士比亚的名字刻在诗歌下面。最后决定，墓碑上还是只刻……"她突然转过身去，没有说完。当她再次转过来时，我发现她眼泪汪汪的。她说："哦，这个……是亡夫和我共同决定的……哦，准确地说，是我决定的。但无论我做什么，查尔斯都是最忠诚的支持者。我们认为，威廉·莎士比亚的名字已经在各个方面受到了非常广泛的关注，不需要再刻在这里了。"她冲墓碑点点头，接着说，"但我看到你在这里，觉得有义务过来告诉你这首诗是谁写的。"

"我还以为这儿只有我一个人呢。"我看着进来前走的那条路，心想刚才怎么会没看到她。

"我是从另一扇门进来的。"说着她用大拇指指了指背后，"我住在那边的小屋里，透过窗户看见了你。"

肯定是脸上的表情泄露了我的心思，她笑着对我说："你想问我是否介意窗外的风景？不介意，我之所以住在那里就是想守望墓地。"

她的口气很自然，就像在说一件再平常不过的事情。她肯定能读懂我在想什么，因为她又解释说："卡其普尔先生，帕特里克·伊夫的墓碑之所以没被挖，原因就是大家都知道我在这里守着呢。"她突然向我伸出手，于是我和她握了握手。"我叫玛格丽特·恩斯特，"她说，"你可以叫我玛格丽特。"

"您的意思是……您是说，村里有人想挖帕特里克·伊夫和弗朗西斯·伊夫的坟墓吗？"

"是的。我以前常常在这儿放花，没有用，都被人毁了。当然，摧毁花要比摧毁墓碑容易多了。我现在不再放花了，他们也就没什么可破坏的了，只剩下墓碑。但我每天都坐在小屋里，守着它。"

"像您这样守着一个人的墓碑，还挺让人吃惊的。"我说。

"哦，确实不寻常，不是吗？你读完那首诗了吗？"

"我刚开始读，您就来了。"

"现在就读。"她命令说。

我转过身来，把墓碑上的诗完整地读了一遍。

受人指摘不是你有过错，
流言蜚语总是不公平。
最美的装饰就是猜疑，
犹如清空中飞翔的乌鸦，
流言正好证明你的品德，
时间正好证明你的价值；
毒虫只喜欢甜美的花蕾，
而你光明磊落。
已度过青年时期的重重危机，
亦或受挫，亦或成功，
这不足以表达对你的赞美。
让妒忌停止不再蔓延，
如果猜忌的恶意把你包裹，
心灵的王国将永远为你而存。

"读完了,卡其普尔先生?"

"在墓碑上刻这样的诗真是新奇。"

"你这样想吗?"

"诽谤,这个词很严重啊。这首诗……除非我理解有误,这首诗是在说有人诋毁帕特里克和弗朗西斯夫妇的人格吗?"

"是的,所以我才选了这首诗。有人跟我说,把整首诗都刻上去要花很多钱,刻前两行就够了,我该知足了。就好像钱是最重要的似的。人类真是太残酷了!"玛格丽特·恩斯特愤怒地哼了一声。她把手放在墓碑上,好像那是她心爱的孩子的头。她说:"帕特里克和弗朗西斯都是非常善良的人,他们不会对任何人起恶意。说真的,这样的人能有几个啊?"

"哦。那么——"

"我并不认识他们。他们死后,我和查尔斯接管了这片教区。事情都是村里的医生,弗拉沃德先生告诉我们的。在格勒霍林,只有他的话值得信赖。"

为了确保没有误解,我说:"这么说,在帕特里克·伊夫之后,您丈夫是这里的牧师了?"

"是的,一直到三年前他去世。现在的牧师是个书呆子,没结婚,不喜欢与人交往。"

"那位弗拉沃德医生呢?"

"忘了他。"玛格丽特·恩斯特回答得很快,让弗拉沃德这个名字牢牢地印在了我的脑海。

"好吧。"我违心地说。虽然只交谈了不到一刻钟,但我已经知道,服服帖帖是让玛格丽特·恩斯特为我所用的最佳策略。

"为什么是您帮他们篆刻墓志铭?"我问她,"伊夫夫妇没有家人吗?"

"他们不想刻,也没有能力。很可悲。"

"恩斯特夫人,"我说,"玛格丽特,我想说……您让我感觉这个村子里还有人欢迎我。显然,您知道我是谁,肯定也知道我为什么而来。没人愿意和我说话,除了王首旅馆里那个前言不搭后语的老人。"

"我并没想刻意地表示欢迎,卡其普尔先生。"

"或者说没那么不欢迎。至少您没有看见我就像见了可怕的幽灵一样逃跑。"

她笑着说:"你?可怕?哦,天哪。"

我不知道该说什么了。

"那个在王首旅馆说话前言不搭后语的老人,是不是长着白胡子?"

"是的。"

"他会跟你说话是因为他不怕。"

"因为喝得太多,感觉麻木了?"

"不。因为他不是……"玛格丽特停了下来,换了种说法,"他不怕杀害哈里特、艾达和理查德的凶手。"

"您呢?"我问她。

"即便有这样的危险,我还是会跟你说话的。"

"我明白了。这么说,您非同寻常的勇敢?"

"我是非同寻常的傻。需要说的我就会说;需要做的我就会做。如果我意识到有人想让我保持沉默,那我就更要说出来。"

"值得赞扬,勇气可嘉。"

"你觉得我太直接了吗,卡其普尔先生?"

"不,直来直去能让生活更简单。"

"造成你生活不那么简单的原因就是这个吗?"玛格丽特·恩斯特

笑了笑,"啊,我知道你不想聊自己。这没什么。那你觉得我的性格如何?如果你不介意我这么问的话。"

"我才刚认识你。"天哪!我暗自惊呼。作为一个生来就不善此道的人,此时我只能勉强说出一句:"总之,我觉得你是个好人。"

"你不觉得这么形容一个人太抽象了吗?而且太概括了。另外,什么是'好'?从道德层面来讲,我做过的最好的一件事其实是错的。"

"是吗?"这是一个多么不平凡的女人啊!我决定碰碰运气。"你刚才说,你总爱与人唱反调,别人不想让你做的你偏要做……维克多·米金告诉我这里不会有人和我说话。如果你能无视我,不邀请我到你的小屋喝杯茶、避避雨,同时好好地谈谈,他会非常开心。你意下如何呢?"

玛格丽特·恩斯特笑了。正如我所愿,她似乎很欣赏我的冒失,但我也发现她眼中的警惕更强了。"如果你能像村里的大多数人一样,拒绝踏入我的门槛,米金先生也会非常开心的。"她说,"只要有人不幸,他都会觉得开心。但至少我们俩能让他不爽,如果你想反抗一下的话。"

"好啊,"我说,"听起来问题解决了。"

"告诉我,帕特里克和弗朗西斯·伊夫夫妇到底发生了什么?"玛格丽特一端上茶,我就立刻问了这个问题。我们俩坐在狭长的客厅里,烤着火。玛格丽特称这里为客厅,但这里有很多书,说是"图书馆"也很贴切。一面墙上挂着三张肖像,两张是画的,一张是照片。像中的男人有着高高的额头和桀骜不驯的眉毛,我猜那就是玛格丽特的亡夫,查尔斯。被三个查尔斯紧紧地盯着,让我有些不安,于是我转身面朝窗户。我坐的椅子恰好对着伊夫夫妇的墓碑，我断定这里肯定是玛格丽特常坐的地方，以便守卫他们。

从这里看过去，墓碑上的字就看不清楚了。我已不太记得那首诗的内容，除了那句"流言蜚语总是不公平"，深深地印在我的脑海。

"不。"玛格丽特·恩斯特说。

"不？你不想告诉我帕特里克和弗朗西斯·伊夫夫妇的故事吗？"

"今天不行。明天或许可以。你还有别的问题吗？"

"有，但是……我能不能问一下，今天和明天有什么区别？"

"我需要点时间考虑。"

"问题是——"

"你想提醒我你是个警察，正在查一起谋杀案，我应该知无不言。但是，帕特里克和弗朗西斯·伊夫与你的案子有什么关系？"

我应该好好考虑一下，等会儿再说的，但我急于想知道如果我告诉她维克多·米金和她都不知道的一些情况，她会说些什么。

于是我对她说："我们在三位受害者的嘴里均发现了一枚金袖扣，三枚袖扣上都刻有帕特里克·伊夫姓名的首字母组合 PJI。"接着我又重复了一遍给波洛解释过的话，三个字母中，中间最大的那个代表姓。不像我那位比利时朋友，玛格丽特·恩斯特没觉得随意组合字母是对人类文明的亵渎，她也没对我所说的事实感到惊讶，这让我觉得不同寻常。

"现在，你知道我为什么对帕特里克·伊夫感兴趣了吗？"我说。

"知道了。"

"那你现在愿意告诉我他的故事了吗？"

"我刚才说过了，或许明天可以。你要不要再来点茶，卡其普尔先生？"

我表示想添些茶水，于是她离开了房间。我一个人坐在客厅里，反复思考现在请她称呼我为爱德华算不算晚，如果还不算晚，那要不要这么做。想来想去，最终决定还是什么都不说，让她继续称我为"卡其普尔先生"吧。这也是我不得要领的坏习惯之一：该做决定时犹豫不决，最后什么都没做。

玛格丽特倒茶回来后，我向她道谢并问她能否告诉我哈里特·西佩尔、艾达·格兰斯贝瑞和理查德·尼格斯的事。她的转变令人难以置信。立刻就毫不犹豫、毫无保留地把其中两个人的情况详详细细地告诉了我，详实得足以记录好几页。真可恨，我带来格勒霍林的笔记本还在行李箱里，留在王首旅馆了，这下可真是要考验我的记忆力了。

"村里到处都是有关她的传说，说哈里特性格温顺。"玛格丽特说，"善良、大方，总是满面笑容、乐于帮助朋友和邻居、无私奉献，完全就是一个圣人。愿为他人考虑，总是积极向上。还有人说她质朴天真。我不知道是否该完全相信这些话。没人能像'改变以前的哈里特'那么好，这话被说得活灵活现的。我想知道与后来的她完全相反会是什么样……"玛格丽特皱了皱眉头说，"也许不是这样的，严格来说，像她这样的情况不可能从一个极端走到另一个极端，但人们讲故事的时候总想尽可能戏剧化，是不是？不过，年纪轻轻就失去了丈夫，这确实会改变一个人的性格，哪怕她天性乐观。他们说，哈里特深爱着她的丈夫乔治，乔治也非常爱她。一九一一年去世时他才二十七岁，一直身体健康，却有一天突然猝死在大街上。脑血栓。哈里特二十五岁就成了寡妇。"

"对她来说一定是天大的打击！"我说。

"是啊，"玛格丽特也同意我的说法，"失去这么重要的亲人会对人的性格产生严重的影响。有趣的是，人们竟然形容她为天真。"

"你为什么这么说？"

"'天真'，意味着对生活有错误的美好幻想。如果一个人一开始相信世界是完美的，而后突然遭受沉重的打击，她就会伤心、愤怒、怨恨，犹如自己上当受骗了。而且当然，当我们遭受痛苦的时候，就很容易去责怪他人、折磨他人。"

我正极力掩饰心中的强烈不满，只听她又说："我应该说有些人，不是所有的人都会这样做。我想，在你看来，折磨自己更容易。是不是，卡其普尔先生？"

"我不想折磨任何人。"我茫然地说，"所以，我是不是可以认为，失去丈夫对哈里特·西佩尔的性格产生了负面影响？"

"对。我从未见过亲切善良的哈里特，我所认识的哈里特·西佩尔是个不怀好意、道貌岸然的女人，她把这个世界和世上的每一个人都看作她的敌人并怀疑他们。她的眼里没有好人，只有邪恶，她的行为像是要把所有的邪恶都挖出来，并击败它似的。只要村里有陌生人来，她就会认定来者心怀不轨，并尽可能地散布谣言，怂恿大家寻找证据。有新面孔站在她面前，她就一定要在这个人身上找到邪恶之处，如果找不到，她就捏造一个。乔治死后，她唯一的乐趣就是谴责他人有罪，好像这样做就能让她成为一个好人。一旦发现新的不道德行为，她的眼睛都会放出光彩……"

玛格丽特哆嗦了一下。"丈夫去世后，她似乎又找到了点燃生活激情的火把，便紧紧地抓住不放。但那是黑暗的、具有毁灭性的热情，源于仇恨，不是爱。最糟糕的是，她周围有一群人，时刻准备附和她对他人的恶意攻击。"

"他们为什么这样做？"我问。

"他们不想成为下一个被指责的人。他们知道西佩尔不能没有猎物。我觉得，要是一个星期没有猎物让她发泄一下怨恨，她就受不了。"

我想起那个戴眼镜的年轻人说过的话，"没人想成为下一个"。

玛格丽特说："不管哪个可怜的家伙被她盯上，只要能分散她的注意力，其他人就都愿意谴责人家。他们什么都愿意做。西佩尔的交友观是：要与她一起谴责有罪之人，无论罪大罪小。"

"恕我直言，我感觉听了你的描述，这个人会被谋杀不足为奇。"

"是吗？我认为像哈里特·西佩尔这样的人，被杀多少次都不为过。"玛格丽特扬了扬眉毛，"我知道我又吓到你了，卡其普尔先生。作为一个牧师的妻子，我大概不该说这样的话。我努力地做个忠诚的基督徒，但我也有缺点，每个人都有。我的缺点就是无法原谅那些无法原谅别人的人。听起来是不是矛盾？"

"听起来有点绕口。请原谅，能不能告诉我上周四晚上你在哪儿？"

玛格丽特叹了口气，看着窗外说："我在我一直所在的地方。坐在你现在坐着的那个地方，看着墓地。"

"就你自己？"

"对。"

"谢谢。"

"现在我可以讲艾达·格兰斯贝瑞的故事了吗？"

我点点头，心里却有些恐惧。要是发现三个被害者活着的时候都是狠心的恶人，我会是什么感觉。"愿他们永不安息"几个字从我脑中闪过，紧接着我又想起波洛对他和珍妮相遇时的描述，珍妮坚持认为只有她死了才算公平……

"艾达是个要命的自大狂。"玛格丽特说,"她所表现出来的道貌岸然和哈里特不相上下,但艾达这么做是因为害怕和信仰,而不是享受迫害别人所带来的刺激。和哈里特不一样,谴责他人的恶行并不能给艾达带来乐趣,她认为这是作为一名虔诚的基督徒该做的事。"

"你所说的害怕,是指害怕遭到天谴吗?"

"哦,当然,但也不全是。"玛格丽特说,"不管那些规矩是什么,人们的看法总是不尽相同。像我这种有反抗性格的人就是不喜欢被约束,即使有些规矩完全合情合理。但有些人喜欢并且要坚决执行,他们觉得那样才有安全感。可以受到保护。"

"艾达·格兰斯贝瑞属于后者吗?"

"是的,我觉得是。但她不会这么说。她总是小心谨慎,极力表现出自己是一个很有原则的女人。艾达不过是有些人性的弱点,没什么可耻的!尽管她活着的时候做过很多不为人知的害人之事,但她死了,我还是很难过的。不像哈里特,艾达相信救赎。艾达想拯救罪恶之人,而哈里特只想斥责他们,从中获得优越感。我相信艾达会原谅一个很想改过自新的罪人,她相信基督徒会真正地忏悔,这支撑着她的世界观。"

"艾达做了哪些不为人知的害人之事?"我问她,"害谁了?"

"明天再来问这个问题吧。"她说这话时的语调既大方又坚决。

"是帕特里克和弗朗西斯·伊夫夫妇吗?"

"明天,卡其普尔先生。"

"关于理查德·尼格斯,你能告诉我什么呢?"我接着问。

"恐怕我知道的很少。我和查尔斯到格勒霍林后不久,他便离开了。我想,他在村里很有威信,人们都很听他的话,会来找他寻求建议。大家一说起他都满怀尊重,除了艾达·格兰斯贝瑞。自从他离开格勒霍林和她,艾达就再也没提起过他。"

"他们俩是谁决定取消婚约的?"我问。

"他。"

"你怎么知道她再也没提起过他呢?可能只是不在你面前提,她会不会对别人说呢?"

"哦,艾达不在我面前提理查德·尼格斯,也没在别人面前说起过。这些是安布罗斯·弗拉沃德告诉我的,就是那个乡村医生,世界上最可靠的人。只要他记得让候诊室的门半开着,就能听到不少事。"

"是你刚才让我忘记的那个弗拉沃德医生吗?我想我最好连他的教名也忘了。"

玛格丽特没理会我的玩笑,接着说:"我确信,被理查德抛弃后,艾达决定不再说起他,甚至不再想起他。她表面上看着不伤心。人们都赞扬她很坚强、很果敢。她还宣布说从此以后要把所有的爱都奉献给上帝,因为她认为上帝要比凡人可靠。"

"当你听说上周四晚在伦敦,理查德·尼格斯和艾达·格兰斯贝瑞一起在酒店房间里喝下午茶时,感到吃惊吗?"

玛格丽特瞪大了眼睛,说:"没错,听到你说他们俩单独在一起喝下午茶,我确实非常震惊。艾达是那种只要说划清界限,就绝不会越界一步的人。理查德·尼格斯也是这样的人,他说不娶艾达为妻,就不可能再改变主意。而我认为,如果不是他屈服忏悔,并再次求爱,艾达绝不可能同意单独和他会面。"

稍停了一会儿,玛格丽特继续说道:"既然哈里特·西佩尔也住同一个酒店,那么我猜,她肯定也去享用下午茶了,对吧?"

我点点头。

"哦,那么,他们三个人肯定有很重要的事要谈,比过去任何一个人划定的界限都要重要。"

"你已经知道他们在谈什么了,对吗?"

玛格丽特看向窗外那一排排墓碑,说:"明天你来的时候,也许我会有些想法。"

第十一章　两段回忆

在我竭力说服玛格丽特·恩斯特，请她现在就告诉我帕特里克·伊夫夫妇的故事，却劳而无功时，波洛也在伦敦的"欢乐咖啡屋"里做无用功。他正在试图说服女服务员菲·斯普琳，逼她回忆已经忘记的事。

"我能说的，全都告诉您了。"这话她已经重复了很多次了，一次比一次无力，"那天晚上，我发现珍妮有点不对劲。但后来我就把这件事放到一边了，现在它不知藏到哪儿了，想不起来了。您这么纠缠肯定没用。哦，有可能就是您把它吓跑了。您太没耐心了。"

"请再好好想想，女士。这也许很重要。"

菲·斯普琳朝波洛背后的门看了看，说："如果您是来寻找回忆的，很快就会进来一个人帮您。他半个小时前就来过这儿一趟，有警察陪着，就像皇室成员那样，有护驾。我觉得肯定是个重要人物。您刚才不在，所以我让他这时候再来。"菲的头顶上方是个弓形木架子，上面摆放着两个茶壶，她看着茶壶中间的钟表，"虽然昨天我告诉您不会找到珍妮的，但我知道，您今天一定还会再来找她，至少会来一趟。"

"那位先生告诉你他的名字了吗？"

"没有。他挺好的，很有礼貌，也挺尊重人。不像另外一个家伙，那家伙一身脏兮兮的，还模仿你说话的方式。不管多么像，他都不该模仿您的声音。"

"没什么，女士。你说的那个人是塞缪尔·基德先生，他和我口音不同。只是很像，但是没有人能够真正地模仿另一个人的声音。"

菲笑着说："他模仿得真像！要是闭上眼睛，我都听不出差别。"

"这说明，人们在说话的时候你没注意观察。"波洛生气地说，"每个人的声音都与众不同，节奏也独一无二。"为解释他的观点，波洛举起了杯子，说，"就像'欢乐咖啡屋'的咖啡一样独一无二。"

"您喝得太多了，"菲说，"对您不好。"

"你怎么会这样想？"

"波洛先生，您看不到自己的眼睛，我看得到。您应该偶尔喝喝茶，茶喝起来没有泥巴的味道，也不像咖啡那样有那么多有害物质。茶对人只有好处。"一番大论之后，菲抚了抚身前的围裙，接着又说，"另外，人们说话的时候我是听着的——听的是内容，不是口音。无论他们是比利时口音，还是英国口音，都不重要，重要的是他们说了什么。"

正说着，咖啡屋的门开了，走进来一个男人，他的眼角微微下垂，像一只矮腿猎狗。

菲用胳膊肘捅了捅波洛，说："他来了，没跟着警察。"

来人是拉法尔·波巴克，布劳克斯汉酒店的服务员，案发当晚七点一刻，他给哈里特·西佩尔、艾达·格兰斯贝瑞和理查德·尼格斯送过下午茶。波巴克为自己的不请自来而道歉，他说卢卡·拉扎里对所有员工说，如有事找大侦探赫尔克里·波洛，就直接去圣乔治巷的

"欢乐咖啡屋"。

刚一坐下，波洛就问："你想跟我说什么？是又想起了什么事吗？"

"先生，我又尽力回忆起了一些情况，想趁现在还记得清楚，赶快过来告诉您。之前告诉过您一些，回去后我又想了很久。真的很神奇，只要好好想，还真的会想起很多。"

"确实如此，先生。所以，我们有必要坐下来，充分发动灰色细胞的力量。"

"先生，我已经告诉过您，那天是尼格斯先生接的晚餐。当时两位女士正在聊一个女人和一个男人的事情，正如我在酒店里说过的。听起来好像是男的嫌弃女的太老了，把她抛弃了，或是因为别的原因不喜欢她了。先生，这是我的理解，但我又想起来一点她们说过的话，您可以自己做判断。"

"啊！极有帮助！"

"哦，先生，我首先想起来的是哈里特·西佩尔夫人说过的话：'她没有别的选择了，不是吗？他已不再信任她了。他现在不喜欢她了——是她自己离开的，她都老得可以做他的母亲了。不，如果她想知道他的想法是什么，就别无选择，只能接受他所信任的女人，和她谈谈。'说完这些话后西佩尔夫人突然大笑起来，笑声很难听。我之前在酒店也说过，她的笑声阴森森的。"

"请继续，波巴克先生。"

"好。听到她的话后，尼格斯先生转过身去——之前他都在和我寒暄——说：'哦，哈里特，你这么说不公平哦。艾达很容易受到惊吓，对她温柔点儿。'然后，哈里特·西佩尔或是艾达·格兰斯贝瑞又说了些话。很抱歉，先生，我怎么都想不起来她又说了什么。"

"你不必为此道歉，"波洛说，"尽管你没有完全想起来，但我相信,这些都很有价值。"

"希望如此,先生。"波巴克疑惑地说,"接下来我能逐字逐句回忆起的是过了一会儿,我把三位客人的下午茶摆到桌子上,就听到尼格斯先生对西佩尔夫人说:'他有脑子吗?我认为他没有脑子。而对于你刚才说的"老得可以做他的母亲了"这一说法,我完全不赞同。'西佩尔夫人听完大笑,之后又说:'好吧,咱们俩谁也不能证明自己是对的,那咱们就赞同不赞同吧。'这也是我离开房间前听到的最后一句话,先生。"

"我认为他没有脑子。"波洛嘟囔着这句话。

"这就是他们所说的,先生,而且三个人都一点不友好。他们完全不接受口中所说的那个女人,出口歹毒。"

"太感谢你了,波巴克先生,"波洛热情地说,"你非常有帮助。真没想到,还能得知他们说话的具体内容,还这么多。"

"我希望还能记起剩下的,先生。"

波洛力劝波巴克多坐一会儿,喝点东西。但他想赶快回布劳克斯汉酒店,不想惹了好脾气的卢卡·拉扎里。

菲·斯普琳说咖啡对健康有影响,所以波洛没喝她端来的第二杯咖啡,决定回布兰奇·昂斯沃思的公寓。他走得很慢,漫步在繁忙的伦敦街头,思绪却在飞速动转。他边走边回想拉法尔·波巴克回忆起来的话"他现在不再喜欢了……她老得都可以做他的母亲了……他有脑子吗?我认为他没有脑子……我不赞同你刚才说'老得可以做他的母亲了'……好吧,咱俩谁也不能证明自己是对的……"

都到了他的临时住处,他嘴里还不停地念叨着那些话。一进家门,布兰奇·昂斯沃思夫人就冲过来开心地问他:"你在自言自语地说什么呢,波洛先生?今天感觉像有两个你!"

波洛低下头，看了看逐渐发福的身体，说："夫人，我很希望不要吃得太多，都胖了一圈了。"

"不，我指的是说话的方式。"布兰奇·昂斯沃思夫人压低了声音，并凑到波洛身旁，波洛不得不缩得靠在墙上，以免和夫人有肢体接触，"有个家伙来找你，说话的声音和你一模一样。他正在会客厅里等你呢，肯定是从你的家乡比利时来的。他衣衫褴褛，但我让他进来了，因为他身上没有臭味，而且……哦，我可不想把你的亲戚赶出去，波洛先生。我想每个国家的着装传统都不一样吧，当然，还是法国人穿得体面，是不是？"

"他不是我亲戚，"波洛生硬地说，"他叫塞缪尔·基德，是英国人，和夫人您一样。"

"他脸上全是伤，"布兰奇·昂斯沃思夫人说，"他说是刮胡子刮破的。我想他肯定连胡子都不会刮，真可怜。我说我有治疗划伤的药，他听了却只是大笑。"

"满脸都是？"波洛皱着眉头问，"上周五，我在'欢乐咖啡屋'见到这个基德先生时，他脸上的胡子只刮了一片，上面有一处伤口。告诉我，会客厅里的那个人有胡子吗？"

"哦，没有，除了眉毛，脸上什么毛发都没有，连一块完整的皮肤也没有！波洛先生，我真希望您能教他怎么刮胡子而不伤到自己。哦，真抱歉。"布兰奇·昂斯沃思夫人突然把两手放在嘴上说，"您刚才说了，他不是您的亲戚？我脑子里始终以为他是比利时人。他说话的口音听起来确实和您太像了。我还以为他可能是您弟弟。大约四十岁，是吗？"

被当成那个衣衫褴褛的塞缪尔·基德的亲戚，波洛觉得受到了侮辱，他立刻中止和布兰奇·昂斯沃思夫人的对话，直奔客厅。

在客厅里他见到了这位客人，正是上周五在"欢乐咖啡屋"见过的，只是今天他把脸上的毛发都刮去了，还把自己的脸刮得乱七八糟。

"下午好，波罗先生。"塞缪尔·基德站起身说，"我敢打赌我蒙住她了，是不是，不然她怎么会让我进来呢？她是不是认为我是您的同胞？"

"下午好，基德先生。看得出来，自从上次一别，你确实遭受了很大的不幸。"

"不幸？"

"你脸上的伤啊。"

"啊，您说对了，先生。我不喜欢让锋利的刀片靠近我的眼睛。我总觉得会刮到眼珠子，结果手就总哆嗦。我真的很在意眼睛。我试图告诉自己想点别的，但没用，结果就把自己的脸划得一道一道的。"

"明白了。请问，你怎么知道到这儿来找我？"

"拉扎里先生在酒店说斯坦利·比尔警官说卡其普尔先生和您一起住在这里。很抱歉登门打扰，但我有好消息要告诉您，您肯定想立马就知道。"

"什么消息？"

"那位掉了两把钥匙的女士，就是案发后从酒店里跑出来被我看到的那位女士……我想起来她是谁了！今天早晨看报纸的时候我突然就想起来了。我平时不常看报纸的。"

"你看见的那位女士是谁，先生？没错，波洛想马上知道她的名字。"

塞缪尔·基德沉思着，用指尖摸了摸左脸颊上的一道红肿发炎的伤口，然后说："我有自己的日子要过，没时间关心他人的生活。我选择过好自己的生活，而不是操别人的闲心。但是今天早晨，我确实读报纸了，我想看看上面有没有布劳克斯汉酒店谋杀案的报道。"

"对，"波洛强忍耐心说，"你读到了什么？"

"哦，关于那起谋杀案的消息有很多，大都是说警察尚未取得太大的进展，呼吁所有知情人主动提供线索。于是我就来了，波洛先生，主动来提供线索。正如那天所说，一开始我没有记起她的名字。现在，我想起来了！"

"这是个超级好的消息，基德先生。如果你接下来就告诉我她的名字，那才真是个好消息。我等着听呢。"

"我曾在报纸上见过她，见过她的照片。因此我一读报纸就想起她了。先生，她是位很有名的女士，叫南希·杜安。"

波洛瞪大了眼睛。"南希·杜安，那个艺术家？"

"是的，先生，就是她，不会错。我敢保证，就是她，那个画肖像的。她的脸也像画一样美，所以我就记住了。我还对自己说：'塞米，案发那晚你看到从布劳克斯汉酒店跑出来的那个人是南希·杜安。'所以我就跑过来告诉您了。"

第十二章　痛苦的伤口

第二天，一吃过早饭，我就去了位于格勒霍林圣徒教堂墓园附近的玛格丽特·恩斯特的小屋。她家的门半开着，我轻轻地敲了几下，确保没把门推得更开。

没人应答，于是我又不断地敲了好几次。"恩斯特夫人？"我大声地喊，"玛格丽特？"

一片寂静。

不知道为什么，我感觉身后有什么动静，于是转过身去，但可能只是风吹动树枝的声音。

我轻轻地推了推，门吱吱呀呀地晃开了。首先映入眼帘的是一条围巾，青绿色的丝绸，图案精美，躺在厨房的石板地上。怎么会丢在这里呢？我深吸了口气，这时里面传来"进来吧，卡其普尔先生"的喊声，吓得我身子一僵，差点儿跳了起来。

玛格丽特·恩斯特走进了厨房。"哦，我正找它呢。"她笑着说，随即弯腰捡起了围巾，"我知道你会来，所以留着门呢。其实，五分钟前我就在盼着你来了，但又一想，九点整就来，会不会显得太心急了？"她把围巾围到脖子上，带我走进屋里。

她那戏弄人的话给了我胆量,尽管我知道她并非有意如此,但我确实一反常态地更加直接了。"我急于查清实情,并且不介意询问。"我说,"是谁想杀了哈里特·西佩尔、艾达·格兰斯贝瑞和理查德·尼格斯?我相信对此你有些看法,而我想知道。"

"那几张纸是什么?"

"什么?哦!"我都忘记手里还拿着东西,"是名单,案发时住在布劳克斯汉酒店的客人和酒店的工作人员名单。我想你不妨看一看,然后告诉我有没有认识的人,但你能不能先回答我的问题,谁有可能想杀——"

"南希·杜安。"玛格丽特说。她接过那两张名单,皱着眉头仔细阅读。

我的反应和昨天波洛面对塞缪尔·基德时一模一样,只是当时我不知道。"南希·杜安,那个艺术家吗?"

"稍等一下。"玛格丽特阅读名单的时候,我们俩就静静地站在那里,"恐怕我一个也不认识。"

"你是说南希·杜安,我所知道的那位为社会名流画肖像的画家南希·杜安,有杀哈里特·西佩尔、艾达·格兰斯贝瑞和理查德·尼格斯的动机?"

玛格丽特把那两张纸折叠好,还给了我,然后领着我去客厅坐。我们刚在昨天坐过的椅子上坐下,她马上就开口道:"是的,是南希·杜安,那位著名的艺术家。我觉得,她是唯一有动机杀害哈里特·西佩尔、艾达·格兰斯贝瑞和尼格斯,也有能力实现并成功逃逸的人。卡其普尔先生,不必吃惊,名人也难免邪恶。尽管我也不得不承认,我不相信南希会做出这样的事。我们相识的时候她很有涵养,人不会变得那么快吧。她以前还是个勇敢的女人。"

我没说话。我在想，问题在于，有些凶手在绝大多数情况下的确有涵养，但只需要有一次摒弃教养，去杀人。

玛格丽特说："昨天晚上我一夜没睡，一直在想会不会是沃尔特·斯图克里做的。不，不是，不可能。如果没人帮忙，他连站都站不起来，更不要说一个人去伦敦了。杀三个人，远远不是他能做到的。"

"沃尔特·斯图克里？"我在椅子上朝前欠了欠身说，"昨晚在王首旅馆和我聊天的那个醉老头吗？他为什么想杀哈里特·西佩尔、艾达·格兰斯贝瑞和理查德·尼格斯？"

"因为弗朗西斯·伊夫是他女儿。"说着，玛格丽特又转身朝向窗外，看了看伊夫夫妇的墓碑。突然，莎士比亚《十四行诗》中的诗句再次出现在我的脑海中：流言蜚语总是不公平。

"要是沃尔特杀了他们，我倒是很高兴，"玛格丽特说，"我是不是很可怕？只要不是南希做的我就放心了。沃尔特老了，我觉得他没多久活头了。哦，我不希望是南希！我曾经在报纸上读到过她作为艺术家有多成功。她离开这儿之后干出了一番名堂，这对我来说也是一份安慰。一想起她在伦敦功成名就，我就会感到高兴。"

"离开这儿？"我说，"南希·杜安以前也曾住在格勒霍林吗？"

玛格丽特盯着窗外说："是的，直到一九一三年。"

"帕特里克和弗朗西斯·伊夫夫妇去世那年，也是理查德·尼格斯离开这个村子那年。"

"是的。"

"玛格丽特……"说着，我把身子探到前面，想让她把注意力从伊夫夫妇的墓碑上转移过来，"我衷心地希望我的到来值得你下定决心，告诉我帕特里克和弗朗西斯·伊夫夫妇的故事。我相信，听完他们的故事，我将会弄明白许多现在看来无法破解的疑团。"

她转过头来，严肃地看着我说："我已经决定告诉你这个故事了，但有一个条件，你必须发誓不会复述给村里的其他任何人。回伦敦之前，我在这个房间里说的每一个字你都不能传出去，回去以后，你想告诉谁就告诉谁。"

"这一点你无需担心，"我说，"我在格勒霍林没有几个可以说话的人，所有人一见到我就逃跑了。"今天早晨来玛格丽特·恩斯特家的路上就又发生了两次这样的事情。其中一个逃跑者还是个孩子，最多不过十岁。连一个孩子都知道我是谁，并为了自保而对我视而不见、转身就跑。我敢肯定他早就知道我姓什么、叫什么，还知道我来格勒霍林的目的。小村庄至少有一个伦敦所不具备的优势，他们知道用什么办法忽视一个家伙，让他觉得非常难受。

"我希望你做出一个严肃的承诺，不要回避，卡其普尔先生。"

"为什么要保密？不是所有的村民都知道伊夫夫妇和发生在他们身上的事吗？"

玛格丽特接下来说的话告诉我，她只是担心村里的一个人。她说："听完我说的话，你肯定想找安布罗斯·弗拉沃德医生。"

"你想让我忘记那个人，为什么还一次次地提起？"

她的脸红了。"你必须保证不去找他，如果你碰巧遇见了他，就不能提起帕特里克和弗朗西斯·伊夫夫妇的事。除非你向我保证，否则我不会告诉你任何事情。"

"我恐怕不能保证。你让我拿什么回去向苏格兰场的领导汇报？他们让我到这儿来就是为了调查情况的。"

"那好，我们陷入死胡同了。"玛格丽特抱起了胳膊。

"假如我去找他，让他告诉我那些故事呢？他也了解伊夫夫妇，对吧？你昨天说了，和你不一样，伊夫夫妇活着的时候，他就住在格勒霍林了。"

"不！"她的眼睛里充满了恐惧，"请不要找安布罗斯！你不明白。你不会明白的。"

"你在害怕什么，玛格丽特？在我看来你是个正直的人，但是……好吧，现在我不禁怀疑，你是不是对我有所隐瞒。"

"哦，我会和盘托出，毫无保留。"

不知道为什么，我相信她。"那么，如果你没有对我保留，那为什么不准我再和其他人谈论伊夫夫妇呢？"

玛格丽特站起身，走到窗前，额头抵着窗户玻璃，她的整个身体正好挡住我的视线，让我完全看不见伊夫夫妇的墓碑。"一九一三年发生的那件事给这个村子留下了痛苦的伤，"她平静地说，"生活在这里的每一个人都没能逃脱。之后南希·杜安搬去了伦敦，理查德·尼格斯去了德文郡，但他们也没能幸免，都带着伤。从他们的皮肤和身体表面看不出来，但伤就在那里。看不见的伤口才是最痛的。至于留下来的人，就像安布罗斯·弗拉沃德，他们也一样痛苦。我不知道格勒霍林还能否康复，但我知道现在还没有。"

她转过头看着我说："卡其普尔先生，村里人再也没有提起那场悲剧。没有一个人，从不直接提起。有时候沉默是唯一的办法。沉默和忘记，要是有人能忘记就好了。"说话时，她握紧双手，又松开了。

"你是不是担心我的问题会对弗拉沃德医生造成什么影响？他是不是在试着忘记过去？"

"我刚才也说了，忘记是不可能的。"

"但是……对他来说这是一个痛苦的话题？"

"是的，非常痛苦。"

"他是你的好朋友吗？"

"我和这事毫不相干，"她严厉地反驳我，"安布罗斯是个好人，我不希望他被打扰。你为什么不愿意发誓？"

"好吧，我发誓。"我不情愿地向她保证，"我不会和村里的任何人提起你对我说的话。"发完誓，我发现自己在暗自希望格勒霍林的村民们能一如既往地忽视我，不要出现在路上诱惑我。不过，要是离开玛格丽特·恩斯特的小屋，回去的路上能碰上唠叨的弗拉沃德医生，那就是我的运气了，我十分渴望和他好好聊聊。

墙上那三幅已故查尔斯·恩斯特的肖像正盯着我看，他的双眼似乎在警告我："你这个无赖，要是敢骗我老婆，你会后悔的。"

"你的内心平静吗？"我问她，"你不想让我去找弗拉沃德医生聊，是担心他会难过。但我担心我的话可能会让你伤心。我不想让你难过。"

"很好。"玛格丽特松了口气，"事实上，我也想借此机会把这个故事讲给一个像我这样的局外人听。"

"那么，请开始吧。"我说。

她点点头，重新坐到椅子上，开始讲帕特里克和弗朗西斯·伊夫夫妇的故事，我一刻也没有打断她。现在，我就把故事写在这里：

所有的麻烦都源自于十六年前，从一位女佣口中说出的谣言。她是格勒霍林的牧师帕特里克·伊夫和他妻子弗朗西斯家的女佣。虽说谣言是从她那里开始的，但她却不是后来那些悲剧的负责人，甚至不用承担主要责任。她编造了一个恶毒的谎言，但只告诉了一个人，之后在村子里广泛散播的过程她完全没有参与。的确，不愉快的事情发生后，她就几乎全部撤回了之前的话，并且再没人见过她。有人猜想，她挑唆生事后感到羞愧，所以躲了起来，她也应该羞愧。后来，她为自己的所作所为而后悔，想尽力弥补，但为时已晚。

当然，尽管只告诉了一个人，撒了那么大一个谎也是不道德的。也许是因为度过了颇为辛苦的一天，也许是因为作为女佣，她自然而然地怨恨伊夫夫妇。也许她是想用一个小小的恶意谎言来调剂一下枯燥的生活，并且天真地以为不会给其他人带来严重的伤害。

不幸的是，她选择了哈里特·西佩尔作为她那恶毒谎言的唯一听众。她这样选择的理由或许很简单，自丈夫死后，哈里特就变得痛苦而充满怨恨，听到这样的谎言她一定会很兴奋，并信以为真，因为她希望那是真的。村里有人犯了严重的错误，更可怕的是（在哈里特眼里，这肯定更棒了），那个人就是牧师！她肯定会高兴地两眼放光！没错，哈里特是那个女佣编造的恶毒谎言的最佳听众，她也理所当然地选择了她。

女佣告诉哈里特·西佩尔，帕特里克·伊夫是个凶残的大骗子，该遭天谴。她说：妻子弗朗西斯出去帮助教区居民时，帕特里克就诱骗村民深夜去他家，谎称自己通灵，可以帮他们给死去的爱人传递信息，还说是已逝的灵魂委托他传递信息的，以此骗取钱财。

哈里特·西佩尔见人就说，帕特里克已经凭此花招骗了好几位村民的钱。她这么说可能是想扩大事态，把故事编得更吓人。后来那位女佣坚持说她只对哈里特提过一个人的名字，就是南希·杜安。

那时，南希还不是个著名的肖像画家，只是个普通妇女。一九一〇年，她丈夫威廉到格勒霍林村小学任校长，她便也一同来到这里。威廉比南希大很多，他们结婚时，南希十八岁，威廉已经差不多五十岁了。他于一九一二年死于呼吸系统疾病。

在哈里特·西佩尔于白雪纷飞的一九一三年一月散布的恶毒谣言里，南希曾在深夜或傍晚多次进出牧师家，每次天都已经黑了。南希看起来总是鬼鬼祟祟的，而且她都挑弗朗西斯·伊夫不在家的日子。

稍有常识的人都不会相信这样的故事。在漆黑的夜晚，你根本看不出一个人脸上挂着鬼鬼祟祟的表情，事实上你任何表情都看不到。黑夜中，你也辨认不出出入牧师家的女人是谁，除非那人的走路方式非常有特点，而南希·杜安的步态并不特别。当然，更有可能是有人多次看到她，就尾随她回了家，弄清了她到底是谁。

认可一个比自己狂热的人的看法要比挑战他容易得多，格勒霍林的人也是这么做的。他们自愿地相信了谣言，开始和哈里特一道谴责帕特里克·伊夫，谴责他亵渎神明、敲诈勒索。大多数人都相信（或者为了避免被哈里特中伤，而假装相信）帕特里克·伊夫以给活人和死人传递信息为由，欺骗教区居民，收取高额报酬。在格勒霍林的村民们看来，如果有办法收到亡夫威廉的信息，南希·杜安肯定无法拒绝，尤其是由教区牧师提供的。同时，当然，她会为这样的安排支付相当可观的报酬。

村民忘记了，他们了解、喜欢、信任帕特里克·伊夫。他们明知帕特里克作风正派，心地善良，却全部无视，明知道哈里特·西佩尔热衷于挖掘恶人，却全然不顾。他们会附和哈里特·西佩尔是因为不想惹怒她，但这也不是唯一的理由。哈里特的两个同盟也起到了不容忽视的作用：理查德·尼格斯和艾达·格兰斯贝瑞一直支持着她的事业。

众所周知，艾达是格勒霍林最虔诚的女人。她的信仰从未动摇，而且一说话就从《圣经新约》里引经据典。她受到所有人的羡慕和敬仰，但并不是你时间充裕时会去寻找的伙伴。她曾和公认的青年才俊理查德·尼格斯律师订婚。

理查德不凡的才智和尊贵的气质使他赢得了全村人的尊重。他也会相信哈里特的谎话，是因为曾亲眼目睹。他曾看到南希·杜安——或是像南希·杜安的女人，不止一次夜里出入牧师家，而且是牧师的妻子外出探望父亲或在牧区居民家的时候。

理查德·尼格斯相信流言，艾达·格兰斯贝瑞也相信。她发自内心地不能容忍，作为一名教士，帕特里克居然做出这般异教行为。她、哈里特和理查德决定把帕特里克·伊夫从格勒霍林教区牧师的位置上拉下来，并把他逐出教堂。他们让帕特里克在公众面前承认自己的罪恶行为，但他认为那些流言不属实，因此拒不承认。

村民们对帕特里克·伊夫的憎恨很快就蔓延至他妻子弗朗西斯身上，人们认为妻子肯定知道丈夫的欺骗行为。弗朗西斯发誓她并不知情。一开始她还试着说帕特里克不会做那样的事情，但人们不停地说，她最后也沉默不语了。

在格勒霍林，只有两个人拒绝参与对伊夫夫妇的讨伐，那就是南希·杜安和安布罗斯·弗拉沃德医生，后者曾大声为弗朗西斯·伊夫辩护。他说，如果弗朗西斯知道这种恶心人的事情就发生在自己家里，那为什么每次事发她都不在家呢？这难道还不能表明她是无辜的吗？在漆黑的夜晚不可能看清一个人脸上有内疚的表情，这也是安布罗斯·弗拉沃德医生提出的。医生公开表示，除非有人能拿出无懈可击的证据证明牧师有错，否则他始终相信他的朋友帕特里克·伊夫。医生还指责哈里特·西佩尔（有一天就在大街上，众目睽睽之下），说帕特里克·伊夫一辈子所做的坏事都比不上她在半小时里栽的赃多。

即便如此，安布罗斯·弗拉沃德的观点也并未被大家所接受，但他是为数不多的不在乎外界怎么看自己的人之一。他为帕特里克·伊夫在教会权威面前辩护，告诉那些人，他认为流言里说的纯属子虚乌有。他还极为担心弗朗西斯·伊夫，她那时的状态已十分凄惨。她不吃东西，几乎不睡觉，需要稍微离开牧师住所一会儿她就会崩溃。帕特里克·伊夫则疯了，他说牧师的地位和自己的声誉都已经不重要了，现在他只希望妻子能恢复健康。

与此同时，南希·杜安什么也没说，既没承认也不否认那些流言。哈里特越是刺激她，她似乎越是缄口不言。直到有一天，哈里特突然改变了想法。她找到维克多·米金，说有很重要的事情告诉他，可以阻止这件荒唐的事情继续发展。听完她的话，维克多·米金暗自窃笑，搓着双手，偷偷从王首的后门溜了出去。不大一会儿，整个格勒霍林的人都知道南希·杜安有事情要宣布了。

除了伊夫夫妇无动于衷以外，全村人都去了王首旅馆，包括那名最先挑起事端的女佣，她已经消失好几周了，此时也跑了过去，大家都迫切想看这场闹剧接下来会如何发展。

南希·杜安先冲安布罗斯·弗拉沃德微微一笑，接着冷静直接地告诉大家，说帕特里克·伊夫借由帮她和亡夫沟通而收取报酬的事完全是假的，但她又说传言也不完全是谎言。她承认，牧师妻子不在家的晚上，确实曾不止一次光顾牧师家，原因是她和帕特里克·伊夫相爱了。

全村人都惊呆了。有的开始窃窃私语，有的用手捂住嘴巴，还有人紧紧地抓住旁边人的胳膊。

骚动平息之后，南希·杜安继续说："私下秘会，互相勾引是我们不对，但我们就是分不开。每次在他家见面，我们就只是聊天，谈对彼此的感情，谈我们不可能在一起。我们都认为绝对不能再见面了，可一旦弗朗西斯出去了……哦，爱情的力量就是让人无法反抗。"

突然有人大叫:"你们就只是聊天吗?胡说八道!"南希再一次向大家保证,她和帕特里克·伊夫没有任何身体接触。

"我已经把真相告诉你们了,"南希继续说道,"我十分不想说出真相,但这是唯一能阻止愚蠢的流言散播的办法。如果有人知道无法抗拒地深爱一个人是什么滋味,就肯定不会指责我和帕特里克。而那些在心里对我们责骂不已的人,你们不懂爱情,我可怜你们。"

然后,南希直直地盯着哈里特·西佩尔,说:"哈里特,我相信你曾懂得真爱的意义,但当你失去乔治后,就选择忘记一切。甚至以爱为敌,与恨为伍。"

这时,哈里特·西佩尔站了起来,似乎决心证明自己无错。她不仅立刻谴责南希是个说谎的婊子,还比以前更加疯狂地谴责帕特里克·伊夫:说他不仅弄虚作假以通灵的名义骗钱,还趁妻子不在家时勾结道德败坏的女人。她说帕特里克是个异教徒,是个奸夫!比她以前所想的还更邪恶!她还说,一个罪孽深重的人竟然还有资格称自己为格勒霍林的牧师,真是耻辱。

南希·杜安无法忍受哈里特的猛烈攻击,中途离开了王首旅馆。几秒钟后,伊夫家的女佣也红着脸、泪流满面地跑出了旅馆。

大部分村民们都不知所措,听得稀里糊涂。这时,艾达·格兰斯贝瑞站起来表示支持哈里特。她说,虽然不清楚哪些是事实、哪些是谣言,但有一点是毫无疑问的,帕特里克·伊夫肯定有罪,所以,他不能再做格勒霍林的牧师了。

没错,大多数村民在一旁附和。是的,确实如此。

当时理查德·尼格斯什么也没说,即便被她的未婚妻艾达点名,要他说点什么,他也没说。那天晚些时候,他告诉安布罗斯·弗拉沃德医生,事情的转折让他很担心。他说,"某种罪人"这个说法艾达明显很满意，但他自己不能接受。他还说，哈里特·西佩尔借机又给帕特里克·伊夫安上一项罪名，将两项罪恶一起抨击的做法让他恶心。在毫无证据、不容辩解的情况下，她把南希·杜安所说的"不是这样的，而是那样的"扭曲为"既是这样的，又是那样的"。

艾达在王首旅馆用了"毫无疑问"这个词。理查德·尼格斯告诉安布罗斯·弗拉沃德，现在在他看来，毫无疑问的是，人们（包括他自己，这让他觉得耻辱）都在诽谤帕特里克·伊夫。要是南希·杜安也撒谎了呢？要是她的爱只是单相思，帕特里克·伊夫同意与她密会，只是为了向她解释，她应该把自己的感情埋在心底呢？

弗拉沃德医生也赞同：没人能确定帕特里克·伊夫是否做错了什么，从一开始就是其他人擅自认定的。医生是伊夫夫妇唯一肯开门让他进屋的人，于是，他又去拜访了一次，把南希·杜安在王首旅馆所说的话全都告诉了帕特里克。帕特里克听后只是摇了摇头，对南希所说的话是真是假他没做任何评论。至于弗朗西斯·伊夫，无论是身体和精神，此时均已不断恶化。

理查德·尼格斯没能说服艾达·格兰斯贝瑞接受自己的观点，因此，他们俩的关系变得紧张了。而在哈里特的带领下，村民们继续谴责伊夫夫妇，一天到晚在牧师住宅外大声指责他们。同时艾达还向教堂请愿，主张若教堂为自身考虑，就该将伊夫夫妇赶出牧师住宅、赶离格勒霍林村教区。

随后，悲剧就发生了。弗朗西斯·伊夫再也忍受不了这些侮辱，服毒自尽，结束了不幸的人生。帕特里克发现她时，马上就知道为时已晚，甚至没必要去叫弗拉沃德医生来了，弗朗西斯救不活了。帕特里克·伊夫知道，自己也已无法再在罪责与痛苦中生存，因此也结束了自己的生命。

艾达·格兰斯贝瑞建议村民为帕特里克和弗朗西斯·伊夫夫妇的罪恶灵魂祈祷，祈求上帝宽恕，虽说上帝不太可能原谅他们。

哈里特·西佩尔认为这件事根本没必要让上帝做判断，伊夫夫妇肯定会永远受地狱之火的折磨。她告诉追随她的那群"正义的执行者"，伊夫夫妇是罪有应得。

伊夫夫妇死后不到几个月，理查德·尼格斯便解除了与艾达·格兰斯贝瑞的婚约，离开了格勒霍林。南希·杜安则去了伦敦，那个编织可怕谎言的女佣自此消失得无影无踪，村里人再没见过她。

同时，查尔斯和玛格丽特·恩斯特夫妇来到村里，接管了这片牧区。他们很快就和安布罗斯·弗拉沃德医生成了好朋友，医生主动道出了那个悲惨的故事。他还告诉他们，无论帕特里克·伊夫是否真的心藏对南希·杜安的恋情，他都是他所见过的最宽容、善良的人，不该遭人诽谤。

正因他提到诽谤一事，玛格丽特·恩斯特才想把那首诗刻在墓碑上。查尔斯·恩斯特反对这个想法，他不想惹怒村民们，但玛格丽特坚持己见，她坚决认为圣徒教堂应该表示对帕特里克和弗朗西斯·伊夫夫妇的支持。玛格丽特说："我可不止想激怒哈里特·西佩尔和艾达·格兰斯贝瑞。"对，当她说这话的时候，就已经想到了谋杀，虽然只是想想，并非有意去犯罪。

故事讲完以后，玛格丽特·恩斯特陷入了沉默。有好大一会儿，我们俩谁都没说话。

最后，还是我先开了口："我现在明白为何当我问你谁可能有杀人动机时你说出了南希·杜安了。但她会杀了理查德·尼格斯吗？当时，他怀疑女佣撒了谎,马上就不再支持哈里特·西佩尔和艾达·格兰斯贝瑞了。"

"我只能告诉你,如果我是南希,会怎么想。"玛格丽特说,"我会原谅理查德·尼格斯吗?不,不会的。要不是他先支持哈里特和那个邪恶的女佣散布的谎言,艾达·格兰斯贝瑞可能也不会相信那些无稽之谈。三个人也不会联合起来煽动村民,与帕特里克·伊夫为敌。而那三个人就是哈里特·西佩尔、艾达·格兰斯贝瑞和理查德·尼格斯。"

"那个女佣呢?"

"安布罗斯·弗拉沃德相信她并不知道事情会发展成这样。因为当全村人都开始讨厌伊夫夫妇时,她很显然并不高兴。"

我皱了皱眉头,对此很不满意。"但对已经起了杀心的南希·杜安来说——我只是想就此讨论一下——尽管理查德·尼格斯后来发现自己错了,她还是无法原谅他,那她为什么会原谅最先散播谎言的那位女佣呢?"

"也许她也没有原谅那个女佣,"玛格丽特说,"也许她也把她杀了。我不知道那个女佣去了什么地方,但没准南希·杜安知道。南希可能找到她并杀了她。你的脸色非常苍白,怎么了?"

"那个……那个散布流言的女佣叫……叫什么?"我有些结巴,因为担心已经知道了她的名字,"不不,不可能。"但我的脑子里有个声音在说,"怎么不可能呢?"

"珍妮·霍布斯。卡其普尔先生,你没事吧?你看起来不太好。"

"他说得没错!她确实有危险。"

"'他'是谁?"

"赫尔克里·波洛。他总是对的。这怎么可能呢?"

"你怎么听起来不太高兴?你希望他是错的吗?"

"不。我认为他没错。"我叹了口气说,"现在我很担心珍妮·霍布斯的安全,如果她还活着的话。"

"我明白了。好奇怪啊。"

"什么奇怪?"

玛格丽特叹了口气。"尽管我什么都说了,但我还是觉得南希不会威胁到任何一个人。不管有没有杀人动机,我都认为她不会杀人。这么说听起来怪怪的,但是……杀了人的人自己也会身陷惊恐、郁郁寡欢——你说呢?"

我点了点头。

"南希喜欢有趣、美丽、愉快和有爱的生活。喜欢一切美好的事物。她绝不会招惹上杀人这种丑事。"

"那么,如果不是南希·杜安,会是谁呢?"我问,"是那个醉醺醺的老头沃尔特·斯图克里吗?他是弗朗西斯·伊夫的父亲,有足够强烈的杀人动机。如果他能一两天不喝酒,也有能力杀死三个人。"

"就是让沃尔特一个小时不喝酒都是不可能的。我可以向你保证,卡其普尔先生,沃尔特·斯图克里不是你要找的人。你看,不像南希·杜安,他从未因弗朗西斯一事而责怪哈里特、艾达和理查德。他只责怪自己。"

"所以他才酗酒吗?"

"对。失去女儿后,沃尔特·斯图克里最想杀的人就是自己。我想,他很快就会成功了。"

"他为什么觉得弗朗西斯自杀是自己的错?"

"沃尔特以前不住在格勒霍林,他搬过来是想离帕特里克和弗朗西斯安息的地方近一些。看到他现在这个样子,你可能很难相信弗朗西斯死之前他是什么样子的。沃尔特·斯图克里以前是一位杰出的古典主义学者,是剑桥大学耶稣学院的教师。帕特里克·伊夫就是在那个学院学习成为牧师的。帕特里克没有父母,很小的时候就成了孤儿,而沃尔特可以算是他的监护人。当时珍妮·霍布斯十七岁,在大学里作宿舍管理员。她是最好、最虔诚的宿舍管理员,所以,沃尔特·斯图克里安排她去照顾帕特里克的房间。后来,帕特里克和沃尔特的女儿弗朗西斯·斯图克里结了婚。当他们搬来格勒霍林的圣徒教堂时,珍妮也一并跟了过来。你明白了吗?"

我点了点头。玛格丽特继续说道:"沃尔特·斯图克里责怪自己让珍妮·霍布斯和帕特里克·伊夫一起来了这里。如果帕特里克和弗朗西斯没把珍妮带到格勒霍林,她也就不会有机会散布那个可怕的谎言,从而导致他们自尽。我也不必在此耗费终生,守护着他们的墓地,免其受人破坏。"

"谁会干这种事啊?"我问,"哈里特·西佩尔吗?我是说她被杀之前。"

"哦,不。哈里特的武器是她那毒辣的舌头,不是双手。她永远也不会去破坏墓碑。不是她,是村里那群粗暴的年轻人,一有机会,他们就动手。帕特里克和弗朗西斯夫妇死的时候他们还都是小孩子,但他们从父母那里听到了这些故事。如果你问这里的人,除了我和安布罗斯·弗拉沃德,其他人都会说帕特里克·伊夫是个邪恶之人,还说他和他的妻子都会巫术。随着时光的流逝,我相信大部分人越来越相信这就是事实。他们不得不相信,是不是?他们要么相信,要么就要像我鄙视他们那样从心底里鄙视自己。"

我还有件事要弄明白。"理查德·尼格斯断绝了与艾达·格兰斯贝瑞之间的关系,是不是因为他恢复了理智,但艾达还在不停地诋毁帕特里克·伊夫？是不是听了南希在王首旅馆的直言，他就解除了婚约？"

玛格丽特的脸上闪过一丝奇怪的表情。她说道："王首旅馆发生的事不过是个开始……"她突然停下，转到了另一个话题，"是的，他发现艾达和哈里特那些不合理的坚持有些烦人，让他不堪忍受。"

突然，玛格丽特脸上现出到此为止的神情。我觉得肯定有重要的事情她决定不告诉我。

"你刚才说弗朗西斯·伊夫是服毒自杀的，"我说，"具体是怎样的？她从哪儿得到的毒药？帕特里克·伊夫又是怎么死的？"

"同样的方式：服毒。我想你可能没听说过相思豆毒素吧？"

"没听说过。"

"是一种名为鸡母珠的植物上结的，在热带地区很常见。弗朗西斯·伊夫不知从哪儿弄到了几小瓶这种东西。"

"抱歉，既然他们俩服了同一种毒药，又死在一起，又怎么能确定是弗朗西斯先行自杀，帕特里克是发现她死了以后追随而去的呢？"

玛格丽特看起来很谨慎，她说："你不会把我说给你听的告诉格勒霍林的村民，只告诉伦敦苏格兰场的人？"

"对。"依现在的情况，我决定把赫尔克里·波洛算作苏格兰场的一员。

"弗朗西斯·伊夫自杀前给丈夫留下了一封遗书，"玛格丽特说，"上面只简单表明希望丈夫能好好地活着。帕特里克也留下了话……"她突然停了下来。

我等着。

最后她说："可以从两份遗言断定事发的顺序。"

"遗书呢？"

"我毁了。安布罗斯·弗拉沃德给了我,我就把它们扔到火里了。"

这让我极为不解。"你到底为什么那么做?"我问她。

"我……"玛格丽特吸了一下鼻子,转过身去,坚定地说,"我不知道。"

我暗自寻思,她肯定知道。她紧闭的嘴唇告诉我,她不想再多说这件事。如果我不停地追问,可能只会让她更加坚定。

我站起身来,伸了伸发麻的双腿。"你说对了一件事,"我说,"现在我知道了帕特里克和弗朗西斯·伊夫夫妇的故事,确实想和安布罗斯·弗拉沃德医生谈一谈。事发时他就住在村子里。无论你怎么说——"

"不行。你向我过发誓。"

"我非常想问他一些事,比如关于珍妮·霍布斯。"

"我可以告你关于珍妮的事,你想知道什么?帕特里克和弗朗西斯·伊夫夫妇看似非常需要珍妮,他们很喜欢她。在她撒谎之前,村里人都觉得珍妮恬静、有礼貌,无害人之心。就我个人而言,我可不相信一个能把子虚乌有的事编成故事的人平时会没有害人之心。她心气太高,连说话的语调都发生了变化。"

"怎么变的?"

"安布罗斯说她变得很突然。前一天,她说起话来还像是个家庭女佣,第二天,用词就不一样了,倒是用得极为妥当。"

语法方面也用得很准确呢,我暗自寻思。哦,请不要让人打开他们的嘴巴——三张嘴,里面都有一枚刻有首字母组合的袖扣:语法真准确。这么一想,在这一点上,波洛说的或许也是对的。

"安布罗斯说,珍妮在模仿帕特里克和弗朗西斯·伊夫夫妇说话时的口气。他们夫妇二人都受过良好的教育,谈吐很得体。"

"玛格丽特，请告诉我真实情况吧。你为什么坚持不让我去和安布罗斯·弗拉沃德谈？你是不是担心他会说出你不想让我知道的事情？"

"去找安布罗斯谈对你不会有任何帮助，倒是会打扰他。"玛格丽特坚定地说，"我已经允许你出去吓唬其他村民了。"她面带微笑，只是眼神犀利，"他们已经很害怕了。那罪恶一个传染一个，在内心深处，他们都深知自己有罪。但如果听到作为警察的你所说的专业见解，也就是那个凶手会把当年所有助纣为虐迫害帕特里克和弗朗西斯·伊夫夫妇的人全部投入到地狱才会罢休，他们会更加害怕。"

"这么说太极端了吧。"我说。

"我确实有些另类的幽默感，查尔斯过去也曾就此数落过我。我从来没对他说过，我不相信天堂和地狱。哦，我信上帝，但不是我们常说的那个上帝。"

我当时看起来肯定非常紧张。我不想讨论神学，只想赶快回伦敦，把我的所见所闻讲给波洛听。

玛格丽特又说："当然，这世上只有一个上帝，但我从不相信他只想让我们遵守原则而不让我们质疑，也不让我们对那些违背原则的人恶言相对。"她又笑了，这次温和了许多，"我觉得上帝的处事之道和我的差不多，但和艾达·格兰斯贝瑞的不同。你同意吗？"

我不置可否地咕哝了一声。

"教会教导人们，只有上帝才有权力审判。"玛格丽特说，"为什么虔诚的艾达·格兰斯贝瑞没向哈里特·西佩尔和那群跟风的乌合之众指明这一点？为什么她把所有的责难都强加到帕特里克·伊夫身上？如果一个人打算标榜自己是虔诚的基督徒，她就应该先遵守最基本的教义。"

"看得出,你还在为此事生气。"

"到死我都不会消气的,卡其普尔先生。顶着道德的名义,罪孽最深重的人反而指责仅仅犯了小错的人,这难道还不值得愤怒吗?"

"伪善是丑陋的。"我同意她的看法。

"另外,也有人说,对真爱来说,什么都不是错。"

"关于这一点,我不太确定。假如一个人结婚了——"

"哦,关于婚姻的歪理邪说!"玛格丽特抬头看了看客厅墙上的那三幅肖像,对着他们说,"抱歉,亲爱的查尔斯,如果两个人彼此相爱,就算会给教会带来麻烦,甚至有违教义……可是,爱就是爱,不是吗?我知道你不喜欢我这么说。"

其实我也不太喜欢。"爱情会带来众多麻烦。"我说,"如果南希·杜安没有爱上帕特里克·伊夫,我就不会在这里调查三起谋杀案了。"

"真是一派胡言。"玛格丽特对我嗤之以鼻,"杀了人的是恨,卡其普尔先生,不是爱。永远不会是爱,请保持理智。"

"我一直相信,最苛刻的教规才最能考验人的品质。"我对她说。

"没错。但那是在考验我们的什么品质呢?我们会不会轻信他人?也许吧。不动脑子的白痴行为。《圣经》,写满了教规教义,但那也不过是一本由一个人或几个人写的书而已。上面应该写一条醒目的免责声明:'上帝的旨意,可能被人扭曲或曲解。'"

"我必须得走了。"我说,她故意转换话题让我很不舒服,"我要回伦敦去了。感谢您花时间为我提供的帮助,对我们意义很大。"

"请你原谅。"玛格丽特送我到大门口,"除了安布罗斯和墙上的查尔斯,我从未对谁这般袒露心扉。"

"这么说来我太荣幸了。"我说。

"我一生都在恪守那本沾满灰尘的旧书里的教导,卡其普尔先生,所以我才深知那么做有多么愚蠢。每当看到相爱的人置警示于不顾,不该相见却偏偏约见,我就会……非常钦佩他们!而不管是谁杀了哈里特·西佩尔,我也钦佩这个人。我情不自禁。但这并不意味着我能容忍谋杀,我不会。好了,你走吧,不然我还会继续说下去的。"

在回王首旅馆的路上我暗自寻思,聊天真是件奇怪的事情,能带你到任意一个地方。但你会在距离起点千里之外的地方被扔下,而且找不到回去的路。我脚下不停地走着,玛格丽特·恩斯特的话一直在耳边萦绕:"甚至有违教义……可是,爱就是爱,不是吗?"

走进王首旅馆,我大步走过呼呼大睡的沃尔特·斯图克里和挑衅地看着我的维克多·米金身边,径直上楼收拾行李。

我赶上了下一班开往伦敦的火车,车一开出站我就高兴地和格勒霍林道了别。尽管能离开村子我很开心,但我还是很想和安布罗斯·弗拉沃德医生谈一谈。如果我告诉波洛我对玛格丽特·恩斯特发过誓,他会怎么说?他肯定不赞成,接着数落一番英国人和我们糟糕的幽默感。而我,毫无疑问,只能低着头,不停地嘀咕着道歉的话,却不能把真实想法说出来。我认为如果尊重许下的誓愿,就会获取比预想的还要多的信息。给人们留下你不会勉强他们说话的印象,结果往往会令人吃惊,他们会在合适的时候接近你,把你想要的答案告诉你。

我知道波洛不会赞成我的看法,他根本不在乎这些。但既然玛格丽特·恩斯特连上帝都不赞同,我就是偶尔与赫尔克里·波洛有些分歧也无不妥。他要是想调查弗拉沃德医生,就自己去格勒霍林,亲自找他谈去吧。

但我希望没这个必要,南希·杜安才是我们该关注的人。还有确保珍妮的人身安全——假如她还活着。我现在真后悔当初排除了珍妮有危险的可能性。如果我们真的救了她,那功劳全都属于波洛。如果我们圆满地侦破了布劳克斯汉酒店的三尸命案,功劳也都是波洛的。官方来说,在苏格兰场内部,功绩可能会记在我的名下,但大家都清楚那是波洛的,不是我的。确实,而且多亏了我的领导们也知道波洛参与破案的事,因此他们才让我按自己的想法来——或许该说按我的那位比利时朋友的想法来。他们相信的不是我,而是大名鼎鼎的赫尔克里·波洛。

我突然在想,如果不是事后的功绩会全部归到波洛身上,我还会不会喜欢这种完全独立办案的方式,但还没想出个答案,我就睡着了。

我做了个梦,这是我第一次在火车上做梦。我梦见所有人都在谴责我,为了一件我没做过的事。在梦里,我还清楚地看到了自己的墓碑,我的名字代替了帕特里克和弗朗西斯·伊夫夫妇,下面还刻着那首"流言蜚语"十四行诗。在墓碑下方的地上,有一块闪闪发光的金属,我知道那是一枚刻着我名字首字母的袖扣,一半埋在土里,一半露在外面。火车抵达伦敦站时我醒了,一身冷汗,心脏几乎要在胸腔里爆炸了。

第十三章　南希・杜安

当然，我并不知道，波洛已经知道南希·杜安可能与这起三尸谋杀案有关。我在从格勒霍林逃回伦敦的火车上时，波洛正在苏格兰场的协助下，忙着制订计划，准备去拜访杜安夫人在伦敦的家。

按照计划，当天下午，他与斯坦利警官一同前往。她家位于贝尔格莱维亚区①，是一幢粉刷成白色的大别墅，开门的是位年轻的女仆，穿着上过浆的围裙。波洛以为他会被带到一间很有品味的会客厅，让他在那儿等。因此，当看到南希·杜安就站在大厅的楼梯旁时，他感到十分意外。

"是波洛先生吗？欢迎。我看见您还带了位警察来，我想，事情肯定很不一般。"

斯坦利·比尔的喉咙里发出一声奇怪的声音，之后脸变得通红。南希·杜安长得非常漂亮，面若桃花，头发乌黑光亮，长长的睫毛下是一双深蓝色的眼睛。她看起来将近四十岁，穿着时髦的孔雀蓝和深绿色配色的长裙。平生第一次，波洛不是所有人中打扮得最优雅得体

---

①伦敦上流社会居住区。

的一位。

"杜安夫人,很高兴认识您。"他低头行礼,"我敬仰您的艺术才华,近年来,我曾有幸在展览上见过您的一两幅作品。您拥有极珍贵的天赋。"

"谢谢。您过奖了。现在,请把大衣和帽子给塔比瑟,我们去找个舒服的地方坐下来好好聊聊。喝点儿茶或咖啡怎么样?"

"好的,谢谢。"

"太好了。请随我来。"

他们去了一个小会客厅,很庆幸我只用事后听听描述,而不用亲临现场,因为据波洛描述,那间客厅里到处都是肖像画。墙上挂满了监视的眼睛……

波洛问南希·杜安,墙上的肖像画是不是都是她画的。

"哦,不,"她说,"没有几幅是我画的。我买的画和我卖出的画一样多,我觉得这样比较好。我热爱艺术。"

"我也喜欢。"波洛告诉她。

"只欣赏自己的作品会让人觉得孤独,难以忍受。我常常想,把另一位艺术家的作品挂在墙上,就像在墙上挂了一位好朋友。"

"有同感。您解释得简洁明了,夫人。"

他们刚坐好,南希就说:"请允许我开门见山,请问是什么风把您吹到这儿来了?您在电话里说要搜查我家。您完全可以这么做。但是,为什么?"

"夫人,您可能已经在报纸上看到了,上周四晚上,布劳克斯汉酒店有三位客人被杀了。"

"在布劳克斯汉酒店?"南希笑了,接着她的脸沉了下来,"哦,天哪,您说的是真的吗?三位?您确定?我一直觉得布劳克斯汉是个高档酒店，很难想象那里会发生命案。"

"这么说您知道这家酒店？"

"知道，我还经常去那儿喝下午茶。他们的经理，拉扎里，很讨人喜欢。你知道，他们那里的司康很有名，是伦敦最好的。抱歉……"她顿了一下，"那里有三个人被杀了，我不该在这儿畅谈司康饼。太可怕了。但我看不出这事和我有什么关系。"

"您没看到报纸上的报道吗？"波洛问。

"没有。"南希·杜安的嘴巴抿成一条线，"我不读报纸，家里也不订报纸。报纸上都是不幸。我不想看到不幸。"

"那么，您也不知道那三个被害者的名字了？"

"不知道，也不想知道。"南希耸了耸肩说。

"不管您想不想知道恐怕我都要告诉您。他们的名字是哈里特·西佩尔、艾达·格兰斯贝瑞和理查德·尼格斯。"

"哦，不不。哦，波洛先生！"南希用手捂着自己的嘴巴。有整整一分钟她一个字也没说。最终她开口道："您不是在开玩笑吧，啊？请说说到底是怎么回事？"

"这不是玩笑，夫人，对此我非常抱歉。我要让您伤心了。"

"听到他们的名字确实让我很伤心。无论他们是死是活，那不关我的事，我根本不打算想起他们。您看，越是想摆脱伤心事的人越是摆脱不了，而且……我比大多数人都更讨厌看到不幸。"

"您经历了很多不幸吗？"

"我不想谈个人私事。"南希把脸转向一边。

波洛处境很不利，因为眼下他想谈的所有事肯定都是她最不想谈的。但没什么比可能不会再见第二面的陌生人的个人私事更能让他着迷的了。

他转而这样问道:"那咱们聊聊我此行的目的,与警方调查有关的事吧。您认识这三位受害者吗?"

南希点了点头。"我以前生活在斑鸠谷一个叫格勒霍林的村子里。您不知道那个地方,没人知道那里。哈里特、艾达和理查德都是我的邻居,直到一九一三年我搬到了伦敦。之后我再没见过也没听说过他们的消息。他们被杀了?"

"是的,夫人。"

"在布劳克斯汉酒店?他们到那儿去做什么?他们为什么来伦敦?"

"这也是我想问的问题之一。"波洛对她说。

"杀他们没有任何意义啊。"南希从椅子上站了起来,在门和对面的墙之间来回走着,"唯一会做这种事的人并没有做啊!"

"那个人是谁?"

"哦,别看我。"南希又回来坐到了椅子上,"抱歉。您看,这个消息让我太震惊了。我帮不了您。您看……我不想失礼,但我想请你们现在就离开。"

"夫人,您是在说,只有您会杀死这三个人吗?但您并没有杀他们,是吗?"

"我没有……"南希环顾着房间,慢慢地说,"啊,现在我明白您为什么会来这儿了。您听到了一些故事,认为是我杀了他们,所以就想来搜我家。可我并没有杀人。不过为了满足您的心愿,波洛先生,让塔比瑟带您们到每一个房间看看吧。我家房间很多,要是不让她带着,您可能会漏掉一两个房间。"

"谢谢您,夫人。"

"您不会找到任何犯罪证据的,因为根本就没有。我希望您们能赶快离开！您不知道我有多么伤心。"

斯坦利·比尔站了起来。"那我就开始了。谢谢您的合作，夫人。"说完他就离开会客厅，并关上了门。

"您很聪明，不是吗？"南希·杜安对波洛说，像在表达抗议，"您就像人们说的那样聪明。我能从您的眼睛里看出来。"

"人们都说我拥有一颗非凡的大脑。没错。"

"您多么自豪啊。在我看来，一颗非凡的大脑一无是处，除非配有一颗非凡的心。"

"当然，作为伟大艺术的爱好者，我们必须相信这个。比起大脑，心灵和灵魂能更好地感知艺术。"

"我同意。"南希静静地说，"您知道吗，波洛先生，您的眼睛……不只是聪明。它们充满智慧。它们能联通久远的过去。哦，您肯定不明白我什么意思，但那是事实。它们在画里一定非常美，但我绝对不会给您画肖像画的，特别是您带着三个可怕的名字跑到我家的今天。"

"真不幸运啊。"

"这要怪您。"南希双手并拢，坦诚地说，"哦，我想我最好还是告诉您：刚才我说的就是我自己。如果有人想杀哈里特、艾达和理查德，那个人就是我，但我刚才也说了，我没那么做。所以，我根本不知道发生了什么事。"

"您不喜欢他们？"

"我讨厌他们。无数次地希望他们死。哦，天哪！"南希突然用手拍打自己的脸颊，"他们真的死了吗？我应该感到兴奋或轻松啊。我想为此高兴，但一想起哈里特、艾达和理查德我就高兴不起来。这真是个绝妙的讽刺，不是吗？"

"您为什么这么不喜欢他们？"

"我不想谈这个。"

"夫人,要是我觉得这一点无关紧要,自然就不会问您了。"

"但是,我不想回答。"

波洛叹了口气。"上周四晚上七点一刻到八点之间,您在哪儿?"

南希皱了皱眉头。"我一点都记不得了。让我记住这周该干什么都是件大麻烦事。哦,等等。周四,对啊,我去马路对面我的朋友路易莎家了,路易莎·华莱士。我画完了她的肖像画,就送了过去,然后在她家吃了晚饭。我想我是晚上六点到的,一直待到差不多十点。要不是她丈夫圣约翰也在家,我可能还会多待一会儿。她丈夫这个人极为势利,而她很可爱,从不会挑剔别人的毛病,您肯定知道这类人。她坚持认为我和她丈夫圣约翰会非常合得来,因为我们俩都是艺术家,可我真的受不了他。他自诩自己的艺术水平比我要高,从不放过任何一个向我展示的机会。植物和鱼,他就爱画这两样东西,枯燥的叶子,或是眼睛冰冷的鳕鱼和黑斑鳕!"

"他是一位动物或植物艺术家吗?"

"对于从不画人脸的画家,我一点也不感兴趣。"南希语调平平地说,"抱歉,但就是这样的。圣约翰则坚持认为每张肖像画都必须有一个故事,而一旦开始讲故事,就必然会扭曲视觉表达,反正就是这类的胡话!天哪,讲个故事有什么错吗?"

"关于上周四晚上的事,圣约翰·华莱士会和您说的一样吗?"波洛问她,"他能否证明那天晚上六点到将近十点之间您在他家?"

"当然可以。波洛先生,您这话真可笑。您问我的问题就像在审问凶手一样,可我不是凶手。谁告诉您那三个人肯定是我杀的?"

"那天晚上八点刚过,有人看见您情绪激动地从布劳克斯汉酒店里跑了出来。跑着跑着,您把两把钥匙掉在了地上,您弯腰捡起来之后又跑了。看到这一幕的人从报纸上认出了您,是著名艺术家南希·杜安。"

"这根本不可能。肯定是您的目击者弄错了。您去问圣约翰和路易莎·华莱士吧。"

"我会的,夫人。那么,我还有一个问题。您认得出首字母缩写PIJ 或者 PJI 吗?可能是格勒霍林村里的某个人。"

南希脸上的血色突然全部退去了。"知道。"她低声说,"是帕特里克·詹姆斯·伊夫,他曾是个牧师。"

"啊!那个牧师,他死得很惨,是不是?他的妻子是不是也死得很惨?"

"是的。"

"他们发生了什么事?"

"我不想说这件事。我不想说!"

"这件事非常重要,我必须恳请您告诉我。"

"我不能!"南希叫起来,"即使我想也不能告诉你。你不能理解。这么长时间我都没说起过这件事,我……"她张口结舌了好大一会儿,一个字也没说出来。接着她的脸因痛苦而扭曲了。"哈里特、艾达和理查德发生了什么事?"她问,"他们是怎么被杀的?"

"中毒。"

"哦,太可怕了!但就该这样。"

"为什么,夫人?是不是因为帕特里克·伊夫和他妻子也是中毒而死的?"

"我告诉过你了,我不能谈他们!"

"您是否也认识格勒霍林的珍妮?"

南希喘着粗气,把手放在脖子上。"珍妮·霍布斯,对她我也无话可说,一句话都没有。别再问我问题了!"她擦掉泪水,说,"人为什么能那么残忍,波洛先生?您知道吗?不,不要回答!我们还是聊点别的吧,聊点开心的。"说完南希站起身,走到挂在窗户左边的一幅很大的肖像画前。画上的是个男人,一头乱蓬蓬的黑发,大嘴巴,下巴上有一道沟。他在微笑,似乎很快就会大笑起来。

"这是我的父亲,"南希说,"他叫阿尔坤·约翰逊。您可能听说过这个名字。"

"耳熟,但一下子没想起来。"波洛说。

"他两年前去世了。最后一次见他的时候我才十九岁,现在我四十二了。"

"请接受我的哀悼。"

"这不是我画的,不知道是谁画的,也不知道是什么时候画的。没有署名,也没有日期,因此我认为这幅画并非出自一位艺术家,不管他是谁,肯定是个业余爱好者。但是……画上的父亲微笑着,所以我就把它买下来挂在了墙上。如果生活中他能多笑一笑……"南希没说完,就转过身来,面对着波洛,"您看到了吗?圣约翰错了!艺术的职责是以开心的创作替代不幸的事实。"

这时传来一阵猛烈的敲门声,接着斯坦利·比尔警官走了进来。他盯着波洛看,回避着南希的视线,波洛一看就知道有情况。"我发现了些东西,先生。"

"是什么?"

"两把钥匙,在一件大衣的口袋里发现的,一件深蓝色、有毛领的大衣。女佣说那是杜安夫人的。"

"哪两把钥匙?"南希说,"让我看看。我从不在衣服口袋里放钥匙,我有专门放钥匙的抽屉。"

比尔还是不看她，他走到波洛的椅子旁，站在他旁边，松开了紧握的拳头。

"他拿的是什么？"南希不耐烦地问。

"两把钥匙，上面刻有房间号码，是布劳克斯汉酒店的。"波洛严肃地说，"一二一房间和三一七房间。"

"这些数字和我有什么关系吗？"南希问。

"夫人，两起谋杀案发生在那两个房间：一二一和三一七。那位看到您于案发那晚从布劳克斯汉酒店跑出来的目击者说，他看见您弄掉了两把钥匙，上面有数字：一百多和三百多。"

"为什么，这也太巧合了！哦，波洛先生！"南希大笑，"您确定您很聪明吗？您难道还不明白您所面对的是什么吗？是浓密的胡子挡住了您的视线吗？有人在诬陷我谋杀，这是个阴谋！我倒是有兴趣找出来是谁干的——只要我们都认为现在不该把我送向绞刑架。"

"从上周四到现在，谁会有机会把钥匙放进您的大衣口袋里？"波洛问她。

"我怎么会知道呢？我敢说，街上每一个从我身边走过的人都有可能。我经常穿那件蓝色的大衣。您要知道，这有点不合理。"

"请解释一下。"

有一会儿，她好像沉溺在幻想中，然后她回过神来说："那些不喜欢哈里特、艾达和理查德到想杀了他们的人……呃，应该差不多都对我有些好感。然而，现在他们试图把谋杀罪名嫁祸给我。"

"要不要逮捕她，先生？"斯坦利·比尔问波洛，"把她拘留起来？"

"哦，别开玩笑了，"南希疲倦地说，"我刚说了'有人嫁祸我'，你就要立刻逮捕我吗？您是警察还是鹦鹉？如果您一定要逮捕什么人，那就去逮捕那位目击证人吧。要是他不仅是个骗子，而且是真凶怎么办？您想过这些吗？您应该马上到马路对面去一趟，去问问圣约翰和路易莎·华莱士事实是什么。这是唯一能终止这些胡言乱语的办法。"

波洛费力地从椅子上站了起来，这把椅子不太适合他这样体型的人。"我们会去的。"之后他又对斯坦利·比尔说，"目前还不需要逮捕任何人，警官。夫人，我相信，如果您真的在布劳克斯汉酒店一二一和三一七房间内杀了人，肯定不会保留这两把钥匙。您为什么不丢掉它们呢？"

"没错。我会第一时间就丢掉它们的，是不是？"

"我现在马上就去拜访华莱士夫妇。"

"准确地说，"南希说，"您要称他们为华莱士爵士和夫人。路易莎倒是不在乎，但如果您忽略了他们的头衔，圣约翰是不会原谅你的。"

不一会儿，波洛就站在了路易莎·华莱士身旁。她正痴迷地盯着客厅墙上的一幅画，那就是南希·杜安给她画的肖像画。"是不是很完美？"她吸了口气说，"不刻意奉承，也没有挖苦。脸色红润，圆圆的脸，和我本人一模一样。我总担心会把我画成农场主的妻子，但没有。我看起来虽然并不倾国倾城，但我觉得也挺好看的。圣约翰用了一个他从未用来形容过我的词，'很撩人'，是这幅画让他有这样的感觉。"她笑着说，"世界上竟然还有像南希这样的天才，真是太棒了，是不是？"

波洛却很难把精力集中到画上。南希·杜安有一个聪明刻板的女佣，路易莎·华莱士家的却笨手笨脚。她叫多尔卡丝，已经两次把波洛的外套掉在了地上，帽子掉了一次，还踩在了上面。

从某种观念来看，华莱士家或许十分漂亮。但那天波洛所见的一切都超出了他的承受范围。除了那些沉重的家具好好地摆在墙边以外，其他的所有东西似乎都被大风吹过，凌乱地散落在屋里，挡在各处。波洛受不了混乱，这会妨碍他清醒地思考问题。

多尔卡丝终于一把抱起波洛的外套和被踩得一塌糊涂的帽子，从房间里退了出去，留下波洛和路易莎·华莱士两个人独处。斯坦利·比尔留在南希·杜安家继续搜查。爵士先生不在家，一早就去家族庄园了。波洛确实发现墙上挂着几幅南希所谓的"枯燥的叶子，或是眼睛冰冷的鳕鱼和黑斑鳕"。他怀疑这些画是不是圣约翰·华莱士的作品。

"我替多尔卡丝向您道个歉，"路易莎说，"她刚来，什么事都做不好，还让我们也跟着遭罪。但我相信她会做好的。她才来三天，还需要时间和耐心去学习。她要是不那么紧张就好了！我知道是怎么回事：她告诉自己，绝不能把重要客人的衣帽掉在地上，于是'掉在地上'这个念头就钻进了心里，结果就真的掉在地上了。真是让人恼火！"

"确实如此。"波洛表示赞同，"华莱士夫人，我们谈谈上周四吧……"

"哦，对，我们是要谈这件事的，结果我把您带到这里来看这幅肖像画了。没错，南希那天晚上就在这儿。"

"从几点到几点，夫人？"

"我记不太清楚了。我们约好六点她过来给我送画，我记得她没有迟到。但我恐怕不记得她是几点离开的了，如果非要我说，大致就是十点或者十点稍过。"

"这期间她一直在这儿吗？就是说，从来到走，她中途没有，比如说，离开又回来过？"

"没有。"路易莎·华莱士看起来有点疑惑不解,"她六点钟带着画过来,然后我们一直待在一起,直到她离开。这有什么问题吗?"

"您能确定杜安夫人是在八点半以后离开的吗?"

"哦,天哪,我能肯定。她走的时候要晚得多。八点半我们还坐在桌边呢。"

"'我们'是指谁?"

"南希、圣约翰和我。"

"如果我去问您先生,他也能证明吗?"

"可以。我希望您这么说不是在怀疑我没有说实话,波洛先生。"

"不,不,没有这个意思。"

"那就好。"路易莎·华莱士坚定地说,之后转身看着墙上的自己,"您知道,着色是她的天赋。哦,她能在人脸上表达出个性,但她最擅长的还是着色。看看我那条绿色裙子上的明暗就知道了。"

波洛明白她什么意思。裙子上的颜色时亮时暗,没有一处始终处在阴影处。盯着这幅画看时,好像颜色的亮度会自动变化,这就是南希·杜安的本事。画上的路易莎·华莱士坐在椅子上,身穿绿色低胸长裙,背后是一张木桌,上面放着一套蓝色的壶和碗。波洛在房间里走来走去,从不同的角度、不同的位置反复观察这幅肖像画。

"我本想按南希作品的市价给她报酬,但她不要。"路易莎·华莱士说,"很幸运能有这么大方的朋友。您知道吗,我觉得我丈夫有点小妒忌。我的意思是,在绘画方面。房子里到处都挂着他的画,墙上几乎没有空地了。只有他的画,直到有了这幅。他和南希之间有傻傻的竞争意识。不过我根本不在意,他们俩都很有天赋,各有千秋。"

波洛想,这么说南希·杜安是把这幅画作为礼物送给了路易莎·华莱士。她真的不求回报吗?还是想以此制造不在场证明?对忠诚的朋友来说,收到一份如此昂贵的礼物后,被要求撒一个小小的、没有恶意的谎言,又怎么能拒绝呢?波洛不知是否该告诉路易莎·华莱士,此行是和一桩谋杀案有关,但最终他还是没有这么做。

波洛的思绪被女佣多尔卡丝的突然闯入打断了。她一脸的焦急与紧张,说:"抱歉,先生!"

"怎么了?"波洛以为她要说自己不小心把他的外套和帽子都点着了呢。

"先生,您要不要来杯茶或咖啡?"

"你跑过来就是为了问我这个问题吗?"

"是的,先生。"

"没有别的了?没发生什么事情吗?"

"没有,先生。"多尔卡丝看起来有点不解。

"好。这样啊,好的,那请给我来杯咖啡。谢谢。"

"马上就好,先生。"

看着小姑娘晃晃悠悠地出去了,路易莎·华莱士抱怨道:"看见了吧?您能相信吗?我还以为她要立刻请假回家,因为她妈妈快要死了呢!她真是个极品。她要是再帮倒忙,我就二话不说解雇她。这年头,合适的姑娘还真不好找。"

波洛说了几句合适的安慰话。他可不想聊家里的用人,他更关心自己的事,特别是当路易莎·华莱士抱怨多尔卡丝的时候他突然想到的事。波洛盯着肖像画上那套蓝色的壶和碗。

"夫人,我想再占用您一点时间……墙上的其他画,都是您先生画的吗?"

"是的。"

"正如您所说,他也是位优秀的艺术家。夫人,能否有幸请您带我参观一下这座漂亮的房子,我想看看您先生的作品。您刚才说每面墙上都挂满了他的作品?"

"对。我很乐意带您体验一下圣约翰·华莱士艺术之旅,您就会发现我刚才并没有夸大其词。"路易莎双手合十,眼睛闪闪发光地说,"真有意思!真希望圣约翰在家,他能比我更好地向您介绍一下这些画。当然,我也会尽力的。波洛先生,您一定想不到,虽然有很多人来过这里,但都不曾欣赏或是了解一下这些画。多尔卡丝就是个很好的例子。墙上最起码挂了五百张用木框装裱好的画布,她却压根没发现它们有什么不同。咱们就从客厅开始,好吗?"

在屋里转了一圈,认识了很多不同种类的蜘蛛、植物和鱼后,波洛心想,幸好自己懂得欣赏艺术。对于圣约翰·华莱士和南希·杜安之间的竞争,波洛有了自己的看法。华莱士的画十分细腻,也很有价值,但不会让人有什么感觉。南希·杜安更有才华。她把路易莎·华莱士的神韵浓缩在了画布上,表现得惟妙惟肖,犹如生活中的真人一样。波洛发现自己还想在走之前看看那幅肖像画,不仅仅是想再确认一下曾经注意到的那个重要细节。

多尔卡丝突然出现在楼梯平台上,说:"先生,您的咖啡。"波洛走出圣约翰·华莱士的书房,想过去从她手上把咖啡接过来。她却像是没想到波洛会靠近自己似的,突然缩回手臂,结果大部分咖啡都洒在她的白围裙上了。"哦,天哪!对不起,先生,我这个人笨手笨脚的。我再去给您端一杯。"

"不,不用了,谢谢。没这个必要。"波洛在杯子倾倒前抓起了它,把剩余的咖啡一口全倒进嘴巴里了。

"我觉得我还是最喜欢这一幅。"路易莎·华莱士还在书房,指着一幅波洛此时看不到的画说,"《蓝色田旋花:欧白英》,是去年八月四日创作的，您看到了吗？这是圣约翰送我的结婚三十周年纪念礼物。很漂亮，是不是？"

"您真的不想再要一杯咖啡了吗？"多尔卡丝说。

"四日……老天啊。"波洛喃喃自言自语道，内心不由得激动起来。他回到书房，看着那幅蓝色田旋花。

"多尔卡丝，他刚才已经回答过你的问题了，不要咖啡了。"

"没关系的，夫人，真的没关系的。他想喝咖啡，但刚才那杯已经什么都不剩了。"

"如果原本无物，自然就什么都看不到。"波洛含含糊糊地低声道，"也什么都想不到。要注意到不存在的东西，是一件很难的事，即便对波洛来说。直到有人在其他地方看到了，那件东西才开始存在。"他拉起多尔卡丝的手，亲吻了一下，"亲爱的姑娘，你带给我的要比一杯咖啡更有价值！"

"哦！"多尔卡丝歪着头，盯着波洛说，"先生，您的眼睛不带一丝笑意，而且是绿色的啊。"

"波洛先生，您在说什么呢？"路易莎·华莱士问，"多尔卡丝，去干点正事吧。"

"是，夫人。"小姑娘赶紧走了。

"我要诚挚地感谢您和多尔卡丝，夫人。"波洛说，"我刚来的时候，那是多久以前？也就半个小时前吧，我还没弄明白，只看到了困惑和不解。现在，我终于能把各种情况联系在一起了……现在最重要的是，我需要一个人静静地想一想。"

"哦。"路易莎看起来有点失望，"好吧，您如果想快点离开——"

"哦，不不不，您误会了。抱歉，夫人，是我的错，是我没有说清楚。当然，我们必须要完成这趟艺术之旅，还有那么多作品等着我去发掘！结束之后我再走，去做些思考。"

"真的？"路易莎觉得他好像有些警惕，"好，行啊，只要您不烦。"他们又开始挨个儿房间看画，路易莎继续激情飞扬地评论丈夫的作品。

走到楼上的最后一间客房时，波洛发现那里有一套白色的壶和碗，但上面有红、绿、白三色的装饰。房间里还有一张木桌和一把椅子，波洛认出这两样也都在南希·杜安给路易莎画的肖像画上。他说："抱歉，夫人，请问那幅肖像画上的那套蓝色的壶和碗在哪儿呢？"

"蓝色的壶和碗。"路易莎重复了一遍，看起来有点疑惑。

"我想，南希是在这个房间里给您画画的，对吗？"

"是的，是在这里。而且……等等！这套壶和碗是从别的客房里拿过来的！"

"但现在它们不在那儿，在这儿。"

"是啊。但是……那么，那套蓝色的壶和碗在哪儿呢？"

"我不知道，夫人。"

"哦，肯定在另一个房间。也许在我的房间里，肯定是多尔卡丝换的。"说着她就心急火燎地去找那丢失的东西了。

波洛跟着她，说："其他卧房里没有壶和碗。"

彻底检查完一遍之后，路易莎·华莱士咬牙切齿地说："那个没用的丫头！波洛先生，让我来告诉您发生了什么事，一定是多尔卡丝把它们打碎了，但她没敢告诉我。咱们去问问她，怎么样？她肯定会否认，但这是唯一说得通的解释。壶和碗不会凭空消失，也不会自己长腿从一个房间跑到另一个房间。"

"夫人，您最后一次看到那套蓝色的壶和碗是什么时候？"

"我不知道。我很少来客房，因此有很长时间没有注意到他们了。"

"会不会是周四晚上,南希·杜安离开时把那套蓝色的壶和碗拿走了?"

"不会。她为什么这么做?太愚蠢了!她走的时候,我就站在门口和她道别,除了钥匙,她手里什么也没拿。更何况南希不是小偷。多尔卡丝倒是有可能……就是这样的!她没有打碎它们,而是偷走了,我敢肯定。可我怎么证明呢?她肯定会否认的。"

"夫人,请看在我的面子上,不要指控多尔卡丝偷走了任何东西。我认为她没有犯罪。"

"那么,我那套蓝色的壶和碗去哪儿了呢?"

"我也正在思考这个问题。"波洛说,"容我再叨扰您一会儿,我能不能再去看看南希·杜安给您画的那幅精美的画像?"

"当然,我的荣幸。"

路易莎·华莱士和赫尔克里·波洛一道下楼,回到会客厅,一起站在画前。"可恶的丫头,"路易莎嘟囔着,"现在我一看到这幅画,就只能想到那套蓝色的壶和碗。"

"对。它们很显眼,是不是?"

"以前就放在我的房子里,但现在没了,我只能看看这幅画里的它们,寻思着跑去哪儿去了!哦,天哪,今天怎么变得这么糟糕!"

身为租客的波洛一回到公寓,布兰奇·昂斯沃思夫人就问他是否需要什么。

"确实需要。"他告诉她,"我需要一张纸和几只铅笔画画。要彩色铅笔。"

布兰奇夫人脸色一沉,说:"纸有,但彩色铅笔没有。只有普通的铅笔。"

"啊！灰色的，最好了。"

"你是在耍我吗，波洛先生？灰色的？"

"是的。"波洛轻轻地敲着脑袋说，"正是灰色脑细胞的颜色。"

"哦，不。我更想要淡粉色或紫罗兰色的。"

"颜色不是问题，一条绿色的裙子、一套蓝色的壶和碗，或者白色的。"

"我听不懂您在说些什么，波洛先生。"

"你不用听懂我在说什么，昂斯沃思夫人，只需给我拿一支普通的铅笔和一张纸就行了。再拿一个信封。我今天聊了很长时间的艺术。现在，赫尔克里·波洛要创作自己的艺术作品了！"

二十分钟后，坐在客厅桌子旁的波洛又叫来了昂斯沃思夫人。她一过来，波洛就递给她一个信封，信封口已封好。他说："请替我给苏格兰场打个电话，让他们立刻派个人过来取这封信，然后交给斯坦利·比尔警官，我已经把他的名字写在信封上了。请向给他们说明这个很重要，和布劳克斯汉酒店的谋杀案有关。"

"我以为您刚才在画画。"布兰奇夫人说。

"画也在信封里，里面还有一封信。"

"哦。看来，我不能看那幅画，是吗？"

波洛笑了。"您看了也没什么用，夫人，除非您是苏格兰场的。但据我所知，您不是。"

"哦。"布兰奇·昂斯沃思看起来生气了，"好吧，我想我还是去给您打电话吧。"

"谢谢，夫人。"

五分钟后她又回来了，用手捂着嘴，脸上红红的。"哦，天哪，波洛先生,哦,对我们来说这是个坏消息!我不知道怎么回事,我真是闹不明白。"

"什么消息?"

"我按照您说的,给苏格兰场打了电话,他们说会派人来取您的信。但我刚放下听筒,铃声就又响了。哦,波洛先生,太可怕了!"

"冷静,夫人。请告诉我,发生了什么事?"

"布劳克斯汉酒店又发生了一起命案!那么高档的酒店到底是怎么了,我真是不明白。"

第十四章　镜中的心思

一到伦敦,我立刻去了"欢乐咖啡屋",希望能在那儿看到波洛。到了才发现,只有一个认识的人,就是波洛说的女服务员"鸡窝头"。我发现,她就好像一副兴奋剂,只要有她在,"欢乐咖啡屋"里的一切都令人开心。她叫什么名字来着?波洛曾经告诉过我。哦,对了,叫菲·斯普琳,菲是尤菲莉娅的小名。

我喜欢她,主要是她每次看见我都会重复说两件事,现在她就又在说了。第一件是她一直以来的心愿,想把"欢乐咖啡屋"改成"快乐茶社",由此体现出她对这两种饮品的偏好;第二件是:"苏格兰场对你怎么样?我也想去那儿工作——不过我得当主管,不然不干。"

"哦,我相信你能很快做到领导。"我对她说,"就像我深信有一天到这儿来会突然发现外面的招牌上写着'快乐茶社'一样。"

"不可能了。唯有这件事他们不允许我变。波洛先生也不会喜欢的,对吧?"

"他会吓傻的。"

"你不要告诉他,也不要告诉别人。"菲想给她工作的地方换个名字，这件事她只告诉了我一个人，从未对其他人说过。

"我不会说的。"我向她保证，"听我说，你过来和我一起破案，然后我去建议领导能不能把我们单位的名字改为'苏格兰场茶社'。我们确实在那里喝茶，因此这么叫也并没有什么不妥。"

"呸。"菲没被说动，"我听说，女警察要是结了婚就得辞职。好吧，我宁可与你们一起破案，也不愿意在家照看一个男人。"

"那你就来吧！"

"那你可不要向我求婚哦。"

"不用担心！"

"我很有魅力的，你觉得呢？"

为了不让自己陷入麻烦，我回应道："我不会向任何人求婚的，但如果我父母拿着枪指着我的脑袋逼我，我会第一个来问你。怎么样？"

"找我总比找那些满脑子只有浪漫的姑娘好。她们总会失望的，没错。"

我不想聊浪漫，于是说："说到合作办案……你不会在等波洛吧？我还以为他会在这儿等珍妮·霍布斯呢。"

"她叫珍妮·霍布斯？这么说，你知道她的姓了。波洛先生要是知道了一定很高兴，这些天他都在为此着急，可能他就不会再来烦我了。每次我一转过来，他就会追着我问有关珍妮的事，那些问题我都回答过好多遍了。我可从来没问过他你在哪儿，从没问过！"

她最后这句话让我感到非常不好意思，于是我说："为什么？"

"我就是不会问。提问题的时候请先想明白你在问什么。你发现有关珍妮的什么了？"

"恐怕不能告诉你。"

"那我给你说点怎么样？波洛先生会想知道的。"菲向我示意过去一张空桌，我们坐了下来，她说道，"珍妮来的那个晚上，上周四，她心里乱糟糟的时候就会来这儿。我对波洛说过当时我注意到了什么，但又忘记了。不过现在我想起来了。那天天很黑，我没有拉窗帘。我从不拉窗帘。我常想，咖啡屋的灯光可以照亮整个小巷，如果有人看到灯光，就有可能会进来坐坐。"

"尤其是如果他们透过窗户看到了你。"我取悦她道。

她瞪大了眼睛，说："就是这个。"

"什么意思？"

"那天，我让珍妮关上门后，她就直奔窗户，盯着外面看，那样子看起来像是有人在后面追她。她就那样盯着窗户，盯着，但她只能看到她自己、这个房间，还有我——我的意思是我的倒影。而我也看到了她，并认出了她。你可以去问波洛，这部分他也知道。在她转过身之前，我说了一句话：'哦，是你啊。'你看，如果咖啡屋里亮着灯，外面一片漆黑，那么窗户的玻璃就会像一面镜子。你可能会认为她是在尽力看清外面的东西，只不过很不顺利，看不清，但事实并不是那样的。"

"什么意思？"

"她不是在看外面是否有人在追她，而是在看我，就像我在看她那样。我能看到她的倒影，她也能看见我的，就像在照镜子，你能听明白吗？"

我点了点头，说："只要你在镜子里能看到别人，别人就也能看到你。"

"完全正确。而珍妮当时就在看我，我敢发誓，她在等着看我会说些什么或做些什么，像在观察。卡其普尔先生，这或许听起来很滑稽，但那时我感觉能比她看到得多。我能看得出她在想什么,听起来确实像异想天开。可我发誓,她在等我为她服务。"

"任何一个理智的人到这儿来都会等你服务。"我笑着说。

"切。"菲发出怪声,表示她有些生气了,"我也不知道为什么就把这事给忘了。我真想抓住自己使劲儿地晃,怎么现在才想起来呢。我发誓这不是我凭空想象出来的……当时,玻璃中的她就盯着我的眼睛,就好像……"菲皱起眉头,"就好像我才是危险人物,而不是外面街上的某个人。可她为什么要那样看着我呢?你能理解吗?反正我不能。"

我先去了趟苏格兰场,刚回公寓,就在门口遇见正准备出门的波洛。他站在门边,拿着外套和帽子,脸色通红,局促不安,好像无法保持镇定。正常情况下,没什么问题能让他头疼。布兰奇·昂斯沃思夫人也很反常,她完全没理我,而是不停抱怨着车还没来。她的脸也红通通的。

"我们现在必须马上去布劳克斯汉酒店,卡其普尔,车一来就走。"波洛说着,用戴着手套的手指捋了捋胡子。

"十分钟前就应该到了。"布兰奇夫人说,"车虽然来晚了,但你可以带卡其普尔先生一起去。"

"有什么紧急情况吗?"我问他。

"又一起谋杀,"波洛说,"在布劳克斯汉酒店。"

"哦,天哪。"有那么一会儿,丢人的恐慌顺着血管流过我的全身。事情真的发生了:整整齐齐的尸体。一具、两具、三具、四具……

八只无生命的手,手心向下……

抓住他的手,爱德华……

"是珍妮·霍布斯吗?"我问波洛,好像听到鲜血在我耳边哗哗流淌。

我应该认真考虑他之前所说的危险,怎么就没当回事呢?

"不知道。啊!这么说你也知道她的名字了。拉扎里先生打来电话通知的。好了,车终于来了。"

我正要往前走,却觉得后面有人在扯我,原来是布兰奇·昂斯沃思夫人在扯我的衣袖。她说:"在酒店要小心,知道吗,卡其普尔先生?如果你们再受伤,我会彻底崩溃的。"

"当然,我会的。"

她露出极度痛苦的表情,说:"如果你问我,我肯定不建议你去。那个家伙,那个刚刚被杀了的人,跑去那个地方干什么啊?已经有三个人在布劳克斯汉酒店被杀了,就在上周!要是不想死,他为什么不去别的地方待着?真是不该,不顾死亡信号,还给你们找麻烦。"

我应该一字不差地把这句话说给那具尸体听。我在心里对自己说,要是能笑着说完这些话,可能会感觉舒服些。

布兰奇夫人继续建议道:"过去告诉其他客人,我这儿还有两间空房,可能没有布劳克斯汉酒店豪华,但能保证他们第二天醒来时还活着。"

"卡其普尔,快点。"波洛从车里喊。

我把行李箱交给布兰奇夫人,匆忙上了车。

车子刚一发动,波洛就说:"我的朋友,我多么希望能避免第四起谋杀,但我失败了。"

"我不这么认为。"我说。

"什么?"

"你尽力了。凶手成功了,并不代表你失败了。"

他一脸鄙视地说:"你要是这么想,那你肯定是凶手们最喜爱的警察。明摆着我就是失败了!"他举起手阻止我说话,"请你不要再说这些愚蠢的话了。给我讲讲你在格勒霍林的情况。除了珍妮的姓以外,你还发现了什么?"

我把整个行程全部讲给他听,随着讲述的进行,我也感觉自己慢慢恢复了正常。我没漏下任何一个细节,对波洛这么细心的人来说,每个小细节都有可能和案情有关联。说话时,我还注意到一件奇怪的事:波洛的眼睛越来越绿了。就好像有人打开手电筒,从他的脑子里面往外照,照得眼睛闪闪发光。

听我讲完后,他说:"也就是说,帕特里克·伊夫在牛津大学耶稣学院读书时,珍妮是为他铺床的宿舍管理员。真有意思。"

"为什么?"

他没有回答我的问题,而是又问了一个。

"第一次拜访玛格丽特·恩斯特的家以后,你没有暗中跟踪她吗?"

"跟踪她?没有。而且我觉得她哪儿都不会去。她好像一直在窗前盯着伊夫夫妇的墓碑。"

"你应该想到她会去什么地方,或者有人去她那儿。"波洛严厉地说,"想想看,卡其普尔。那一天,她不肯告诉你关于帕特里克和弗朗西斯·伊夫夫妇的事情,是不是?她说:'明天再来。'第二天你去了,她就把整个故事都讲给你听了。难道你没想过,推迟一天告诉你的原因可能是她想去找个人商量?"

"没有。实际上我确实没这么想过。给我的感觉,她是一个需要认真考虑，不想鲁莽地做出重大决定的女人。也是一个自己拿主意，不会去找朋友征求意见的女人。所以，我没有怀疑。"

"但是，我怀疑。"波洛说，"我怀疑玛格丽特·恩斯特想和安布罗斯·弗拉沃德医生商量一下她该说什么。"

"好吧，她要是真去找人商量，也只有他。"我承认，"她在谈话中确实多次提到他的名字。很明显，她崇拜他。"

"而你却没有去调查安布罗斯医生。"波洛有点生气地说，"你这么做也太高尚了，坚守誓言。另外，也是出于你们英国人的礼貌，才让你把'爱'说成'崇拜'的吗？你的描述清楚地反应出，玛格丽特·恩斯特爱着安布罗斯·弗拉沃德！她从未见过牧师夫妇，却能激情昂扬地聊起他们？不，那是她对弗拉沃德医生的激情。伊夫夫妇和医生是好朋友，他们的惨死让他很难过，而她是因为医生的悲伤而悲伤。你明白了吗，卡其普尔？"

我不置可否地嘟囔了一声。在我看来，玛格丽特·恩斯特是一个眼里只有规则的人，并为发生在伊夫夫妇身上的不公正而疯狂，但我知道这么说出来有点愚蠢。波洛肯定会给我上课，说我不懂风情。为了不让他继续纠结于我犯下的错误和过失，我告诉他我去了"欢乐咖啡屋"，并把菲说的话重复了一遍。"你觉得这意味着什么？"我问这个问题时车子突然颠了一下，好像碾过了路上的什么东西。

波洛再次忽视了我的问题，反过来问我是否全说完了。

"是的，格勒霍林的事全说了。另一条新消息是今天刚得到的，验尸结果出来了，正如我们所预料的，三位被害人均死于氰化物中毒。但存在一个疑点，三人的胃里都没有食物残留。哈里特·西佩尔、艾达·格兰斯贝瑞和理查德·尼格斯，三人被害前好几个小时都没有进过食。也就是说，那顿下午茶消失了。"

"啊！这个疑点已经解决了。"

"解决了？那我应该说这个疑点创造出来了，对吗？①"

"哦，卡其普尔，"波洛伤心地说，"如果我告诉你答案，因为可怜你而告诉你，你就不会锻炼自己独立思考的能力了——但你必须思考！我有个好朋友，以前从没和你说过，他叫黑斯廷斯。我经常恳请他多动动灰色的脑细胞，虽然我知道他永远无法和我比。"

我以为他准备恭维我呢，没想到他继续说道："而另一方面，你呢……你也是，永远比不上我。你不是智力欠缺，也不是不够敏锐，更不缺乏想象力，只是不够自信。你不愿自己去寻找答案，而是到处找人，看有没有人能告诉你答案——很好，你找到了赫尔克里·波洛！但波洛不仅仅能解决疑团，我的朋友，他还是个向导，是位老师。他希望你能像他一样，学会自己思考问题。就像你说的那个女人，玛格丽特·恩斯特，她相信的不是《圣经》，而是她自己的判断。"

"是的，我觉得她十分傲慢。"我尖锐地指出。我本来还想再多说些的，但车子已抵达了布劳克斯汉酒店。

---

①波洛上句原文为"That is one mystery solved."，这句原文为"It was a mystery created."，有一个句式对应，译文便也对应上文。

第十五章　第四枚袖扣

一到布劳克斯汉酒店大厅,我们就碰到了理查德·尼格斯的弟弟,亨利·尼格斯。他一手拿着公文包,一手提着个非常大的行李箱。为了方便和我们说话,他把行李箱放在了地上。"要是我再年轻些、身体再健壮些就好了。"他上气不接下气地说道,"请问,案件调查得怎么样了?"

他的表情和语气告诉我们,他对第四起谋杀案毫不知情。我没说话,只是饶有兴趣地等着看波洛回应。

"我们有信心抓到凶手,"波洛故意含糊其辞,"您昨晚在这儿住的吗,先生?"

"住?哦,手提箱。不,我住在朗廷酒店。尽管拉扎里先生热情邀请,但我真的无法待在这儿。我来是为了收拾理查德的东西。"亨利·尼格斯用手指了指行李箱,眼睛却不看,似乎一点儿也不想看到那个东西。我看了看挂在箱子拉手上的标签,上面写着:Mr. R. Negus(理查德·尼格斯先生)。

"哦,我得走了。"尼格斯说,"请随时通知我案情的进展情况。"

"我们会的。"我说,"再见,尼格斯先生。对你哥哥致以哀思。"

"谢谢你们,卡其普尔先生,波洛先生。"尼格斯看上去有些尴尬,也可能是愤怒。我想我明白这其中的缘由:面对惨剧,他决定尽快把事情处理好,不希望在集中精力谈正事的时候有人再提及他的悲痛。

尼格斯走出了酒店,我看到卢卡·拉扎里扯着头发,朝我们疾步走来。能看到他满脸大汗。"啊,卡其普尔先生,波洛先生!你们终于来了!收到那个不幸的消息了吗?这些天布劳克斯汉酒店真是倒霉!啊,真倒霉!"

是我的幻觉,还是他真的把胡子修成波洛那样了?若真是模仿,就可太失败了。真有意思,第四起谋杀竟使他如此悲痛。前三起谋杀案发生后他还能说个不停。突然,一个想法闯入我的脑海:或许这次的受害者不是酒店的客人,而是员工。于是我问他是谁被杀了。

"我不知道她是谁,更不知道她现在在哪儿。"拉扎里说,"来,跟我走,你们亲眼看一看。"

"你不知道她在哪儿?"当我们跟随酒店经理往电梯走时,波洛问他,"这是什么意思?她不在这儿吗?不在这个酒店吗?"

"啊,但她在酒店的哪个地方呢?她可能在任何地方!"拉扎里大声悲叹。

拉法尔·波巴克推着一辆大手推车朝我们走过来,车上装满了要洗的床单。他低下头打了个招呼,停了下来。"波洛先生,我一直都在想,看能否还能再记起案发当晚,在三一七房间里还听到了些什么。"

"然后呢?"波洛满怀期待地说。

"但我什么都没想起来,先生。很抱歉。"

"没关系,谢谢你,波巴克先生。"

"看,"拉扎里说,"电梯来了,可我现在都害怕进电梯!这是在我自己的酒店里啊!不知道接下来还会看到什么,或者没看到什么。我害怕拐弯,害怕开门……我害怕走廊里的阴影,害怕地板的嘎吱声……"

进了电梯,波洛试图从心烦意乱的酒店经理的话中总结出点什么,但什么也没发现。拉扎里似乎说不出一句完整的话来:"珍妮·霍布斯小姐订了房间……什么?对,淡黄色的头发……但她去了哪里?……对,棕色的帽子……我们把她弄丢了!……她没带行李……我亲眼看见的,对……但我到得太晚了!……什么?对,一件外套,浅棕色的……"

到达五楼,拉扎里领着我们急匆匆地沿着走廊往前走。"哈里特·西佩尔住在二楼,记得吗?"我对波洛说,"理查德·尼格斯住在三楼,艾达·格兰斯贝瑞住在四楼。我觉得这其中有蹊跷。"

等我们赶上拉扎里,他已经打开了四〇二的房门。"先生们,在美丽的布劳克斯汉酒店,你们马上要看到最丑陋的场景。请你们做好心理准备。"提醒过我们后,他猛地推开门,力气太大,门砰地撞到了房间的墙壁上。

"但是……尸体在哪儿呢?"我问。不像前面几起,这次房间里没有尸体躺在那里。这让我如释重负。

"没人知道尸体在哪儿,卡其普尔。"波洛的声音听起来很平静,但蕴含一丝愠怒,或者是恐惧。

在一把椅子和休闲桌之间的地板上有一大摊血——在一二一、二三八和三一七房间,这里正好是尸体所在的位置——细长的血迹一直延伸到房间的另一边,像是有什么东西拖了过去。是珍妮·霍布斯的尸体吗？从血迹的形状看来，应该是一条胳膊留下的。有些分开的细线，像是手指划过的痕迹……

这副景象令人作呕，我不由得转过脸去。

"波洛，快来看。"在房间的一个角落，有一顶深棕色的帽子，口朝上放着。帽子里面有一小块金属物。难道是……

"是珍妮的帽子。"波洛的声音有一丝颤抖，"卡其普尔，我最担心的事情还是发生了。帽子里装的是……"他缓慢地踱着步子，"是的，和我预想的一样，是一枚袖扣。第四枚袖扣，也有字母组合PJI。"

他的小胡子在剧烈地颤抖，我知道这表明波洛非常痛苦。"波洛就是一个傻瓜，彻头彻尾的傻瓜，居然让这种事情发生！"

"波洛，没有人会指责你——"我没有说完。

"不！别安慰我了！你只会逃避痛苦和挫折，但我跟你不一样，卡其普尔！我不赞同这种……懦弱的行为。你不要再试图阻拦我了，我应该为此后悔。这是必须的！"

我像座雕像一样站在那儿动也不动。他不想让我说话，他成功了。

"卡其普尔，"他突然喊了我一声，像是要重新换回我的注意力，"来看看这里的血迹。尸体被拖走时留下了这串……痕迹。你看出什么了吗？"他问。

"呃……是的，我想是的。"

"看看尸体被移动的方向：不是朝着窗户，而是朝相反的方向。"

"这说明了什么？"我问道。

"既然珍妮的尸体不在这里，就一定被移出了这个房间。这串血迹表明移动方向不是朝着窗户，而是朝着走廊，所以……"波洛用期待的眼神盯着我。

"所以?"我试探性地问。突然,我的思路豁然开朗。"哦,我明白你的意思了:那些痕迹,那些血渍,都是凶手把珍妮·霍布斯的尸体从血泊中往门口拖时留下来的,对吗?"

"不。看看门有多宽,卡其普尔,看看,门很宽。这又可以告诉你什么呢?"

"我没看出什么。"我说,想想最好还是坦率地说出我的想法,"如果凶手想把受害者的尸体从酒店房间里移走,他根本不会在乎房门的宽窄。"

波洛难过地摇了摇头,低声嘟囔了几句。

他转过去问拉扎里。"先生,请把您知道的一切都告诉我,要从头说起。"

"当然,肯定。"拉扎里清了清嗓子说,"住在这间客房的客人叫珍妮·霍布斯。波洛先生,当时她一副大祸临头的样子,冲进旅馆,把钱往前台桌子上一扔,说要一间房,像在躲避穷追不舍的恶魔!我亲自把她带到了房间,然后琢磨着该怎么办?是不是该报警,说有个叫珍妮的女人住进了酒店?波洛先生,您曾专门向我打听过这个名字,但伦敦叫珍妮的女人数不胜数,肯定不止有一个伤心难过,而她难过的原因不一定与谋杀有关。我怎么知道她——"

"先生,请您直奔重点吧。"波洛打断了他的话,"然后你做了什么?"

"我等了大概三十分钟,然后来到五楼,敲了敲房门。但没人应!于是我又回到楼下去拿钥匙。"

拉扎里说话的时候,我走到窗前,向外看了看。任何风景都比那摊血迹、帽子,以及那枚可怕的、刻有字母的袖扣美好。这间客房和理查德·尼格斯住的二三八号房一样，都面向酒店花园。我盯着广阔的草地，但没看一会儿就移开了目光，因为感觉它们正在观察我：一望无际的静物纠缠在一起，就像手拉着手。

我正准备回头看波洛和拉扎里，突然发现窗户下面的花园里有两个人，站在一辆棕色手推车旁边。我只能看到那两个人的头顶，一男一女，紧紧地抱在一起。女人的脑袋向旁边倾斜了一下，像是被绊了一下，差点儿摔倒。她的同伴将她抱得更紧了。我急忙向后退了一步，但还是不够快，那个男人抬起头，看到了我。是托马斯·布里奈尔，那个年轻的接待助理。他的脸刷地变得通红。我又向后退了一步，这样花园就完全消失在视线之外了。我心想，这个可怜的布里奈尔，在众人面前站出来说话都让他极为难堪，可以想象被人看见和别人亲热，他会有多尴尬。

拉扎里还在说着："我拿着万能钥匙回来后，又敲了敲门，为了避免贸然闯入侵犯到这位年轻女士的隐私。但还是没人开门！于是我自己打开了门……接着就看到了这些！"

"珍妮·霍布斯特地要了五楼的房间吗？"我问。

"不，她没有。我那位可信赖的员工约翰·古德在忙，于是是我亲自领她来这个房间的。霍布斯小姐说：'随便给我找个房间，快点儿！拜托了，快点儿！'"

"有没有人在前台留下有关第四起谋杀的便条？"波洛问。

"没有，这次没有便条。"拉扎里说。

"有没有人给这个房间送过食物或饮料，或者客人有没有要求过？"

"不，没有。"

"酒店的每一个工作人员都核查过了吗？"

"是的，每一个人都核查过了。波洛先生，我们搜遍了每一个地方……"

"先生,你刚才说珍妮·霍布斯是一位年轻的女士。你觉得她有多大?"

"哦……对不起。其实,她也不算特别年轻,但也不老。"

"大约三十岁?"波洛问。

"我觉得可能有四十了,但女人的年龄很难说。"

波洛点点头。"棕色的帽子和浅棕色的外套,浅黄色的头发,看上去焦虑不安,年龄在四十岁左右。你说的这位珍妮·霍布斯听起来很像我上周四晚在'欢乐咖啡屋'碰到的珍妮·霍布斯,可是,我们怎么能确定那个人就是她呢?两个不同的地方,目击者不同……"突然,他陷入了沉默,但嘴巴还在不停地动着。

"波洛?"我说。

就在这一刻,他的眼睛变成了绿色,他盯着拉扎里,说:"先生,我必须马上跟那位细心的服务员再谈一谈,拉法尔·波巴克先生。还有托马斯·布里奈尔和约翰·古德。事实上,我必须尽快再和您的每一位员工谈一谈,问问他们每个人分别看到过多少次哈里特·西佩尔、理查德·尼格斯和艾达·格兰斯贝瑞,不论是死是活。"

显然他发现了关键点。当我认识到这一点时,紧张到都能听到自己的喘气声,同时,我也有了重大发现。"波洛。"我低声叫道。

"怎么了,我的朋友?你已经把拼图拼在一起了吗?波洛,他现在明白了一些之前没想通的事。但还有些问题,还有些没拼上的碎片。"

"我刚刚……"我清了清嗓子。出于某种原因,此刻连开口都变得困难了。"我刚刚看到酒店花园里有个女人。"我没办法在此时说出那个女人在托马斯·布里奈尔的怀里,也无法描述她那奇怪的姿势,看起来像是要摔倒了,脑袋歪向一边。因为那太……特别了。怀疑已涌入脑海,只是我感到尴尬,不愿说出口。

谢天谢地,我还能说出一个重要的细节。"她穿着一件浅棕色的外套。"我告诉波洛。

第十六章　以谎言回敬谎言

几个小时后，波洛从酒店返回住处时，我正全神贯注于我的填字游戏。"卡其普尔，"他严厉地说，"你干吗坐在那么黑的地方？我觉得你都看不见要写的字。"

"火炉的光够亮了，况且我此刻没在写字，我在思考。我还是没取得太大的进展，真不知道那些为报纸发明填词游戏的家伙是怎么做到的。我已经研究这个游戏好几个月了，却仍没填完。我说，也许你能帮帮我。你能想出一个意思是死亡的六个字母的单词吗？"

"卡其普尔。"波洛的语气显得更严厉了。

"嗯？"我说。

"你认为我是傻子吗？还是你自己是个傻子？代表死亡并且有六个字母的单词是谋杀（murder）啊。"

"是的，这个答案最明显。我最初也是这么想的。"

"听到这话我很欣慰，我的朋友。"

"如果谋杀是以字母D开头的，就完美了。然而它不是以D开头的，我才困在这个以D开头的单词上……"我惊愕地摇了摇头。

"忘掉填字游戏吧，我们还有很多事情要讨论。"

"我不相信,也不愿相信,托马斯·布里奈尔杀了珍妮。"我坚定地说。

"你很同情他。"波洛说。

"是的,我也敢赌上全部家当押他不是凶手。谁敢说他女朋友就不能有一件浅棕色的外套?棕色的外套很常见。"

"他是一名接待助理,"波洛说道,"为什么要站在花园里的一个手推车旁边?"

"或许只是那个手推车恰好在那里而已!"

"然后布里奈尔先生和女友恰好站在它旁边吗?"

"嗯,为什么不可能呢?"我恼火地说,"听起来难道不比布里奈尔打算用手推车把珍妮·霍布斯的尸体运出花园,弄到别的地方去,却发现我站在窗边往外看,于是假装拥抱她可信吗?你也可以说……"我停下来,深吸一口气,"哦,天哪。你是不是想说……"

"我的朋友,什么?你觉得波洛会说什么?"

"拉法尔·波巴克是一名服务员,可他为什么推着洗衣车?"

"没错。而且,他为什么推着洗衣车穿过华丽的大厅朝前门走去?难道不该在酒店里面洗吗?如果拉扎里先生没有因为失踪的第四具尸体而过于慌张,他一定会注意到这一点的。当然,他不会怀疑波巴克先生,所有的员工在他眼中都不用怀疑。"

"等一下。"我把填字游戏放到旁边的桌子上,"这就是为什么你说那个房间的门很宽吗?那辆洗衣车可以轻松地推进四〇二房间,可为什么没有推进去?为什么要费劲地拖动尸体呢?"

波洛满意地点点头,说:"没错,我的朋友,这些问题希望你问问自己。"

"但是……你真的认为有可能是拉法尔·波巴克杀了珍妮·霍布

斯，用洗衣车把她的尸体推了出去，而且碰巧从我们身边经过吗？他当时还停下来跟我们打招呼呢，老天啊！"

"的确，尽管他没说什么。怎么了？你是不是觉得我很不厚道，竟然怀疑那些曾帮助过我们的人？"

"这个……"

"助人为乐确实值得赞扬，我的朋友，但也不能抵消杀人的罪过。既然你对我不满意，那我就再说一个情况，你想一想：亨利·尼格斯先生，他是不是拿着一个大行李箱？大得足够装下一个瘦弱女人的尸体。"

我用双手捂住了脸。"我真是受不了了，"我说，"亨利·尼格斯吗？不，非常抱歉，不是他。案发当晚他在德文郡呢。我认为他完全值得信任。"

"你是说，他和他的妻子说，那天晚上他在德文郡。"波洛迅速地纠正我的话，"咱们再回到那些血迹，血迹表明尸体是往门口拖的……当然，完全可以把空行李箱拿到房间中央，放到尸体旁边。于是，我们必须再次思考这个问题：为什么要把珍妮·霍布斯的尸体拖向门口？"

"拜托，波洛，如果非要谈这个问题，咱们再找个时间吧，现在不要。"

我的不安貌似让他很扫兴，他突然说："好吧，既然你现在没心情讨论这些可能性，那我就跟你说说你在格勒霍林时伦敦都发生了什么事吧，你可能更喜欢听事实。"

"是的，会好很多。"我说。

波洛稍微捋了捋胡子，坐进一把扶手椅里，开始滔滔不绝地讲起我在格勒霍林时，他与拉法尔·波巴克、塞缪尔·基德、南希·杜安，以及路易莎·华莱士之间的对话。他讲完的时候我头都晕了,索性冒险催促他再多说一些。"你没有落下什么重要的细节吧?"

"比如?"

"哦,路易莎·华莱士家那个没用、笨拙的女佣——多尔卡丝。你强调说和她一起站在楼梯平台的时候,你突然意识到了一件很重要的事,但没说具体是什么。"

"确实,我没说。"

"还有那张神秘的画,你说画好后就送到苏格兰场去了。那是怎么回事?画上画了什么?准备让斯坦利·比尔拿它去做什么?"

"那个,我也确实没有告诉你。"波洛竟然看起来有点抱歉,好像他也别无选择。

我又愚蠢地问:"还有,为什么你想知道布劳克斯汉酒店的每一个员工到底见过几次理查德·尼格斯、哈里特·西佩尔和艾达·格兰斯贝瑞,不管是他们活的时候还是死了以后?这又跟什么事有关?你也没有解释。"

"波洛,他留下了很多空白!"

"不要忘了还有更早时候你遗留的问题。比如,布劳克斯汉酒店的谋杀案和珍妮·霍布斯在'欢乐咖啡屋'情绪失控有两个极为不同寻常的特点。你还说这两者之间有两个极其不同寻常的共同点。"

"我确实说过,我的朋友,我不告诉你答案是想让你成为一名侦探。"

"这起案子只能让我变成可怜虫,一无是处。"我说,第一次这样毫无掩饰地袒露自己的真实感受,"这是最让人发狂的事情。"

突然我听到些声音,像是有人在敲客厅的门,又好像不是。"谁啊?"我大声地喊。

"我。"布兰奇·昂斯沃思的声音从大厅传过来,听起来有些不安,

"先生们，很抱歉这种时候打扰你们，但有一位女士要找波洛先生，她说她等不及了。"

"请她进来吧，夫人。"

几秒种后，我发现我竟然和艺术家南希·杜安共处一室。我觉得大多数男人都会认为她美艳动人。

波洛极其礼貌地为我们作了介绍。

"谢谢您见我。"南希·杜安的眼睛有些肿，说明她刚大哭过一场，她身上的深绿色大衣看起来很昂贵，"这样突然打扰您，我感到非常冒昧，请您原谅。我试图说服自己不要来的，但是……您看，我还是来了。"

"请坐，杜安夫人。"波洛说，"您是怎么找到我们的？"

"像一个地道的侦探那样，从苏格兰场打听到您的住处。"南希勉强微笑了一下。

"哦！波洛，他自以为选了个没人能找到的地方，但警察却把客人们送上了门！没有关系，夫人，我很高兴见到您，只是有一点意外。"

"我要告诉您十六年前在格勒霍林发生了什么，"南希说，"我应该早点儿告诉您的，但当您提到那些我永远都不想再听到的人名时，我真的被吓到了。"

她解开扣子、脱下大衣，我示意她在椅子上坐下。

坐下后，她说："那是个不幸的故事。"

南希·杜安说话的声音很小，眼神里透露出她心神不宁。她给我们讲的故事和玛格丽特·恩斯特在格勒霍林给我讲的一模一样，说帕特里克·伊夫牧师如何受到残酷的中伤。当说到珍妮·霍布斯的时候，她的声音甚至有些颤抖。"她最坏。您看，她竟然爱上了帕特里克。哦，虽然没有证据，但我就是这么认为的。她对他做的那些事表明她爱他：因为嫉妒，就编造了一个不可原谅的谎言。他爱我，所以她就想伤害他，惩罚他。然后，当哈里特抓住这个谎言不放时，珍妮才明白自己所造成的伤害有多大，并感到伤心。我相信她肯定无比羞愧，一定非常恨自己——但是，她没有采取任何措施去补救，什么也没做！她逃走了，躲了起来，希望永远不被人发现。不管她多么害怕哈里特，都应该勇敢地站出来说：'我撒了个弥天大谎，我为此感到很抱歉。'"

"抱歉，夫人。您刚才说没有证据证明珍妮爱上了帕特里克·伊夫，那我想问一下，您怎么知道她爱他呢？正如您所说，一个爱他的人竟如此造谣中伤他，实在令人难以相信。"

"我就是认为她毫无疑问爱着帕特里克。"南希固执地说，"她曾把恋人丢在剑桥，和帕特里克及弗朗西斯一起搬到了格勒霍林。您知道这件事吗？"

我们都摇了摇头。

"他们原本是要结婚的。我相信连日子都定下了。但珍妮放不下帕特里克，于是她取消了婚礼，和帕特里克一起走了。"

"会不会她放不下的人是弗朗西斯·伊夫？"波洛问，"或者是伊夫夫妇？她可能更重视忠诚，而不是浪漫的爱情。"

"我不相信会有女人对雇主忠诚到放弃自己的婚姻，您觉得呢？"南希说。

"肯定不信，夫人。但是您所说的并不是十分合理。如果珍妮因爱生妒，为什么直到帕特里克·伊夫爱上您的时候她才撒这个弥天大谎？之前他娶弗朗西斯的时候怎么没有让她心生嫉妒呢？"

"您怎么知道她不妒忌？帕特里克是在剑桥和弗朗西斯相识并结婚的。那时珍妮·霍布斯为他服务。或许她曾在他朋友耳边嘀咕了些恶毒的话，但那个朋友不是哈里特·西佩尔，没有让那些恶言继续散播。"

波洛点点头，说："您说得对，有这个可能。"

"多数人都不喜欢散播不好的言论，谢天谢地。"南希说，"在剑桥，或许没有人像哈里特·西佩尔那样恶毒，也没有人像艾达·格兰斯贝瑞那样狂热地宣扬道德和虔诚。"

"我发现您没有提理查德·尼格斯。"

南希看起来有些困惑。"理查德是一个好人。他后来对自己在这件可恶的事情里的所作所为感到后悔了。哦，得知那是珍妮说的卑鄙的谎言后他马上就深深地后悔了，并马上不再同情艾达。几年前，他还从德文郡给我写信，说这件事一直折磨着他的心。他说帕特里克和我不该那样做，他始终认为婚姻誓言就是婚姻誓言，不过他开始相信惩罚不总是解决问题的正确方法，即使知道有人犯了错。"

"他在信上这么说？"波洛扬了扬眉毛。

"是的。我想您并不赞同。"

"这些事情很复杂，夫人。"

"比如为了惩罚一个人爱上了不该爱的人，就制造更大的罪过，这样对吗？不仅如此，还造成两人死亡，其中一位甚至是无辜的。"

"*是的*，正是这种两难的困境才使事情变得如此复杂。"

"他在信里还写到，作为基督徒，他不相信上帝愿意让他去迫害一个像帕特里克那样天性善良的人。"

"惩罚和迫害是两个不同的概念。"波洛说，"还有一个问题：整件事情中有没有违法？坠入爱河……毕竟我们无法控制自己的感情，但可以选择是否感情用事。如果一个人犯罪了，他就必须受到某种形式的法律制裁，不能有个人好恶，也不能有报复的欲望。复仇的欲望会玷污一切，那是真正的邪恶。"

"复仇的欲望。"南希·杜安颤抖着重复了一遍这几个字，"就是这个。哈里特·西佩尔心里充满了复仇的欲望，令人恶心。"

"可您在故事中并没有愤怒地抨击过哈里特·西佩尔，"我说，"您只说她的行为令人厌恶，让您很难过。但比起她，您好像更生珍妮·霍布斯的气。"

"我想是这样的。"南希叹了口气，"我曾经很喜欢哈里特。我和丈夫威廉刚搬到格勒霍林的时候哈里特和乔治·西佩尔是我们最好的朋友。乔治死后，哈里特就变成了一个怪物。曾经非常喜欢的一个人，你就很难谴责她，您没有发现吗？"

"做不到，受不了。"波洛说。

"我确实做不到。我会把他们的恶劣行径看成是一种病态的表现，而不是真正的他们。但我不能原谅哈里特对帕特里克的所作所为，我无法说服自己原谅她。同时我觉得，因为这种转变而最痛苦的应该是她自己。"

"您认为她是一个受害者？"

"她年纪轻轻就失去了深爱的丈夫，是的，她很不幸！我认为一个人可以既是受害者，又是罪犯。"

"您和哈里特有些共同之处，"波洛说，"年纪轻轻就失去了丈夫。"

"这话说起来很无情，但我们不能相提并论。"南希说，"乔治·西佩尔是哈里特的全部。而我嫁给威廉是因为他聪明，能给我安全感，并且我需要从家里逃出来，离开我父亲。"

"哦，是的。阿尔坤·约翰逊。"波洛说，"上次从您家里出来后我想起来他是谁了。上个世纪末，您父亲是伦敦有名的英俄激进分子，还在监狱里关过一段时间。"

"他是一个危险人物。"南希说，"我不想谈他的……观点，但我必须说。他认为，所有妨碍世界变得更美好的人都该被杀，杀多少都没关系，而怎样是'更美好'，全部由他定义！老天爷啊，靠流血和屠杀能让世界变得更美好吗？那群人只知道破坏和毁灭，说起希望和梦想就满脸仇恨和愤怒，他们怎么能把世界变得更美好呢？"

"我完全同意您的观点，夫人。一场饱含愤怒和憎恨的运动不会让我们的生活变得更美好。这是不可能的，因为源头就不对！"

我差点儿就说我也同意了，但没说出口。没人会对我的想法感兴趣。

南希说："遇到威廉·杜安的时候，我并没有爱上他，只是喜欢他、尊敬他。他镇定、谦恭，说话或做事都很规矩。比如，如果到了还书的日期还没把书还给图书馆，他就会非常懊恼。"

"一个有良知的男人。"

"是的，他为人谦卑，做事有分寸。如果有什么东西挡他的道，他首先想到的是自己绕道走，而不是把东西挪开。我知道他肯定和我那个立志靠暴力让这个世界变得更丑恶的父亲合不来。威廉喜欢艺术和美好的事物，在这方面他和我很像。"

"我理解，夫人。但是您并不像哈里特·西佩尔爱她的丈夫那样，疯狂地爱着威廉·杜安，对吗？"

"是的，我为之疯狂的人是帕特里克·伊夫。从第一眼看到他开始，我的心就只属于他一个人了。为了他，我愿意放弃生命。失去他的时候我才理解了哈里特失去乔治时的痛苦。人们以为自己可以想象那种痛苦，但事实上做不到。我记得，在乔治的葬礼之后，哈里特曾恳求我向上帝祈祷让她死去，那样她就能快点儿与他团聚了。我拒绝了她的请求，并告诉她时间可以抚平伤痛，然后有一天，她会找到新的生命动力。"

南希停下来，让自己平静一下，然后继续道："遗憾的是，她真的找到了。她从折磨别人中找到了快乐。守了寡的哈里特闷闷不乐、脾气暴躁，也就是最近在伦敦的布劳克斯汉酒店被杀死的那个女人。而我认识并喜欢的哈里特已经随丈夫乔治一起去了。"她突然看了我一眼，"您发现我在生珍妮的气了，但其实我并没有权利生她的气，我们都辜负了帕特里克，在这一点上我和她一样有罪。"南希用双手掩住脸，开始哭泣。

"来，来，夫人，给您。"波洛递给她一块手帕，"您怎么辜负了帕特里克·伊夫？您都说愿意为他付出自己的生命了。"

"我和珍妮一样坏，是一个可恶的懦夫！我曾在王首旅馆承认和帕特里克相爱且秘密约会，但我没有说实话。哦，秘密约会是真的，帕特里克和我疯狂地坠入了爱河也是真的，但是……"南希痛苦地无法再说下去了。她埋头在手帕里不停地哭，肩膀跟着颤抖着。

"我想我明白了，夫人。那天在王首旅馆，您告诉村民们您和帕特里克·伊夫之间的关系仍是纯洁的，但那是谎言。波洛猜对了吗？"

南希发出了一声绝望的哀号。"我无法忍受那些谣言。"她啜泣着说，"什么通过与死人的灵魂通灵来谋取钱财，那些故事太可怕了，就连小孩都会在街上冲他发出蔑视的嘶嘶声……我被吓坏了！您无法想象如此多的指控和谴责有多么可怕，而且是针对一个人，一个好人！"

我可以想象。我可以生动地想象出那幅图景，真希望她不要再说下去了。

"我必须做点什么，波洛先生。于是我想，我要用纯洁美好的事物来对抗谎言！也就是真相。我爱着帕特里克，帕特里克也爱着我的真相。但我又很害怕，就用谎言玷污了我们的真相！那是我的错。我当时很慌乱，我无法理智地思考。我的懦弱和谎言玷污了我和帕特里克美好的爱情。我们的关系并不纯洁，我撒了谎。我当时觉得别无选择。我太懦弱了，可耻！"

"您对自己太苛刻了，"波洛说，"没必要这么做。"

南希擦了擦眼睛，继续说道："我多么希望您说的是对的。我当时为什么没把所有的真相都讲出来？我站出来为帕特里克反驳那些可怕的污蔑，这本是一件高尚的事情，但我却毁了一切。为此，我每天都在诅咒自己。聚在王首的那些喷着唾沫、大声斥责别人的家伙原本就不喜欢我，他们认为我是个堕落的女人，帕特里克更是个魔鬼。就算他们的不满再多一些又有何妨？事实上，他们辱骂人的能力已经发挥到了极致。"

"您当时为什么没有说出真相？"波洛问道。

"我想可能是想让弗朗西斯好受一点，希望能避免更大的丑闻。但后来帕特里克和弗朗西斯都自杀了，想让一切好起来的希望全部破灭了。"南希想了想之后又加上一句，"我知道他们是自杀的，不管别人说什么。"

"关于这件事有争议吗？"波洛问。

"医生和所有的官方记录都说他们死于意外，但格勒霍林没人相信。基督教认为自杀是一种罪。我想那个乡村医生是想保护帕特里克夫妇的名誉不再受损才说是意外。他非常喜欢他们，曾独自站出来支持他们。弗拉沃德医生，他是个好人，是格勒霍林少有的好人。刚听到的时候他就知道那是邪恶的谣言了。"南希破涕为笑,"以谎言回敬谎言,以牙还牙。"

"或者说以真相回报真相?"波洛说。

"哦,是的,确实如此。"南希看起来很惊讶,"哦,天哪,我彻底毁了您的手帕。"

"没关系,我还有呢。夫人,我还有一个问题要问您,您认识塞缪尔·基德吗?"

"不,我应该认识吗?"

"您住在格勒霍林的时候他不住在那里吗?"

"不,没有。不管他是谁,他很幸运。"南希痛苦地说。

第十七章 老妻少夫

客人走了,房间里又只剩下我和波洛。波洛说:"这么说,南希·杜安和玛格丽特·恩斯特都认为伊夫夫妇是自杀的,但官方记录是意外死亡。安布罗斯·弗拉沃德撒谎说那是意外,是为了保护帕特里克和弗朗西斯·伊夫的名誉不再受到更大的损害。"

"真奇怪,"我说,"玛格丽特怎么没说这些。"

"我怀疑我们可能发现她为什么让你发誓不跟医生谈的原因了。要是安布罗斯·弗拉沃德对他所说的谎言感到很骄傲呢——骄傲到如果有人问他,就想坦白相告。而如果玛格丽特·恩斯特想要保护他……"

"是的,"我赞同地说,"这很可能是她想让我远离他的原因。"

"想保护——这种心理我太理解了!"波洛的声音非常激动。

"不要再因为珍妮而责备自己了,波洛,你保护不了她。"

"在这点上你是对的,卡其普尔,谁都不可能保护珍妮,即便是赫尔克里·波洛。遇到她时就已经来不及救她了——我现在才明白这一点。只是太晚、太晚了。"他叹了口气,"但有一点很有趣,不是吗?这次有血迹,之前都只是用毒药,没有血。"

"我一直好奇的是，珍妮的尸体在哪儿？布劳克斯汉酒店从上到下都被搜了个底朝天，什么都没找到！"

"不要问自己它在哪儿，卡其普尔，在哪儿不重要。问问自己为什么。不管是用洗衣车、行李箱，还是手推车，为什么要运走尸体？为什么要转移？为什么不像另外三具尸体那样留在酒店的房间里？"

"哦？答案是什么呢？你知道答案，快告诉我。"

"没错，"波洛说，"这些都可以解释清楚，但我担心那是一个令人不开心的解释。"

"开不开心，我都想听。"

"等时机成熟的时候再告诉你吧。现在，我告诉你另一件事：布劳克斯汉酒店的员工都最多只见过哈里特·西佩尔、艾达·格兰斯贝瑞或理查德·尼格斯一次，只有一个人例外，托马斯·布里奈尔。他见过理查德·尼格斯两次：一次是在周三晚上，尼格斯抵达酒店后是布里奈尔接待了他；第二次是在周四晚上，他们在走廊上偶遇，尼格斯还问他要了一杯雪利酒。"说完波洛满意地笑了几声，"好好想想，卡其普尔，从中你看出点什么了吗？"

"没有。"

"啊！"

"饶了我吧，波洛！"我从没听谁喊"啊"这个字时有这么生气。

"我已经告诉过你了，我的朋友，不要一直期望别人给你答案。"

"我是真的被难住了！无论从哪个角度看，南希·杜安都肯定是凶手，但她有路易莎·华莱士夫人提供的不在场证明。那么，谁还有可能想杀死哈里特·西佩尔、艾达·格兰斯贝瑞、理查德·尼格斯，以及珍妮·霍布斯呢？"我在客厅里走来走去，因看不出一丝线索而生自己的气，"另一方面——虽然我还是觉得你的怀疑太疯狂了——如果凶手是亨利·尼格斯或拉法尔·波巴克或托马斯·布里奈尔，他们的动机是什么呢？他们中有谁和十六年前在格勒霍林发生的悲剧有关系呢？"

"亨利·尼格斯有这世上最俗气的、最常见的杀人动机：钱。他告诉我们，他哥哥不停地挥霍着他的财富，对吧？他还告诉我们，他妻子绝不赞同把理查德从家里赶出去。如果理查德·尼格斯死了，他就不用养他了。如果理查德没死，说不定他会花掉弟弟的一大笔钱。"

"那为什么要杀哈里特·西佩尔和艾达·格兰斯贝瑞呢？还有珍妮·霍布斯，亨利·尼格斯为什么要杀她们？"

"我不知道，但我有些猜测。"波洛说，"至于拉法尔·波巴克和托马斯·布里奈尔，我想不出他们有什么动机，除非他们没说真话。"

"我想我们还需要再深入调查一下。"我说。

"我们要不要把玛格丽特·恩斯特和安布罗斯·弗拉沃德也列入这份嫌疑人名单？"波洛说，"他们不爱帕特里克·伊夫，但也有可能想杀人复仇。据玛格丽特·恩斯特自己说，案发当晚她独自待在家里。我们不知道弗拉沃德医生当时在哪里，因为你承诺过不去找他，而且——哎！你还真守信用。波洛将不得不亲自去一趟格勒霍林。"

"我说过你该和我一起去的。"我提醒他，"但如果你去了，就没机会和南希·杜安、拉法尔·波巴克和其他人谈话了。哦对了，波巴克听到哈里特、艾达和理查德·尼格斯在谈论一对老女人和年轻男人——假设我们相信他说的——我一直在想他们会是谁，还把我能想到的所有情侣都列了出来。"我从口袋里拿出那个单子。（我承认，我希望讨波洛欢心，但他完全没反应，也可能是装的。）

"乔治和哈里特·西佩尔，"我读了出来，"帕特里克和弗朗西斯·伊夫，帕特里克·伊夫和南希·杜安，威廉·杜安和南希·杜安，查尔斯和玛格丽特·恩斯特，理查德·尼格斯和艾达·格兰斯贝瑞。但这些情侣中没有女性比男性年龄大的，当然也不会被说成'都能当他母亲了'。"

"唉，"波洛不耐烦地说，"别想了，我的朋友。你怎么知道这对情侣真的存在？"

我盯着他，心想他是不是失去理智了。"这个，沃尔特·斯图克里在王首旅馆里也说过，而拉法尔·波巴克又听到——"

"不、不，"波洛粗鲁地打断了我，"你没有注意到细节。在王首旅馆，沃尔特·斯图克里说的是那个女人结束了和那个男人之间的感情，对不对？而拉法尔·波巴克偶然听到三个受害者说的是男人不再爱女人了，而女人依旧渴求着男人的爱。这怎么会是同一对情侣呢？相反，他们根本就不可能是同一对！"

"你说得对。"我气馁地说，"我没想到这一点。"

"你对自己的推理模式太满意了，所以没想到。这里有一对老妻少夫，那里也有一对老妻少夫。就是这样了，你就以为他们肯定是同一对！"

"是的，可能我的方向全错了。"

"不。你很有洞察力，卡其普尔，虽然只是有时。你带我走出了混乱之路。你还记不记得，你说过如果托马斯·布里奈尔有所隐瞒，也是因为他不想让自己尴尬？你这句话对我非常有用——真的非常有用！"

"哦，但我恐怕还在混乱之路上，并且看不到一丝光亮。"

"我保证，"波洛说，"明天早饭之后，我们马上去拜访一个人，我们俩。在那之后，你就会比现在清楚得多。希望我也能更清楚。"

"我能不能问一下,我们要去拜访谁?"

"当然,我的朋友。"波洛微笑着说,"我打电话给苏格兰场要来的地址。我可以告诉你,是你认识的人。"

不用说,他并没有告诉我到底是谁。

第十八章 敲敲,看看谁来开门

第二天早上，我们穿行于城市，准备揭开我们的"拜访"之谜。这一路波洛的心情就像伦敦的天气一样变幻莫测、阴晴不定，这一刻他还开心自在，下一秒就紧皱眉头、忧心忡忡。

最后，我们来到一条狭窄街道上，站在一座简朴的小房子前。"雅茅斯三号，"波洛站在门外说，"卡其普尔，现在你知道我们要来找谁了吧？熟悉这个地方吗？"

"嗯。稍等，我想起来了，对，是塞缪尔·基德，对不对？"

"没错。案发当晚八点过后，我们这位乐于助人的目击者看到南希·杜安从布劳克斯汉酒店跑了出来，还掉了两把钥匙。尽管当时南希·杜安并不在酒店里。"

"她在路易莎·华莱士家。"我附和道，"所以，我们来这儿是要吓唬一下基德先生，并找出是谁让他说谎的，是吗？"

"不，基德先生今天不在家。我想他去上班了。"

"那么……"

"我们来做个游戏吧，叫'敲敲，看看谁来开门'。"说完波洛露出一个神秘的微笑，"你去敲门。我戴着手套呢，不想弄脏它们。"

我敲了敲门,站在那儿等着。心想,明知房子的主人不在家,波洛还期待谁来开门呢?我张开嘴准备问,但又闭上了。很明显这么做没有意义,他是不会告诉我的。我记得我曾一度认为(不到两星期前我还这么认为),直接去问一个知道答案的人,就会有所帮助。

雅茅斯三号的大门打开了,我发现面前的这个人瞪着一双大眼睛,明显不是塞缪尔·基德。起初我很困惑,因为我不认识这个人。接着我发现这人的脸正因为恐惧而扭曲,终于明白是谁了。

"早上好,珍妮女士。"波洛说,"卡其普尔,这位是珍妮·霍布斯女士。珍妮女士,这是我的朋友爱德华·卡其普尔先生。您还记得吗?我们曾在'欢乐咖啡屋'里说起过他。看到您还活着,我深表宽慰。"

这一刻我才知道,其实我一无所知。之前所仰仗的那点自以为有价值的琐碎案情,现在都毫无用处。波洛是怎么知道能在这里找到珍妮·霍布斯的?根本不可能!然而,我们就在这里找到了。

等珍妮平静下来,她的表情不再那么胆怯了,但多了些谨慎。她请我们进去,让我们在一间小又黑、家具也破破烂烂的屋子里等。她说自己一会儿就回来。

"你不是说已经太晚了,救不了她了吗?!"我生气地对波洛说,"你撒谎了。"

他摇了摇头,说:"我怎么会知道能在这儿找到她呢?还得谢谢你,老弟,是你再次帮助了波洛。"

"怎么帮的?"

"我让你回忆一下和沃尔特·斯图克里在王首旅馆的对话,他说起过一个女人,应该有丈夫、有孩子,有自己的家庭,过着幸福的生活。

想起来了吗?"

"那又怎样?"

"一个把生命献都给了那个优秀男人的女人?为了他付出了一切?接着,斯图克里还说,'她不可能喜欢上一个孩子的,特别是曾与一个富有的男人相恋'。你还记得曾对我说过这些话吗,我的朋友?"

"当然记得!我又不是傻子。"

"你以为找到了那对老妻少夫,对吗?拉法尔·波巴克告诉我们,三位受害者在布劳克斯汉酒店谈论过他们,所以你认为沃尔特·斯图克里和他们说的是同一对,于是问斯图克里先生,那个女人比她爱过、又抛弃了的男人大多少,因为你听到他说'她不可能喜欢上一个孩子的'。但是,朋友,你没听清他到底说了什么!"

"不可能,我确实听清了。"

"不,他说的其实是'她不可能喜欢上塞米·基德了'[①],塞缪尔·基德先生。"

"但是……不过……哦,见鬼去吧!"

"你会弄错,也是因为沃尔特·斯图克里不止一次地说了'kid'这个词,他管一起喝酒的年轻人也叫'孩子'。好了,任谁身处你当时的环境都可能犯这样的错,不要太苛责自己了。"

"然后,带着错误的理解,我问斯图克里,那个该结婚又没结婚的女人和那个游手好闲的酒友在年龄上有多大的差距。他一定很纳闷我为什么问这个,因为珍妮·霍布斯与那个游手好闲的家伙没半点关系。"

"对,要是他没有喝醉,可能会问你这个问题。嗯,是的。"波洛

[①] "塞米·基德"(Sam Kidd)与"一个孩子"(some kid)发音十分相似。

耸了耸肩。

"这么说，珍妮·霍布斯曾和塞缪尔·基德订婚。"我想彻底弄明白，"但是……她抛弃了他，离开剑桥，陪着帕特里克·伊夫去了格勒霍林？"

波洛赞同地点点头。"'欢乐咖啡屋'的女服务员菲·斯普琳告诉我，珍妮曾经历过一件伤心事。我一直在想那会是什么。"

"我们不是回答了这个问题吗？"我说，"肯定是因为抛弃了塞缪尔·基德呗。"

"我认为更有可能是帕特里克·伊夫的死，他才是珍妮的真爱。顺便说一下，我相信她刻意改变说话的方式，也是为了向他所在的阶层靠近，希望他能平等地看待自己，而不仅仅把她当成一个女佣。"

"你不担心她会再一次在你面前消失吗？"我看着起居室紧闭的房门，问道，"她离开了这么长时间，在干什么呢？而且你知道，如果她还没去过医院，我们应该赶紧带她去。"

"医院？"波洛看起来很惊讶。

"是啊，她在酒店房间里失了那么多血。"

"你想多了。"波洛说，他看起来好像还有很多话要说，但这时珍妮打开了门。

"请原谅，波洛先生。"她说。

"为什么道歉呢，女士？"

一阵不舒服的沉默降临。我想说点什么来打破安静，又担心自己说出来的话也不会有什么效果。

"南希·杜安，"波洛小心而缓慢地说，"你当时跑去'欢乐咖啡屋'寻求庇护，是不是想摆脱这个人？她是你在害怕的人吗？"

"我知道她在布劳克斯汉酒店杀了哈里特、艾达和理查德。"珍妮小声地说,"是在报纸上看到的。"

"既然我们在塞缪尔·基德,也就是你的前任未婚夫家里找到了你,可否认为基德先生已经告诉你他在案发当晚所看到的情况了?"

珍妮点点头。"他说,南希从布劳克斯汉酒店跑出来,还把两把钥匙掉在了路上。"

"这可真是个难以想象的巧合啊,女士。已经杀死三个人、并且还想杀你的南希,从犯罪现场逃跑的时候恰好被你曾经要嫁的男人看见了!"

珍妮嘟囔了一句:"是的。"

"波洛可不相信如此凑巧的巧合。你在说谎,我们上一次见面的时候你也在说谎!"

"没有!我发誓——"

"既然你知道哈里特·西佩尔、艾达·格兰斯贝瑞和理查德·尼格斯都死在了布劳克斯汉酒店,为什么还跑去那里住?我知道这个问题你回答不了!"

"请让我说,我能回答。我已经厌倦了逃跑,结束这一切似乎更容易些。"

"是这样吗?你能这么镇定地接受命运的安排?接受它,还主动走向它?"

"是的。"

"那么,为什么你不停催促酒店经理拉扎里先生'快点儿'给你安排个房间,好像仍然有人在追你似的?另外,你看起来没有受伤,那么四〇二房间里的血是谁的?"

珍妮哭了起来,并且身子有些摇晃。波洛站起来,扶她坐在椅子上。他说:"坐吧,女士。该我站着告诉你,为什么我确信你从未对我说过真话。"

"等等，波洛。"我提醒他珍妮看起来似乎随时会昏倒。

波洛看起来并不在乎。他说："有人写了张纸条，通报哈里特·西佩尔、艾达·格兰斯贝瑞和理查德·尼格斯被杀。上面写着'愿他们永不安息，121，238，317'。于是我问自己：这个凶手能冷静大胆地走到酒店的前台，留下一张通报谋杀的纸条。这样的人会慌里慌张地跑出酒店，并在途中弄掉了两把钥匙掉，还被一位目击者看到吗？难道凶手南希·杜安是把纸条留在桌子上之后才开始感到恐慌的吗？为什么直到那时才害怕？另外，如果南希·杜安八点钟后才离开布劳克斯汉酒店，那她是怎么和朋友路易莎·华莱士夫人共进晚餐的呢？"

"波洛，你不觉得应该对她温和一点吗？"

"我不这样认为。我想问你，珍妮女士：南希·杜安为什么要留下一张纸条？为什么那三具尸体要在八点刚过就被找到？酒店的服务员早晚都会发现他们，为什么那么着急？既然杜安夫人足够冷静沉着，能走到酒店前台留下纸条且没有引起任何怀疑，那她一定能理智地思考接下来需要做什么。那么，在离开酒店之前，她为什么不把那两把钥匙稳妥地放进大衣口袋里呢？她竟然愚蠢地把钥匙拿在手里，还掉落在了基德先生面前。而基德先生呢，不仅能清楚地看到钥匙上的数字分别是'一百多'和'三百多'，还凑巧认得这个神秘女人。虽然他起先假装不记得她的名字，但不久后就轻松地想了起来，并找到合适的时机告诉我们她叫南希·杜安。霍布斯女士，这些听起来说得通吗？在波洛看来，这根本说不过去，尤其是我在这里找到了你，在基德先生家里，而且我知道南希有不在场证明！"

珍妮捂着脸哭了起来。

波洛转而对我说："卡其普尔，塞缪尔·基德的证词从头到尾都是谎话。他和珍妮·霍布斯合谋嫁祸南希·杜安谋杀哈里特·西佩尔、艾达·格兰斯贝瑞和理查德·尼格斯。"

"你大错特错！"珍妮哭着说。

"我知道你是个骗子，女士。我一直怀疑和你在'欢乐咖啡屋'的相遇一定和布劳克斯汉酒店的谋杀案有关系。这两件事——假如我们把三起谋杀归为一件事情——有两个非常重要、又极为不寻常的共同点。"

听到这话，我立刻坐直了身子，我等这两个共同点等了太久了。

波洛接着说："一个是心理方面的相似：在这两件事中，受害者似乎都比凶手更有罪。留在布劳克斯汉酒店前台桌子上的纸条上写着'愿他们永不安息'，暗示哈里特·西佩尔、艾达·格兰斯贝瑞和理查德·尼格斯该死，凶手只是执行了正义。在咖啡屋，珍妮女士你也对我说过自己该死，之后没多久你就被杀了，最终还是正义得到了伸张。"

他说得对，我怎么会忽略这一点呢？

"第二个相似点不是心理方面的，而是更为具体。布劳克斯汉酒店的谋杀，惊恐的珍妮和我在咖啡屋里的谈话，二者的线索都太多了——信息太多，都唾手可得！马上就有大量信息涌现，就像有人故意要给警察提供帮助。从咖啡屋的简短会面中，我就能轻松地了解到多得惊人的事实。这个珍妮做了可怕的事情，感到很内疚，她觉得自己会被杀，但又不想让杀她的凶手受到惩罚。她很确定地对我说'哦，请不要让他们开口'，所以，当我听说布劳克斯汉酒店的三具尸体的口中都有枚袖扣时，我就想起了珍妮所说的话，并且下意识地把它们联系了起来。"

"您错怪我了,波洛先生。"珍妮抗议道。

波洛根本就不理睬她,继续说着:"现在我们再来说说酒店里的谋杀。在那里,我们再次获得了很多信息,快得惊人。理查德·尼格斯支付了三个房间的费用,以及派车去火车站接人的费用。三个受害人要么现在住在、要么曾经住过格勒霍林。再加上袖扣上的首字母组合'PJI'这条颇为有用的线索,指引我们推断出这三个人理应受到惩罚,因为他们曾无情地对待帕特里克·伊夫牧师。还有,留在酒店前台的那张纸条清楚地表明杀人动机是报复,或者说伸张正义。凶手居然写下杀人动机,还把它放在一个十分显眼的地方,随时可能被警方发现,这不是很罕见吗?"

"其实,有些凶手确实希望将他们的动机公之于众。"我说。

"我的朋友,"波洛过分耐心地解释道,"如果南希·杜安想杀死哈里特·西佩尔、艾达·格兰斯贝瑞和理查德·尼格斯,她会这样做吗?公开动机,直接指向自己?她很想被绞死吗?另外,理查德·尼格斯已经濒临破产了——据他弟弟所说——为什么还要为所有的消费埋单?南希·杜安很富有,如果她是凶手,想引诱受害人来伦敦并杀掉他们,她为什么不支付酒店的房费和车费呢?这一切都拼不起来。"

"请让我说句话,波洛先生!我会告诉您真相的。"

"此时此刻,女士,我更想由我来告诉你真相。很抱歉,但我发现还是我自己更可靠。在你给我讲故事之前,曾问我是否退休了,对不对?你煞费苦心地旁敲侧击,确定我无权逮捕任何人,且不任职于这个国家的执法机关。我必须向你保证这一点,你才相信我。但我那时已经告诉过你我有个朋友在苏格兰场。你会对我倾诉烦恼不是因为我无权逮捕凶手，而是因为你非常清楚我在警方有一定的影响力。因为你希望看到南希·杜安被陷害，被判谋杀罪而绞死！"

"这不是我所想的！"珍妮转过挂满泪水的脸，看着我说，"请您别再让他说下去了！"

"到时候我会停下来的。"波洛说，"女士，'欢乐咖啡屋'的服务员说你是她们的常客。那些服务员很喜欢在背后议论客人。我猜测你曾听到她们谈论起我：一位留着八字胡、十分挑剔的欧洲绅士，曾在欧洲大陆当过警察，有一个朋友叫卡其普尔，在伦敦苏格兰场工作。你还听她们说我每周四晚上七点半准时出现在'欢乐咖啡屋'，享用晚餐。哦，是的，女士，你知道如何找到我，也知道赫尔克里·波洛是帮助你实现邪恶目标的最理想人选！于是你装出一副惊恐的样子来到咖啡屋，但那是个骗局，一次表演！你长久地盯着窗外，像是担心有人追来，但实际上除了咖啡屋里面的倒影，你根本什么都看不到。有位服务员，她发现倒映在窗户上的你正在看她，而不是望着大街。那时你正在算计，对吗？'会不会有人怀疑我担惊受怕的样子是装出来的呢？那个目光敏锐的服务员会不会看出了破绽，并且会妨碍我的计划顺利实施？'"

我站起身来，说："波洛，我并不怀疑你所说的话，但你总不能像这样不停歇地口诛一个可怜的女人，而连辩解的机会都不给她。"

"闭嘴，卡其普尔。我解释得还不够清楚吗？霍布斯女士非常擅长装出一副楚楚可怜的样子，在此外表之下，藏着她沉着并精于算计的真实面目。"

"你真是个铁石心肠的人！"珍妮大声哭起来。

"正相反，女士。放心，时候到了会让你说话的，但是现在，我还有个问题要问你。你对我说'请不要让他们开口！'，你怎么知道南希·杜安在杀了他们之后会往他们的嘴里放一枚袖扣呢?我很好奇你是怎么知道的。是杜安夫人曾扬言说要这么干吗?我可以想象凶手威胁说会使用暴力,'如果让我抓到你,定会割破你的喉咙'之类的威胁,但我无法想象一个凶手说出'杀了你之后,我会在你口中放一枚刻有首字母组合的袖扣'这样的话。尽管我是一个想象力很丰富的人,也无法想象会有人这么说!

"抱歉,女士,最后还有一点。不管你在帕特里克和弗朗西斯·伊夫的那场悲剧里犯了什么错,哈里特·西佩尔、艾达·格兰斯贝瑞和理查德·尼格斯那三个人所应承担的罪责都不会比你少,至少也和你一样。他们相信了你的谎言,并发动整个村子指责伊夫牧师和妻子。还有,在'欢乐咖啡屋'你曾对我说:'只有我死了,正义才算得到了伸张。'你特意强调'我',说'只有我死了'。你这么说会让我觉得你已经知道哈里特·西佩尔、艾达·格兰斯贝瑞和理查德·尼格斯被杀了。但现在再看到手的证据,我认为当时那三起谋杀还没有发生。"

"别说了,求求你,别说了!"珍妮哭着说。

"请再等一会儿。你对我说'只有我死了,正义才算得到了伸张'的时候大约是七点四十五,但现在我们知道,布劳克斯汉酒店的员工是在八点十分才发现那三具尸体的。那么,珍妮·霍布斯,你是如何提前知道这几起谋杀案的呢?"

"如果你能停下来,我会告诉你一切!我也很绝望,一直保守秘密,不停地撒谎,这对我也是种折磨。我再也受不了了!"

"好。"波洛平静地说,口气听起来突然变友善了,"这一切吓到你了吧,有没有?你有没有明白,你是骗不了波洛的?"

"我明白了。让我告诉您这个故事,从头到尾。终于可以说来了,终于可以松一口气了。"

  珍妮开始了讲述。从头到尾我和波洛都没有打断她,直到她讲完。下面就是她所讲的故事,我希望我忠实完整地再现了她的故事。

第十九章　真相大白

我毁了我唯一爱过的男人的生活，也毁灭了我自己的。

我并不是有意让事情变成这个样子的。我做梦也想不到，从我口中说出的那几句愚蠢残酷的话竟会造成那样的灾难。我本该三思，缄口不言的，但我当时很受伤，一时脆弱，就被怨恨所控制。

我全身心地爱着帕特里克·伊夫。我也试过不要这样。我开始为帕特里克服务，为他整理床铺时就已经跟塞米·基德订婚了，那是在剑桥大学耶稣学院，他在那儿读书。我非常喜欢塞米，但第一次见到帕特里克后不久，我的心就属于他了，并且深知无论怎么努力都不会改变这种感觉。帕特里克具有一个人应该具备的一切优点。他也很喜欢我，但对他来说，我只是个仆人。尽管后来我模仿剑桥大学一位老师的女儿——就像弗朗西斯·伊夫那样——说话，我在帕特里克眼里依然只是一个忠诚的仆人，再没有其他。

当然，我知道他和南希·杜安的事。我听到了他们之间的对话，但不是故意偷听的。我知道他有多么爱她，这让我难以承受。我早就接受他属于弗朗西斯而不属于我的事实了，但我竟发现他爱上了别的女人，那个女人既不是他的妻子，也不是我，这一点我不能忍受。

有那么一瞬间,我确实想惩罚他,但这个念头转瞬就消失了。我要像他伤害我那样让他伤心。于是,我编了一个恶毒的谎言,还把这个谎言告诉了——我的天哪,告诉了哈里特·西佩尔。我所编造的谎言安抚了我的心:帕特里克对南希所说的那些甜言蜜语,我曾不止一次偷听到的话语,其实出自已经入土的威廉·杜安之口,帕特里克不过是传话的而已。哦,我知道这么说很荒唐,但当我告诉哈里特·西佩尔时,有那么几秒钟,我觉得那是真的。

然后,哈里特就开始忙活了。她在全村到处散播,说帕特里克十分可怕、不可原谅,艾达和理查德还帮她煽风点火。我一直不明白他们为什么这么做,他们肯定知道哈里特已经变成了一个恶毒的人,村民们都知道。他们为什么会和她一起指责帕特里克呢?哦,我现在知道答案了:那都是我的错。理查德和艾达知道哈里特不是肇事者,流言出自帕特里克家的女佣,那个女佣忠诚于帕特里克,她没有理由撒谎。

我马上就发现嫉妒心驱使我做了一件可怕又可恶的事。我亲眼目睹了帕特里克的遭遇,我拼命地想帮助他,还有弗朗西斯,但我不知道该怎么做!哈里特曾亲眼看到南希在深夜出入牧师宅院,理查德·尼格斯也看见了。如果我承认撒了谎,就不得不为南希夜访帕特里克另找一个解释。但用不了多久,哈里特肯定会自行调查出真正的原因。

而可耻的是,我是个懦夫。大家都喜欢理查德和艾达,他们一旦认定自己是对的,就不会顾及旁人怎么想。但我会顾虑。我总是努力给人留下一个好印象,如果这时我承认说了谎,全村人肯定都会讨厌我,这也无可厚非。我不是一个坚强的人,波洛先生。我什么也没做,什么也没说,因为我害怕。这时,南希站出来了,她被这通谎言吓坏了,也为人们居然相信感到震惊。她把实情说了出来:她和帕特里克彼此相爱,于是频频密会,但他们之间没有任何肉体上的关系。

南希的努力却让帕特里克的处境变得更糟。人们开始说:"他不仅欺骗教区居民,无视教义,还是个出轨的奸夫。"弗朗西斯终于无法忍受,她自杀了。帕特里克发现她死了,意识到自己也无法背负着如此巨大的罪恶活着,况且,麻烦的源头是他对南希的爱。他觉得自己辜负了弗朗西斯,便也选择了自杀。

那个乡村医生说两人死于意外,但那不是真的。他们都是自杀的。在像艾达·格兰斯贝瑞那样的狂热信徒眼里,以及像哈里特·西佩尔那种以谴责别人为乐的人眼里,自杀也是一项重罪。你们知道,帕特里克和弗朗西斯都留了遗言。我找到后转交给了安布罗斯·弗拉沃德医生,我想他肯定把它们烧了,他说不会再给人任何机会去声讨帕特里克和弗朗西斯。弗拉沃德医生十分讨厌村民们指责他们的方式。

帕特里克的死伤透了我的心。从那天起,我的心就死了,波洛先生。我想去死,但又一想,帕特里克死了,我就需要活着,爱着他、想着他,好像这样做就能做些补偿,补偿他曾被格勒霍林的每一个人诽谤为魔鬼!

唯一令我感到欣慰是,痛苦的人不止我一个。理查德·尼格斯也为自己曾经的所作所为感到羞愧。在众多指责帕特里克的诽谤者中,只有他改变了想法。当南希说出他们的事情时,他立刻就明白我所说的那通怪异流言不可能是真的。

理查德在回德文郡他弟弟家之前曾找过我,直接问过我。我想告诉他流言里没有一句是真的,但我不敢,所以什么也没说。我只是无言地坐着，仿佛舌头被割掉了一样。理查德把我的沉默当成是认罪。

他离开了格勒霍林，不久后我也走了。起初，我去找塞米，但我不能待在剑桥，那儿有太多关于帕特里克的记忆，于是我来到了伦敦。这是塞米的主意。他在这儿找到了工作，并多方拜托朋友，帮我也介绍到了工作。塞米爱我犹如我爱帕特里克，我应该感激他。他又一次向我求婚，但我拒绝了，我只把他当作一个非常好的朋友。

搬到伦敦后，我的生活又重新开始了。但我无法享受生活，无时无刻不在想念帕特里克，一想到再也见不到他了，我便感觉到无比痛苦。去年九月，我收到一封来自理查德·尼格斯的信。十五年了，但我并没有觉得事情过去了，因为我从未放下！

我在伦敦的地址，格勒霍林只有一个人知道，是安布罗斯·弗拉沃德医生。是他把我的地址给了理查德的。我也不知道为什么把地址告诉弗拉沃德医生，可能是希望那里能有人知道我的去向。我记得当时我想，我不能就这么消失得无影无踪。我有一种感觉……

不，我不愿这么说，我不想承认我那时希望未来有一天，理查德会来找我，恳求我的帮助，一起去纠正过去的错误。我更想称之为一种强烈的预感，虽然无法用语言形容。我知道格勒霍林那个村子和我永远有联系，我摆脱不了格勒霍林。这就是为什么我一定要把在伦敦的地址告诉弗拉沃德医生。

理查德在信中说要来见我，我没有拒绝。第二周他就来了，一见面他就问我是否愿意帮忙弥补多年前所犯下的不可原谅的错误。

我告诉他我不认为还可以弥补，帕特里克已经死了，事实无法改变。理查德说："是的，帕特里克和弗朗西斯都死了，你和我从此再也没尝到过幸福的滋味，但如果我们做出相应的牺牲呢？"

我不理解，问他是什么意思。

他说："既然是我们杀死了帕特里克和弗朗西斯，我觉得就是我们，那我们没用自己的生命偿还，这不是很不合适吗？我们是不是无法像其他人那样享受生活所带来的快乐？为什么呢？这么多年过去了，可以抚平伤痛的时间为什么在我们身上失去了效果？会不会是因为我们不该活着，可怜的帕特里克和弗朗西斯却长眠九泉？"理查德越说目光越沉重，棕色的眼睛看上去像是黑色的，他最后说，"法律用死亡来惩罚杀害无辜的人，而我们欺骗了法律。"

我本来想说他和我都没有拿着凶器去杀帕特里克和弗朗西斯，这么说也是事实。然而，他的话引起了我强烈的共鸣，也许会有很多人说他是错的，但我觉得他是对的。在他说话的时候，我的心里再次充满了类似希望的感情。十五年了，这是头一次。这么做虽不能让帕特里克复活，但我能确保自己得到了公正的裁决，为自己对他的所做所为付出了代价。

"你是想让我自杀吗？"他没挑明，于是我便问了。

"不是，我也不会自杀。我所想的不是自杀，而是被处以死刑——我们自愿被处以死刑。或者说我想这么做，我不想强迫你。"

"有罪的人不仅仅是你和我。"我提醒他。

"对，不仅仅是我们。"他也赞同。而他接下来说出的话几乎让我的心脏停止了跳动。"珍妮，要是知道哈里特·西佩尔和艾达·格兰斯贝瑞也悔悟了，并且同意我的想法，你会不会很惊讶？"

我告诉他我不相信。我认为哈里特和艾达永远都不会承认自己曾做过那么残酷、不可原谅的事。理查德说他曾经也这么认为。他又说："我说服了她们。珍妮，我善于说服，大家都听我的。我在哈里特和艾达身上下了工夫。我没有严厉地谴责他们，而是不停地灌输我心中深深的懊悔，以及想弥补曾经造成的伤害的愿望。确实花了很长时间——从我们上一次说话到现在——哈里特和艾达终于慢慢地像我这样看待这件事了。你也知道，她们俩都是极为不幸的女人，哈里特死了丈夫，而我取消了与艾达的婚约。"

我张嘴想表示怀疑，但理查德继续说了下去。他向我保证，哈里特和艾达意识到自己要为帕特里克和弗朗西斯·伊夫的死负责，也想纠正自己所犯下的错误。他说："对于这件事情，心理最重要。只要能找到惩罚的人，哈里特就满足了。现在，那个人是她自己。别忘了，她一直渴望与丈夫在天堂团聚，绝不能接受死后还和丈夫分开。"

我惊讶得说不出话来。我说我永远也不会相信他说的话。但理查德告诉我，只要我跟哈里特和艾达谈一谈，就会相信了。他说我必须见她们一面，亲眼看看她们的变化有多大。

我无法想象哈里特或艾达会改变，并且担心若和她们同处一室，我会生出杀人的冲动。

理查德说："珍妮，你必须明白，我给了她们一个摆脱痛苦的方法——她们无疑是痛苦的。一个人不可能给别人造成了如此大的伤害，自己的心灵却完好无损。这些年来，哈里特和艾达坚信唯一的解脱办法是认定她们对帕特里克所做的都是对的，但随着时间的推移，她们逐渐明白我指出的这一条路更好：上帝真正的宽恕。珍妮，有罪的灵魂渴望救赎。我们越是否定这个救赎机会，就会越痛苦。在我不懈的坚持下，哈里特和艾达内心的自我厌弃情绪日趋强烈，居然曾经披着道德的外衣恶意伤害别人，抓住帕特里克·伊夫莫须有的罪名不放，她们为这样的行为感到恶心。"

听着理查德的讲述，我开始相信，即便是最固执的人，即便是哈里特·西佩尔，也可能被他说服。他有办法让你以不同的方式看待问题。

他问我下次见面能否把哈里特和艾达带来,我又惊又怕,但还是答应了。

尽管理查德走后我就相信了他的话,然而两天后,当我见到哈里特·西佩尔和艾达·格兰斯贝瑞,并发现她们确实变成理查德所说的那样时,我依旧非常震惊。准确地说,她们还和过去一样,只是现在她们把矛头对准了自己。不过,当她们说起"可怜的、善良的帕特里克"和"可怜的、无辜的弗朗西斯"时,我心中的憎恶之火便会重新燃起,她们不配说这样的话。

我们四个一致认为,必须纠正曾经的错误。我们是杀人犯,虽然法律没有定罪,但改变不了这个事实,而杀人,就该付出自己的生命。只有我们死了,才能得到上帝的原谅。

理查德说:"我们四个是法官,是陪审团,也是行刑者。我们将执行彼此的死刑。"

艾达崇拜地注视着他,问:"我们该怎么做呢?"

"我想到了一个办法。"他说,"我来负责具体细节。"

就这样,没有争论,没有抱怨,我们签署了自己的死刑执行书。我感到无比舒畅。只要我的受害者不怕死,那么杀人我一点也不害怕。虽然受害者不是个恰当的词,但我没想到更合适的词。

这时,哈里特说:"等一下,南希·杜安呢?"

不等她解释,我已经明白了。我默默地想,哦,是的,哈里特·西佩尔并没有改变。对她来说,理由充分地死四个人还不够,她还想要第五条命。

理查德和艾达问她什么意思。

"南希·杜安也必须死。"哈里特说,她的眼睛冷如岩石,"是她诱惑可怜的帕特里克,并在全村人面前公开丑闻,是她伤了弗朗西斯的心。"

"哦,不,"我警觉地说,"南希绝对不会放弃自己的生命的,而且……帕特里克爱她!"

"她和我们一样有罪。"哈里特还在坚持,"她必须死,我们都必须死,所有的罪人都必须死,否则就没有意义。如果我们打算这样做,就必须做得彻底。别忘了,正是因为南希公布了自己的丑事,弗朗西斯才自杀的。除此之外,我还知道一些你们不知道的事。"

理查德要她立刻告诉我们。哈里特的眼中闪过一丝狡黠,说:"南希想要弗朗西斯知道,帕特里克的心属于她。她是因为妒忌和怨恨才说出那些话的,这是她亲口对我说的。她和我们一样有罪——甚至比我们更甚,这是我的真实想法,如果你们想知道的话。如果她不同意赴死……哦,那就……"

理查德坐在那儿,双手抱头思考了很久。哈里特、艾达和我都沉默不语。我这才意识到理查德是我们的领导者,无论他最终决定什么,我们都会遵从。

我为南希祈祷。我从未因为帕特里克的死而责怪她,从来没有,将来也不会。

"好吧!"理查德说,当时他看起来不太开心,"虽然我不想这么说,但确实,南希·杜安不该和有妇之夫有染,更不应该用那种方式,在全村人面前公开她与帕特里克的不正当关系。虽然我们不知道如果没有那件事,弗朗西斯会不会自杀,但很遗憾,南希·杜安也必须死。"

"不!"我大声喊道。当时我满脑子都是如果帕特里克听到了这些话,会怎么想。

"对不起，珍妮，但哈里特说得对。"理查德说，"我们要做的是一件大胆又困难的事。我们不能牺牲了自己，却留一个同样该为过去的事情负责的人活着。所以，不能赦免南希。"

我想大叫，想跑出房间，但我还是强迫自己坐在那里。我确信哈里特编造了南希在王首旅馆自白的原因。我不相信南希会被嫉妒操控，并且想伤害弗朗西斯·伊夫。但是，在哈里特面前，我不敢这么说，况且我没有证据。之后，理查德说他需要思考一段时间，想想如何实施我们的计划。

两周后，他又来见我，一个人。他说他已经决定接下来该怎么做了。只有他和我两个人知道整件事情的实情——当然，还有塞米，我把一切都告诉他了。

理查德说，我们告诉哈里特和艾达，计划是我们四个按照约定的方式杀死彼此，然后把这起谋杀案嫁祸给南希·杜安。而鉴于南希住在伦敦，这次行动也要在伦敦进行。找一家酒店，理查德建议，还说他来支付一切费用。

一旦到达旅馆，事情就简单了。艾达会杀死哈里特，理查德会杀死艾达，我会杀死理查德。每个凶手都要把一枚刻有帕特里克·伊夫姓名首字的袖扣放到死者的口中，并把现场布置得和之前的一模一样，这样警察就会理所当然地认为这三起……死亡，是同一个凶手所为。我想说谋杀，但这不是，是执行死刑。您看，我们所想的是，执行死刑后都会举行一个仪式，是不是？我们觉得监狱工作人员会对每位死刑犯做同样的事。是理查德建议该把尸体摆放好，这样看起来有尊严。用他的话说，要像举行葬礼一样摆放尸体。

因为其中两个受害者，艾达和哈里特，在酒店登记入住时写的家庭住址都是格勒霍林，所以我们知道，警察肯定很快就会去村里调查，然后很快就会怀疑南希。谁能比她更有嫌疑呢？第三个人死后，塞米还会假装看见南希从酒店里跑出来，并把三把钥匙掉到了地上。对，应该是三把钥匙，计划里本来也包括理查德的钥匙的。艾达要在杀死哈里特后拿着艾达的钥匙把门锁上，再把钥匙带回自己的房间。理查德也一样：杀死艾达后，锁上门，把哈里特和艾达两人的钥匙都带走。最后，我会杀了理查德，锁上他的门，拿走所有的钥匙，然后到布劳克斯汉酒店外和塞米会合，并把所有的钥匙都给他。塞米会找机会潜入南希·杜安家，或者在街上抓住机会，悄悄地把钥匙塞进她的大衣口袋，以证明她有罪。

我倒不太在意袖扣这件事，因为帕特里克·伊夫从来不穿带字母袖扣的衣服。据我所知，他一对这样的袖扣也没有。理查德·尼格斯专门去订制了袖扣，目的是想把警方引到正确的方向。第四个房间里的血迹和我的帽子也是我们计划中的一部分，旨在让你们相信我死在了那个房间，而且是南希·杜安为了替情人报仇，杀了我们四个。理查德让塞米去找血液，如果你们想知道，我可以告诉你们那是一只流浪猫的血。案发当晚，在前台留纸条的也是塞米。"愿他们永不安息"，以及三个房间的号码。八点钟过后不久，趁没人注意，他就把纸条放在了前台。而我的任务，是活着，直到确认南希·杜安因为杀了三个人而被绞死。如果警方认定我也死了，那就是四个。

我该怎么完成任务呢？作为南希要杀的第四个人，第四个必须为帕特里克的惨死而负责的人，我得让警察知道我很害怕，害怕有人想要我的命。也就是我在"欢乐咖啡屋"演的那一幕，而波洛先生，您就成了我的观众。您说得很对，我骗了您。您的另一些猜测也是对的，我确实从服务员那儿听到有一位来自欧洲的侦探，每周四晚七点半准时出现在那儿，有时会和一位苏格兰场的忘年交共进晚餐。听到那些姑娘们谈论您的这些话后,我知道,您是最佳人选。

但是,波洛先生,您得出的一个结论是错的。您说我当时说"只有我死了,正义才算伸张",说明我知道其他三个人已经死了,但事实上,我根本不知道理查德、哈里特和艾达是死是活。因为那时我已经毁了一切。当我说出那句话的时候,满脑子想的都是,根据我和理查德的计划,我将会活下来。所以您看,我说那句话的时候,他们很可能还活得好好的。

我应该说清楚的,我们有两份计划:一份是哈里特和艾达都赞同的;另一份只有理查德和我知道,而两份完全不同。艾达和哈里特两人所知道的是:艾达杀死哈里特,理查德杀死艾达,我杀死理查德,然后我要用塞米提供的血,在布劳克斯汉酒店里伪装出我的死亡现场。但我其实会活到看着南希被绞死,然后再自杀。如果万一南希没被绞死,我就要去杀死她,然后再自杀。让我最后一个死,是因为实施这个计划需要表演,而我很擅长表演。要自然地与您在咖啡屋相遇,波洛先生……哈里特可演不了这个。理查德和艾达也不行。因此您看,我必须活到最后。

但哈里特和艾达所知的计划并不是理查德的真正计划。那次与哈里特和艾达见面两周后,理查德又独自来伦敦找我,那时他告诉我,南希是否该死这个问题一直让他很挂心。他和我的想法一样,都相信南希并没对哈里特说过那通话,而除了让帕特里克不再受到谣言的中伤,不会再有其他理由促使她在王首旅馆坦白。

另一方面,理查德也明白哈里特的意思。帕特里克和弗朗西斯·伊夫的死是由多个人的误判造成的,南希也难咎其责。

当理查德坦白说他无法在南希的问题上做出决定,并且决定把这个问题留给我的时候,我心里的震惊和恐惧都超乎想象。他说,哈里特、艾达和他死后，我可以自由选择是尽力想办法让南希被绞死，还是自杀，并留下一张完全不同的字条。不是写着"愿他们永不安息"，而是写明死亡的真相。

我恳请理查德不要让我一人做决定。我不停地问他"为什么选择我"？

"因为，珍妮，"他说，他接下来说的话我永远都不会忘，"因为你是我们中间最优秀的。而且你从没因此而自我膨胀。没错，你是撒过谎，但话一说出口，你就意识到自己错了。我曾无故相信你说的谎言好长一段时间，真是不可饶恕。还煽风点火，支持大家联合指责一个无辜的好人。确实，他有错，他又不是圣人。而我们又有谁是完美的呢？"

"好吧，"我告诉理查德，"我来做决定，完成你的嘱托。"我想我当时是被他夸上了天。

就这样，我们的计划订好了。现在，您想知道我们是怎么把一切都搞砸的吗？

第二十章　搞砸一切

"的确想知道，"波洛说，"告诉我们吧。我和卡其普尔都很想知道。"

"都是我的错。"珍妮的声音已有些沙哑了，"我是一个胆小鬼，我真的怕死。没有了帕特里克，我过得很凄凉，但我已经习惯了这种痛苦，不想结束自己的生命。任何一种生活，即使充满了折磨，都比死了要强！请不要就此谴责我违背基督教教义，但我真的不相信有死后的世界。离我们约定好执行死刑的日子越来越近，我也越来越害怕，害怕要去杀人。我想过那会是什么样子：我站在一间上锁的房间里，眼睁睁地看着理查德喝下毒药，我真不想这么做。可我同意了！我答应了。"

"几个月前，这个计划看起来是那么容易，现在却似乎很难实施。"波洛说，"当然了，你不能对理查德·尼格斯说你有多害怕，因为他很器重你。如果你承认害怕，他可能会瞧不起你。或许，你还在担心，他会不管你是否允许，亲自杀了你。"

"是的！我真害怕他会那样做。您看，从我们的谈话中我发现，我们四个人的死对他来说是多么重要。有一次他曾经告诉过我，如果哈里特和艾达未能被说服,他就会'不经她们同意就动手做该做的事'。他就是这么说的。他这么决绝,我怎么还敢去告诉他我改变了主意,既不想死,也不想杀人呢?"

"我想,对此你也很自责吧,女士。你也认为这次杀人和死亡都是光荣的,是正确的,不是吗?"

"理智地说,是的,我确实是这样想的。"珍妮说,"我希望并祈祷我能寻找到勇气,完成这次的任务。"

"你计划怎么对付南希·杜安?"我问珍妮。

"我不知道。咱们俩第一次见面那晚的恐慌还未平息,波洛先生。我没有做任何决定!我让塞米继续编造关于钥匙的故事,并去指认南希。我任凭事情自然发展,并告诉自己随时都可以去当局说明真相,拯救她。但是……我没有那么做。理查德认为我比他更适合做这件事,但他错了——大错特错。

"我依旧嫉妒南希,因为帕特里克爱她,这也是引发格勒霍林那场灾祸的根源。而且……我知道,如果我承认合谋嫁祸一个无辜的女人,我就会去坐牢。我很害怕。"

"女士,请告诉我们,你都做了些什么?那天……'执行死刑'那天,你在布劳克斯汉酒店做了什么事?"

"我应该六点到那里,那是我们约好见面的时间。"

"你指四个同谋吗?"

"是的,还有塞米。一整天,我都盯着钟表滴答滴答地走,等待那个糟糕的时刻到来。快五点的时候,我意识到我做不到。我做不到!因此我压根没去酒店。我怀着恐惧,哭着穿过伦敦的大街小巷,不知道该去哪里,也不知道该做什么,只是不停地跑。我感觉理查德·尼格斯一定会出来找我,他肯定很生气,因为我让他和其他人都失望了。

我去了'欢乐咖啡屋',心想既然我不能遵守约定杀了理查德,但至少能完成这一部分。

"到了咖啡屋后,我开始担心我的性命。当然什么也没发生,您也看到了。我认为理查德,而不是南希,会杀了我。更可怕的是,我相信如果他杀了我,就是做了对的事。我的确该死!我没对您说过一句假话,波洛先生,请您回忆一下我当时说的话。我害怕被杀?我确实害怕理查德来杀我。我过去做了可怕的事?做过。而如果理查德真的抓住并杀了我,我相信那是迟早的事,我也不希望他因此受到惩罚。我知道我让他失望了。您能理解吗?理查德也许是一心求死,但我却想让他活着。尽管他曾经伤害过帕特里克,但他是个好人。"

"没错,女士。"

"波洛先生,那天晚上,我很想向您说实话,但我没有勇气。"

"所以,你认为理查德·尼格斯一定会找到你、杀了你,原因就是那天你没去布劳克斯汉酒店杀他?"

"是的。我想,在不清楚我为什么没按计划到酒店的情况下,他是不会甘心去死的。"

"没错。"我说,心里异常愤怒。

珍妮点了点头。

我终于明白现场为什么会是那个样子的了:三具尸体的位置完全相同,都在小茶几和椅子中间,身体笔直,双脚朝门。正如波洛所说,哈里特·西佩尔、艾达·格兰斯贝瑞和理查德·尼格斯不可能全都倒在那个位置上。

三个杀人现场相似点多得可疑,现在我终于弄明白为什么会是这样了:合谋者想让警方认定只有一个凶手。同一天晚上,同一家酒店,三具尸体，口中都含有一枚袖扣。光凭这几点，任何一个称职的侦探就能推断出这出自同一人，且凶手是个偏执狂。但他们自己明白凶手不止一个人，所以他们害怕，害怕真相被别人识破，所以他们竭尽全力让三个杀人现场看起来非常相似，甚至做过了头。

整整齐齐躺在地上的尸体，都笔直笔直的，一模一样，这也符合他们的初衷：在布劳克斯汉酒店发生的不是谋杀，而是执行死刑。每次执行死刑后都会有后续程序，就像宗教仪式。我想，把尸体摆放好总比随便丢在那儿不管要好，不会显得像是一个普通凶手或花园杀手干的。

突然，一个更年轻的珍妮·霍布斯出现在我的脑海中，正在剑桥大学耶稣学院挨个儿房间整理床铺。她会按照规定的模式，把每一张床都整理得一模一样……我突然打了个冷战，不明白为什么只是想象一个年轻女人把床都铺成同一个样子就会让我浑身发冷。

床，死亡之床……

模式，被打乱的模式……

"理查德·尼格斯是自杀的。"我不由自主地大叫起来，"肯定是自杀的。他想让自杀看起来像谋杀，于是也遵循另两起的模式，他想让我们认定是同一位凶手所为，但他不得不从里面把门锁上。因此他才把钥匙藏在壁炉的瓷砖后面，装作像是凶手拿走了钥匙，然后又打开窗户，逃走了。如果钥匙被发现了，我们肯定会觉得奇怪——我们也确实为此感到疑惑——为什么凶手要从里面把门反锁，并把钥匙藏在房间里，人却从窗户逃走了。但我们仍旧会相信只有一个凶手。尼格斯只在乎这一点。但如果窗户关着，钥匙又碰巧被找到了，我们就只会得出一个结论：理查德·尼格斯是自杀的。他不会冒险让我们得出这样的结论的，对不对？一旦我们这样下了定论，嫁祸南希·杜安谋杀三人的阴谋就会失败，我们会更倾向于相信是尼格斯先杀了哈里特·西佩尔和艾达·格兰斯贝瑞，然后自杀了。"

"是的。"珍妮说，"我想您说得对。"

"袖扣的位置不同……"波洛嘟哝一句，然后冲我扬了扬眉毛，暗示我继续说下去。

我说："袖扣之所以离尼格斯的喉咙那么近，是因为他服毒后全身抽搐，导致嘴巴张开。他要小心服下毒药，让身子保持笔直，把袖扣放在两唇之间，但袖扣却滑进了嘴里。不像哈里特·西佩尔和艾达·格兰斯贝瑞，理查德·尼格斯死后没有人帮他布置，所以这枚袖扣就没能像预先计划的那样放在一样的位置上。"

"珍妮女士，你觉得尼格斯先生会在不知道你为什么没来酒店的情况下服下毒药，躺在地上等死吗？"波洛问珍妮。

"我一直不相信，直到后来在报纸上读到了他已死亡的消息。"

"啊。"波洛的表情令人难以捉摸。

"很久以来，理查德一直盼望着在周四那天晚上了结此生，结束多年来的内疚和折磨。"珍妮说，"我相信，他就是为了死而去布劳克斯汉酒店的，因此，即便我没有如约抵达去杀他，他也完成了自我了断。"

"谢谢你，女士。"说完波洛站了起来。由于坐了太长时间，他差点儿没站稳，身体摇晃了一下。

"您会怎么处置我，波洛先生？"

"在我或卡其普尔先生再次来访之前，请好好待在家里。如果你再逃跑，事情会变得对你更为不利。"

"即使我待在这里事情也不会变好了。"珍妮说，眼睛里充满了绝望和空洞，"没错，卡其普尔先生，您不该为我担心的，我做好了心理准备。"

毫无疑问，她这么说是为了让我安心，但却让我感到恐惧。她的态度好似能看到未来，看到未来会发生多么可怕的事。但无论会发生什么，我都知道自己没有准备好，也不想准备好。

第二十一章　全是魔鬼

除了反复说了两次我们必须马上去格勒霍林,一刻都不能耽搁,波洛一整天都没说话。他看起来心事重重的样子,很明显不想说话。

我们回到住处,看到斯坦利·比尔正在等我们。波洛问:"有什么事吗?你是因为我创作的艺术品而来的吧?"

"您说什么,先生?哦,您的艺术品?不,那个没什么问题,先生。实际上……"比尔从口袋里拿出了一个信封递给波洛,"这里面有您想要的答案。"

"谢谢警官。不过,肯定有什么事吧?你看起来很焦虑,是不是?"

"是的,先生。我是来带话的,有一个叫安布罗斯·弗拉沃德的人跑去苏格兰场找卡其普尔先生,他说他是格勒霍林村的医生,要马上见到卡其普尔先生,说他能帮上忙。"

波洛看了看我,又转头看着斯坦利·比尔,说:"我们正打算马上去那里呢。你知道他为什么要见卡其普尔吗?"

"恐怕我知道。不是件好事,先生。一个叫玛格丽特·恩斯特的女人被人袭击了,快要死了——"

"哦，不。"我咕哝了一句。

"而且，她说要在死之前见一下卡其普尔先生。先生，就弗拉沃德医生所说的情况来看，我建议您快一点。车就在外面，可以送您去车站。"

考虑到波洛有条不紊、不喜欢忙乱的性格，我说："可以给我们半个小时准备一下吗？"

比尔看看手表，又说："先生，最多还有五到十分钟的时间，不能再磨蹭了，否则，您就赶不上下一班火车了。'

我不得不羞愧地承认，这一次波洛比我快，他已经拿好行李箱下楼了，还在催我："快点，我的朋友。"

在车里，我决定不再沉默，尽管知道波洛不想说话。"如果我不去那个鬼村庄，玛格丽特·恩斯特就不会遭到袭击了。"我冷冰冰地说，"一定是有人看见我去了她家，还在里面待了很长时间。"

"长到足以让她告诉你一切，或者差不多一切。可既然她已经把所有的事情都告诉了警察，杀她还有什么用？"

"报复，惩罚。坦白讲，确实说不通。如果南希·杜安是清白的，珍妮·霍布斯和塞缪尔·基德才是幕后黑手——我是说活着的幕后凶手，那珍妮和基德为什么要杀玛格丽特·恩斯特呢？玛格丽特告诉我的话并不会威胁到他们，她也从未伤害过帕特里克和弗朗西斯·伊夫。"

"我同意你的看法。我也不认为珍妮·霍布斯和塞缪尔·基德想杀害玛格丽特·恩斯特。"

雨唰唰地打在车窗上，我们都很难听清对方的话，也难以集中精力。我又问："那会是谁干的？我本以为所有的问题都解决了——"

"卡其普尔，你不会真的这么想吧？"

"是的，我真是这么想的。我猜你会说我错了，但所有的问题不是都解决了吗，不是吗？在我们得知玛格丽特·恩斯特被袭之前，所有的事情都清楚了。"

"你竟然说都清楚了！"波洛看着窗外的雨水不断地拍打着车窗，傻傻地笑了。

"嗯，在我看来事情相当明白了。所有的凶手都死了，艾达在哈里特的允许下杀了哈里特，又被理查德·尼格斯杀了，心甘情愿的。由于珍妮没有按原计划杀死尼格斯，他便选择了自杀。而珍妮·霍布斯和塞缪尔·基德没有杀任何人。当然，他们参与了谋杀，但我想这也不算真正的谋杀，而是——"

"心甘情愿地被处以死刑？"

"正是如此。"

"真是一个巧妙的计划，不是吗？哈里特·西佩尔、艾达·格兰斯贝瑞、理查德·尼格斯和珍妮·霍布斯，我们用 A、B、C、D 来称呼他们吧，来看看他们的计划是多么的巧妙。"

"为什么不用他们的名字？"我问。

波洛没有理我。"A、B、C、D，四个人都心怀愧疚，想寻求灵魂的救赎。他们一致认为，要用自己的生命来弥补过去犯下的罪孽，因此，他们计划杀死彼此：B 杀 A，然后 C 杀 B，最后 D 再杀 C。"

"但 D 并没有杀死 C，对吗？D 代表珍妮·霍布斯，她没有杀理查德·尼格斯。"

"可能吧，但计划里她应该这么做。同时，D 要活到看到 E——南希·杜安，因谋杀 A、B 和 C 而被绞死。到那时，D……"他突然停下来，又说一次"D"，然后说，"Demise（死亡），这是正确答案。"

"什么？"

"你那个填字游戏啊。一个单词,由六个字母组成,意思是'死亡',还记得吗?我说答案是'murder(谋杀)',你说不对,除非'murder'的第一个字母是……"他又停了下来,摇了摇头。

"如果'murder'是以D开头的就好了。是的,我记得。波洛,你还好吧?"他的眼睛里闪烁着奇怪的绿光,这种情况偶尔会发生。

"怎么了?毫无疑问!如果'murder'是以D开头的就好了!是的!就是这样的!我的朋友,你不知道你帮了我多大的忙!现在我认为……是的,这才是真相。真相一定是这样的。那对老妻少夫——啊,一切都水落石出了!"

"请你解释一下这是怎么回事。"

"好的,好的,但要等我准备好了再说。"

"现在你有什么没准备好?你在等什么?"

"卡其普尔,你至少得给我二十秒钟理清一下思绪、组织一下语言吧。要讲给一个完全蒙在鼓里的人,我需要点时间,我看你一点都没明白呢。你说一切都很清楚,但今天早晨珍妮·霍布斯给我们讲的故事是她精心编造的谎言!你没发现吗?"

"呃……你的意思是……"

"哈里特·西佩尔想把三起命案都嫁祸到什么都没做的南希·杜安头上,让她被绞死,可理查德·尼格斯真的会赞同这么做吗?还有,他会把南希的命运交到珍妮·霍布斯手中吗?这个领导者理查德·尼格斯,受人爱戴的权威人士——因为曾经无端抨击帕特里克·伊夫而愧疚了十六年的人,会这么做吗?这个后来才意识到不该因为一项人性的弱点而谴责并迫害一个人的理查德,会这么做吗?这个死板地认定所有罪人都该被严惩,因此解除了与艾达·格兰斯贝瑞的婚约的理查德·尼格斯,会让南希·杜安,只不过错误地爱上了一个不属于自己的男人的无辜女人，背上三条人命，接受法律的制裁吗？呸，一派胡言！完全说不通。这是珍妮·霍布斯编造出来的妄想，为了再次误导我们。"

我基本是半张着嘴听完这段话的。"波洛，你确定吗？我认为我相信她。"

"我当然确定。亨利·尼格斯不是告诉过诉我们，他哥哥理查德·尼格斯这十六年来一直待在家里，像个隐士，从不见人，也不和人说话吗？但是，珍妮·霍布斯却说，他这十六年一直在劝说哈里特·西佩尔和艾达·格兰斯贝瑞，要她们为帕特里克和弗朗西斯·伊夫的死负责，要她们付出代价。要是理查德·尼格斯一直定期和两个格勒霍林的女人联系，他弟弟亨利·尼格斯怎么会注意不到呢？"

"这一点确实有道理，但我不这么认为。"

"这还不是重点。你肯定也注意到了，珍妮的故事从根本上就是不对的。"

"把谋杀罪名嫁祸到一个无辜的人头上，这当然是不对的。"

"卡其普尔，我所说的不是道德上的'不对'，而是事实上不可能。你是想借惹恼我逼我赶紧解释清楚吗？好吧，我提醒你个细节，希望能引导你理解这一切。按照珍妮·霍布斯的说法，布劳克斯汉酒店一二一和三一七房间的钥匙最后是怎么到南希·杜安的蓝色大衣口袋里的？"

"塞缪尔·基德放进去的，为了陷害南希。"

"在大街上偷偷塞进去的吗？"

"我想这很容易。"

"是。但是基德先生是怎么拿到那两把钥匙的呢？应该是由珍妮找到钥匙,她去二三八房间杀死理查德·尼格,然后带着三把钥匙离开二三八房间,锁上门,之后把钥匙交给塞缪尔·基德。但据珍妮所说,案发当晚她没有去过理查德·尼格斯的房间,甚至连布劳克斯汉酒店都没去。她说,尼格斯先生自己从里面把门反锁上,把钥匙藏在壁炉松动的瓷砖后面,然后自杀。那么,塞缪尔·基德是怎样拿到那两把钥匙的呢?"

我等了一会儿,想看看波洛会不会直接说下去,但没有等来。于是我说:"我不知道。"

"可能是因为珍妮·霍布斯没来,塞缪尔·基德和理查德·尼格斯临时想到了主意:前者杀了后者,并从尼格斯先生的房间里拿走哈里特·西佩尔和艾达·格兰斯贝瑞房间的钥匙?可这样的话,他为什么不把尼格斯先生房间的钥匙也带走呢?为什么还要把它藏在壁炉松动的瓷砖后面呢?唯一合理的解释还是理查德·尼格斯是自杀,但他想让他的自杀看起来像谋杀。我的朋友,但这很容易做到,只要让塞缪尔·基德把房间的钥匙拿走就行了啊。这样还不用开窗,不需要伪造出凶手从窗户逃脱的假像。"

我发现波洛的观点很有道理。"既然理查德·尼格斯从里面把房门反锁上了,那么塞缪尔·基德是如何进到二三八房间,拿走了一二一和三一七房间的钥匙的呢?"

"没错。"

"要是他先爬上一棵树,再从窗户爬进去呢?'

"卡其普尔,想一下。珍妮·霍布斯说她那天晚上根本就没去布劳克斯汉酒店,因此,要么是塞缪尔·基德和理查德·尼格斯合作,继续完成计划,要么两个男人没有合作。如果他们没有合作,基德先生就没必要从窗户爬到尼格斯先生的房间,拿走那两把钥匙了。他没道理这么做。如果这两个男人真的合作了,塞缪尔·基德就应该往南希·杜安的口袋里放三把钥匙,而不是两把。还有一点……如果理查德·尼格斯是自杀的,正如你所相信的那样,因此袖扣滑到了咽喉处。那又是谁把他的尸体摆得那么直的?难道你相信一个人服毒以后还能精细设计自己的死亡姿势吗?不会!绝对不可能。"

"我得再好好想想。"我说,"你搞得我头都晕了,冒出来一大堆之前没有的问题。"

"比如什么?"

"为什么那三位受害者点了三明治、蛋糕和司康,却没有吃呢?既然他们没有吃,那为什么艾达·格兰斯贝瑞房间的盘子里却没有东西呢?那些食物到哪里去了?"

"啊!你现在想问题的方式像个真正的侦探了。赫尔克里·波洛在教你如何使用你的灰色脑细胞。"

"你想到这个了吗,关于食物的疑点?"

"当然。我让珍妮解释诸多矛盾之处时为什么没说食物的问题呢?因为我想让她认为我们已经相信她的故事了。所以,我不能问一些她答不上来的问题。"

"波洛!塞缪尔·基德的脸!'

"在哪儿呢,我的朋友?'

"不,我不是说我看到他的脸了,我是说……你还记得在'欢乐咖啡屋'第一次见他的时候,他把自己的脸刮伤了吗?他脸上只有一小片剃了胡须,上面有一个小伤口,而其余部位都被浓密的胡须遮住了。"

波洛点了点头。

"要是我们看到的伤口不是刮胡子时弄的,而是被树枝刮伤的呢?

要是塞缪尔·基德在爬进二三八房间的窗户、或者爬出时刮伤的呢？他心里清楚，他要告诉我们一个谎言，说看到南希·杜安从酒店逃跑，但他不想让我们把他脸上的神秘伤口与理查德·尼格斯房间窗户外的树联系在一起，就故意刮掉了伤口周围的一小片胡须。"

"这样我们就会认为他是刮胡子时伤到了自己，于是只刮了一部分就不再刮了。"波洛说，"然后，当他去住处找我的时候，脸上的胡须全消失了，但满是伤口，目的是想提醒我，他刮胡子时会伤到自己。是的，这样一来，我就会认为他脸上的每一处伤口都是刮胡子造成的。"

"你为什么一点都不激动？"我问。

"因为这很明显。我两个小时之前就已经得出这个结论了。"

"哦。"我很泄气，"等一下，如果塞缪尔·基德脸上的伤是理查德·尼格斯房间窗户外面的树刮的，那就说明可能是他爬进了房间，拿到了一二一和三一七房间的钥匙，是不是？"

"现在没有时间讨论这意味着什么，"波洛严肃地说，"我们到火车站了。不过你提出的问题说明你没认真听我在讲什么。"

安布罗斯·弗拉沃德医生个子很高，身体壮实，有五十多岁，头发又硬又黑，只是鬓角有几许斑白。他穿的衬衫皱巴巴的，还少了一颗扣子。他没有多作说明，直接把我们领进了牧师宅院。于是我们站在一个冰冷的大厅里，头上是高高的天花板，脚下是裂了缝的木地板。

整个房子似乎都被弗拉沃德医生当成了临时医院，只为守护唯一的病人。这时门开了，从里面走出来一位穿着制服的护士。在别的情况下，我可能会对这种安排感到好奇，但现在我满脑子只有玛格丽特·恩斯特。

刚相互介绍完，我就问："她怎么样了？"

医生的脸因痛苦而扭曲。接着他冷静了一下，说："她只让我说，她还好。"

"谁？"波洛问。

"玛格丽特，她不能容忍失败。"

"你说她想见我们，这是真的吗？"

弗拉沃德医生稍微顿了顿，轻轻地点了点头，说："受到了如此严重的袭击，大部分人都撑不了这么久。玛格丽特身体强壮，又有坚强的毅力，但情况依旧很严重，不过，该死的，就算杀了我我也要医好她。"

"她出了什么事？"

"两个大坏蛋，半夜从村子那头跑到教堂墓地……哦，我羞于复述他们对伊夫夫妇的墓碑所做的事。玛格丽特听到了外面的动静，她连睡觉的时候都很警觉，她听到了金属和石头的碰撞声。她马上跑出去试图阻止，他们就用随身带来的铁锹袭击了她。根本不管会不会把她打死！几个小时后，村里的警察就逮捕了他们，事情都弄明白了。"

波洛说："等一下，医生。您知道是谁打了恩斯特夫人吗？那两个坏蛋……他们承认了吗？"

"当然了。"弗拉沃德医生咬牙切齿地说。

"这么说，他们被逮捕了？"

"哦，是的，警察已经逮捕了他们。"

"他们是谁？"我问。

"弗雷德克里和托拜厄斯·克拉顿，父子俩。一对酒鬼，游手好闲。"

我在想，儿子是不是我在王首旅馆见过的、跟沃尔特·斯图克里一起喝酒的那个游手好闲的家伙。（我后来发现，真的是他。）

"他们说是玛格丽特先挡了他们的道。至于伊夫夫妇的坟墓……"弗拉沃德医生转向我，"请您理解，我不是想责备您，但您的到访确实是导火索。有人看见您去了玛格丽特的小屋，所有的村民都知道她站在伊夫夫妇那边。他们知道您在玛格丽特的屋里听到的帕特里克·伊夫不是个淫乱的骗子，而是一个持续受到残酷迫害和诽谤的受害者——而迫害人正是他们。这使他们想再一次去惩罚帕特里克。帕特里克死了，他们够不着了，于是就玷污他的坟墓。玛格丽特总说这种事迟早会发生，所以她整天坐在窗户旁边，希望能抓住并阻止他们。您是否知道，她从来都没见过帕特里克和弗朗西斯·伊夫？她跟您说过吗？他们是我的朋友。他们的悲惨遭遇让我悲痛，对他们的不公正对待我一直耿耿于怀。而打从一开始，玛格丽特就很在乎这件事。她很震惊，这种事竟然发生在她丈夫所管理的教区。她便也让她的丈夫重视这件事。玛格丽特和查尔斯能到格勒霍林来，这真是件非常幸运的事情。她是我再好不过的同盟了。不，是他们。"弗拉沃德医生纠正了一下他的措词。

"我可以和玛格丽特说话吗？"我问。如果她就要死了——尽管医生发誓不让她死，但我还是有这种预感——我想在她活着的时候去听听她要说什么。

"当然可以。"安布罗斯·弗拉沃德说，"她要是知道我不让您看她，会很生气的。"

我、波洛，还有护士，一同跟在医生后面，走上一段没有铺地毯的木制楼梯，走进一间卧室。玛格丽特·恩斯特脸上缠满绷带，布满血迹、伤痕，还青一块紫一块的。我努力不让自己露出惊讶的表情，眼里却充满了泪水。

"安布罗斯，他们来了吗？"她问。

"来了。"

"您好，恩斯特夫人，我是赫尔克里·波洛。对您的歉意，我无以言表。"

"请叫我玛格丽特，卡其普尔先生也跟您一起来了吗？"

"是的，我在这儿。"我差点儿说不出话来。我真不敢想象，什么人会如此野蛮地伤害一个女人。这不是人会做的事，而是野兽，是魔鬼。

玛格丽特问："你们两个说话都这么客气，是不想让我害怕吗？我的眼睛肿了，睁不开，也看不见你们的脸。安布罗斯是不是告诉你们我快要死了？"

"没有，夫人。他没有这么说。"

"他没有说吗？好吧，但他是这么想的。"

"玛格丽特，亲爱的——"

"他错了。我太愤怒了，不会死的。"

"您有话对我们说？"波洛问。

玛格丽特的喉咙里发出一个奇怪的声音，像是在嘲笑。"是的，有。但我希望你们别这么着急，上来就问，就像要赶着干什么去似的，好像我只剩一口气了似的！如果是这样，那就是安布罗斯弄错了。现在我需要休息。今天，我一定要和死神抗争到底！安布罗斯，你会告诉他们的，对吗？"她眨了眨眼睛。

"好的，只要你希望我这么做。"他的眼睛警觉得睁大了，并抓住了她的手，"玛格丽特？玛格丽特！"

"别打扰她了。"一直都没说话的护士开口了,"让她睡会儿吧。"

"睡觉。"弗拉沃德医生重复了一次护士的话,眼里充满了疑惑,"是的,当然,她该睡觉了。"

"医生,她想让您告诉我们什么?"波洛问。

"您可以带客人去客厅吗?"护士建议道。

"不。"弗拉沃德说,"我不会离开她的。而且我需要和这两位先生私下谈谈,能否请您给我们几分钟,护士小姐?"

年轻的护士点了点头,离开了房间。

弗拉沃德对我说:"她几乎都对您说了吧,关于这个肮脏的村子都对帕特里克和弗朗西斯做了什么事?"

"我们知道的可能比您想象的还要多。"波洛说,"我已经跟南希·杜安和珍妮·霍布斯谈过话了,他们告诉我,验尸的人发现帕特里克和弗朗西斯·伊夫死于意外。但是,玛格丽特·恩斯特告诉卡其普尔,他们是故意服毒结束了自己的生命的:先是她,然后是他。所用的毒药是相思豆毒素。"

弗拉沃德点了点头,说:"是这样的。弗朗西斯和帕特里克都留了遗言,他们在世上说的最后一句话。我告诉警方我认为他们死于意外。我撒了谎。"

"为什么?"波洛问。

"自杀在信徒们眼中也是罪孽。帕特里克的好名声已然毁了,我不能容忍别人再去伤害他。可怜的弗朗西斯,她没有做错任何事,而且她是一个虔诚的基督教徒……"

"哦,我明白了。"

"我知道,村里有那么几个人,要是知道他们的举动逼得伊夫夫妇自杀,肯定会扬扬得意。我不会让他们得逞的,尤其是是哈里特·西佩尔。"

波洛说:"我能问您件事吗,弗拉沃德医生?如果我告诉您,哈里特·西佩尔已经为当初曾那么可耻地对待帕特里克·伊夫感到后悔了,您会相信吗?"

"后悔了?"安布鲁斯·弗拉沃德阴森地大笑起来,"为什么这么说,波洛先生,要我看您是糊涂了吧?哈里特绝对不会为她做过的事后悔,我也不会后悔。我很开心十六年前撒了谎。再给我一次机会我还是会那么做。我告诉您吧,那群由哈里特·西佩尔和艾达·格兰斯贝瑞带领、抨击帕特里克·伊夫的人,都是魔鬼。我真的想不出其他的词来形容他们。我想,作为一个受过教育的人,您肯定很熟悉莎士比亚的《暴风雨》吧?其中有一句是'地狱空空荡荡'。"

"下一句是'魔鬼都在人间'。"波洛接着说出了后半句。

"正是如此。"弗拉沃德医生转向我说,"卡其普尔先生,这就是玛格丽特此前不想让您跟我谈话的原因。她跟我一样,为曾经为了帕特里克和弗朗西斯撒了谎而感到自豪,但她比我更谨慎。她担心我会向您吹嘘自己的壮举,就像我刚才所做的。"他苦笑一下,"我知道我必须面对其后果。我将失去行医资格,也有可能失去自由,而且是罪有应得。我撒的谎,害死了查尔斯。"

"玛格丽特的亡夫?"我问。

医生点了点头,说:"我和玛格丽特不在乎有人在背后骂我们是'骗子',但查尔斯非常在乎。他的健康状况每况愈下,如果我能不那么顽固地与村里的恶棍斗争,查尔斯可能现在还活着。"

"伊夫夫妇自杀时写的遗言在哪儿?"波洛问。

"我不知道。十六年前,我把它们给玛格丽特了,从此再没问过她。"

"我烧了。"

"玛格丽特。"安布罗斯·弗拉沃德急忙走到她的床边,"你醒了。"

"我还记得纸条上的每一个字。感觉很重要,有必要记住,所以我就记住了。"

"玛格丽特,你需要休息,谈话会累着你的。"

"帕特里克留下的遗言上写着:'告诉南希,我永远爱她。'但我并没有把这句话告诉南希。如果告诉她,不就暴露了安布罗斯在验尸时撒了谎吗?不过……现在真相已经大白了,安布罗斯,你必须把帕特里克的话告诉南希。"

"我会的,不要担心,玛格丽特,我会处理好所有的事。"

"我担心。你还没告诉卡其普尔和波洛先生,帕特里克和弗朗西斯下葬之后,哈里特是怎么扬言威胁的。你现在就告诉他们。"说完她又闭上了眼睛,几秒后再次入睡。

"什么威胁,医生?"波洛问。

"有一天,哈里特·西佩尔来到教区牧师家,身后跟着一二十个暴徒,声称格勒霍林的村民要把帕特里克和弗朗西斯的尸体挖出来。她说:'自杀的人没有资格埋在如此神圣的地方,这是上帝的教规。'玛格丽特走到门口,说她在胡说八道,并对他们说'那曾经是教规,但现在不是了。一八八〇年就废除了,而现在已经是一九一三年了。人死以后,他的灵魂就托付给了仁慈的上帝,不再接受人间的审判。'哈里特那个虔诚的助手,艾达·格兰斯贝瑞坚持说,如果一八八〇年前把一个自杀的人的尸体埋在教堂的墓地里是不对的,那么现在肯定也是不对的。她说:'哪些人能获得救赎,上帝定下的规矩没有变。'理查德·尼格斯听到未婚妻竟然说出这么残忍的话,便与她解除了婚约,离开这里去了德文郡。这是他做过的最正确的决定。"

"弗朗西斯和帕特里克·伊夫自杀时用的相思豆毒素是从哪儿来的？"波洛问。

安布罗斯·弗拉沃德看起来也很惊讶。"我从来没想过会有人问这个问题。你为什么要问？"

"因为我想知道是不是从您那儿来的？"

"是的。"医生有些退缩，好像非常痛苦，"是弗朗西斯从我家偷走的。我在热带地区工作过几年，带了两小瓶毒药回来。那时候我还年轻，想留到以后需要的时候用——如果得了不治之症，忍受不了痛苦的时候。因为在行医期间我曾看到病人有多痛苦，便想让自己免于受这种折磨。我不知道弗朗西斯知道我的柜子里有两小瓶足以致命的毒药，肯定是她故意翻找到的。正如我之前说过的，我应该受到惩罚。无论玛格丽特怎么说，我总觉得杀死弗朗西斯的是我。"

"不，您不用责备自己，"波洛说，"如果她已决心自杀，不管有没有您的毒药，她都会找到办法的。"

我等着波洛把话题转到氰化物上，因为一个医生如果有办法得到一种毒药，就有可能得到两种。然而他却说："弗拉沃德医生，我不打算告诉任何人帕特里克和弗朗西斯·伊夫并非死于意外，您还是自由的，还可以继续行医。"

"什么？"弗拉沃德吃惊地轮番看着波洛和我。我点点头，尽管波洛并没有征求我的意见，毕竟我的工作是为国执法啊。

不过就算他来征求我的意见，我也会强烈要求不要揭穿安布罗斯·弗拉沃德的谎话。

"谢谢，您真是一个公平公正又胸怀宽广的人！"

"不用谢。"波洛又说，"我还有一个问题要问您，医生，您结婚了吗？"

"没有。"

"如果您不介意，我想说您该结婚了。"

我深吸了一口气。

"您单身，是不是？而玛格丽特·恩斯特已守寡多年，很明显您很爱她，我相信她也对您有感情。那您为什么不娶她做妻子呢？"

弗拉沃德医生好像在极力掩饰自己的惊讶，可怜的家伙。最后，他说："很久以前，我和玛格丽特就达成了共识，我们永远不会结婚。因为那么做是不对的。我们一致认为，我们曾做过那样的事……尤其是可怜的查尔斯死后……哦，那么做不妥，不能只有我们享受幸福。尽管我们在一起会很开心，但也会伴随着非常沉重的痛苦。"

我看着玛格丽特，发现她的眼睛慢慢地睁开了。

"我受够痛苦了。"她的声音很虚弱。

弗拉沃德攥紧拳头捂住了嘴。"哦，玛格丽特，"他说，"没有你，还有什么意义呢？"

波洛站了起来。"医生，"他用极其严厉的语气说，"恩斯特夫人她想活下来，而如果您还愚蠢地去回避幸福，那将是耻辱。既然能在一起，两个相爱的好人就应该在一起。"

说着，他从房间里走了出去。

我想赶紧回伦敦，但波洛说他想先去看看帕特里克和弗朗西斯·伊夫的坟墓。"我的朋友，我想放些鲜花。"

"现在是二月份，老伙计，去哪儿弄鲜花呢？'

这句话引发他又一通针对英国的天气的牢骚。

墓碑倒在一边,沾满泥污,上面还有很多重叠的泥脚印。证明那两个凶残的暴徒,弗雷德克里和托拜厄斯·克拉顿,在用铁锹把墓碑挖出来之后,就在上面踏来踏去。

波洛取下手套,蹲在地上,用右手食指在地上画了一朵大大的花,看起来就像是孩子画的。"瞧啊,"他说,"不管英国的天气如何作怪,都有二月花。"

"波洛,你的手指上都是泥!"

"是的,你干吗这么吃惊?即便是大名鼎鼎的赫尔克里·波洛,也不可能在泥地上画花而不把手指弄脏。别担心,泥巴可以洗掉,反正迟早会修指甲。"

"当然。"我笑着说,"看到你没有因此大惊小怪,我很高兴。"

波洛拿出一块手帕,把墓碑上的脚印一一擦去。我好奇地看着他气喘吁吁地绕来绕去,有好几次差点儿失去平衡摔倒。

"瞧!"他叫道,"好多了。"

"是的,好多了。"

波洛看着他的脚,皱着眉头说:"有些景象太令人沮丧,还是不看为好。"他又轻轻地说,"愿帕特里克和弗朗西斯·伊夫夫妇永远安息在一起!"

他说了"一起"这个词,这让我想起了另一个词:"分开"。当时我的脸色一定很难看。

"卡其普尔?你看起来不太对劲,怎么了?"

一起。分开。

帕特里克·伊夫爱着南希·杜安,但死后,他要和他生活中真正属于他的女人、他的妻子弗朗西斯埋葬在同一个坟墓里。他的灵魂安息了吗?还是还在想念南希·杜安?南希·杜安是否问过自己这个问题?爱着帕特里克的她,是否希望亡灵可以和活着的人说话?任何一个失去了心爱之人的人,应该都有这样的愿望……

"卡其普尔!你现在在想什么?快告诉我。"

"波洛,我有一个荒谬的想法。我这就告诉你,你就会知道我有多疯狂。"我激动地唾沫四溅,他认真地听我说完。最后我总结道:"当然,我错了。"

"哦,不不不。不,我的朋友,你没有错。"他深吸一口气,说,"当然!我、我怎么会没看出来呢?天哪!你明白这意味着什么吗?你明白我们可以由此得出什么结论吗?"

"不,我想我不明白。"

"啊,真遗憾。"

"看在老天的分上,波洛!你不能让我把想法说出来,你却保密啊,这不公平。"

"现在没时间讨论这个,我们必须赶快回到伦敦。你去把哈里特·西佩尔和艾达·格兰斯贝瑞的衣服和私人物品收拾起来。"

"什么?"我困惑地皱着眉头,怀疑是不是听错了。

"是的,尼格斯先生的东西已经被他的弟弟带走了,还记得吗?"

"我记得,但是……"

"别和我争了,卡其普尔。去两位女士的房间把衣物行李收拾一下不会花你很多时间的。哦,现在我明白了,我终于全都明白了。所有的疑点都解开了,全都归位了!你知道吗,这就像你的填字游戏。"

"请别这么类比。"我说,"你把这起案子比作我的填字游戏,我可能再也不会喜欢用这种方式打发时间了。"

"只有找到所有疑点的答案,才能肯定自己是对的。"波洛根本就不理我，继续说，"如果有些问题的答案找不到，你就会发现，看起来像是能拼在一起的细节其实根本拼不起来。"

我说："现在如果把我的大脑当成填字游戏，就一个空也没填上。"

"不会太久，我的朋友。不会太久。波洛会在布劳克斯汉酒店的餐厅再来一次大调查！"

第二十二章　字母袖扣谋杀案

次日下午四点一刻，我和波洛站在布劳克斯汉酒店餐厅最里面，等着所有员工在餐桌旁一一坐好。正如卢卡·拉扎里所保证的那样，所有工作人员四点准时就位。我冲那几张熟悉的面孔微笑：约翰·古德，托马斯·布里奈尔，还有拉法尔·波巴克。他们也朝我点头致意，只是有些紧张。

拉扎里站在门旁，一边和斯坦利·比尔警官说话，一边夸张地挥着手臂。比尔不停地躲闪、退让，怕被他打到脸。由于离得太远，我听不到拉扎里在说什么，餐厅里也吵成一片，但我不止一次听到"字母袖扣谋杀案"这几个字。

拉扎里是这么称呼那几起案子的吗？全英国的人都在用报纸上的命名，"布劳克斯汉酒店谋杀案"，从第一天开始报道就这么叫了。显然，拉扎里想出了一个更有想象力的词，为的是他心爱的酒店不要被那几个字给毁了。这意图也太明显了，让我感到恼火，不过我清楚，我情绪不佳是因为没能完成收拾行李这件事。我能在出行前轻松地整理好自己的行李，那是因为我总是尽可能少地带东西。艾达·格兰斯贝瑞的衣服肯定在她住在布劳克斯汉酒店期间变多了，我使劲儿地压呀、挤呀，把整个身子都压了上去，还是没能把她的衣服都塞到行李箱里。看来，只有女人才知道怎么巧妙地把衣服整理好，像我这样的笨男人永远也学不会。波洛来告知我四点快到了，停下手头的事，赶紧去餐厅的时候，我感到无比轻松。

四点零五分，塞缪尔·基德到了，他今天穿着一件时髦的灰色法兰绒西装，挽着脸色苍白的珍妮·霍布斯。两分钟后，理查德·尼格斯的弟弟亨利·尼格斯到了。又过了十分钟，来了四个人，一男三女，其中一位是南希·杜安，能看出她眼睛周围的皮肤有些红肿。走进房间时，她试图用一条质地轻薄的围巾遮住脸，但没完全遮好。

我低声对波洛说："她不想让别人看到她哭过。"

"不。"他说，"她戴围巾是不想被人认出来，而不是为哭过感到羞愧。流露出自己的情感没什么值得谴责的，当然，你们英国人应该无法理解吧。"

我可不希望在讨论南希·杜安的时候话题转移到了我的身上，我对她很感兴趣。"我想她肯定不希望被热情的粉丝认出，老远就拜倒在她的脚下以表仰慕之心。"

同样也是名人的波洛，应该就很喜欢被一堆崇拜者簇拥，一见面就扑过来抱住他的脖子。但他似乎对我的观点仍有异议。

我又问了他一个问题："和南希·杜安一起进来的那三个人是谁？"

"圣约翰·华莱士爵士，路易莎·华莱士夫人和他们的女仆多尔卡丝。"他看了看手表，咂了咂嘴巴，说，"我们已经晚了十五分钟了！这些人怎么这么不准时？"

尽管调查还没开始，但我发现托马斯·布里奈尔和拉法尔·波巴克都已经站了起来，好像有话要说。

"先生们，请先坐下！"波洛说。

"但是，波洛先生，我必须——"

"但是我——"

"先生们，不要激动。你们很想马上告诉波洛一些事情，对吗？请放心，他已经全部知道了。而且他准备把你们想说的话告诉你们、告诉这里的所有人。恳请你们稍安勿躁。"

波巴克和布里奈尔的情绪略有缓和，坐下了。我惊讶地发现坐在布里奈尔旁边的那位黑发女人把手伸向了布里奈尔的手，接着他紧握住她的手，两人的手紧扣在一起。他们看对方的眼神告诉我，他们是一对情侣。但是，我敢肯定，这位不是在酒店花园里和布里奈尔亲热的那个女人。

波洛在我耳边低声说："布里奈尔在花园里的独轮手推车旁边亲吻的那个女人，不是浅黄色的头发吗？那个穿着棕色大衣的女人。"说完他冲我神秘地笑了笑。

然后，他转向人群，说："现在所有人都到了，请安静，请听我说。谢谢。我要揭露真相了。"

波洛说话的时候，我扫视了一圈餐厅里的人。那是……哦，我的天！坐在餐厅后面的是菲·斯普琳，"欢乐咖啡屋"的女服务员。像南希·杜安一样，她也在遮掩面孔上下了一番工夫——戴了一顶夸张的帽子——但也同样不太奏效。她冲我眨了眨眼，像在邀请我和波洛进去喝一杯，告诉她我们接下来准备去哪里。真搞不懂，这个风骚的小丫头为何不待在她该在的地方呢？"希望你们能耐心听我讲完，"波洛说，"你们目前几乎一无所知，因此有太多需要讲明白的地方。"

我心想，他这话很好地总结了我的状态，我应该不比布劳克斯汉的房间服务员或厨师知道得更多。或许连菲·斯普琳都比我知道得多，波洛肯定是事先去邀请她参加这次的盛会。我必须要说，我一直想不明白他为什么叫来这么多人，又不是在剧院里演戏。当我破了一桩案子以后——我还算幸运，即便没有波洛的帮助，我也破了好几桩案子——我只会向老板递交结案报告，然后逮捕罪犯就可以了。

我是不是应该先让波洛告诉我一切，之后再来参加这么大的场面的。当然，现在想这些已经晚了。我站在这里，作为本案的负责人，却对即将揭示的真相一无所知。

不管他要说什么，我只希望会很精彩。我暗自祈祷，如果他说的对，而我就站在他身边，就没有人会怀疑我之前、现在，甚至此时此刻，都一无所知。

"这个故事太长了，光我一个人讲不了。"波洛面向众人说道，"我会把嗓子都讲哑的。所以，我必须再请两位。首先，有请南希·杜安夫人，著名的肖像画家，很荣幸能请她到这里来。"

我吃惊地发现南希本人一点儿也不惊讶。从她的表情可以看出，显然她早就知道波洛会叫她。他们俩提前约好了。

南希依然用围巾裹着脸，走过来站在我旁边，好让大家都能看到她。这期间房间里充满窃窃私语声。"你把她暴露在一众粉丝面前啦。"我低声对波洛说。

"没错。"他笑了，"但她说话的时候会用围巾裹着脸。"

所有人都全神贯注地倾听南希·杜安所讲的故事：帕特里克·伊夫，她对他的禁忌之爱，深夜进出牧师家，还有那个恶毒的谎言——说他称自己能通灵，以帮助人们与死去的爱人沟通来谋取钱财。但她说起引发所有问题的那通谣言时，并没有提及珍妮·霍布斯的名字。

南希还讲述了她最终是如何站出来，在王首旅馆道出事情的真相，告诉村民们她与帕特里克·伊夫之间的私情。但当时她谎称他们的关系是纯洁的,虽然其实并非如此。说到帕特里克和弗朗西斯·伊夫中毒身亡的悲剧时,她的声音有些颤抖。我注意到她说到死亡原因时只说了一个词:中毒。没有道明是意外还是自杀。我想是不是考虑到安布罗斯·弗拉沃德和玛格丽特·恩斯特,波洛要求她这么说的。

回去坐下之前,南希说:"我依旧像过去一样爱着帕特里克,并且永远不会停止。总有一天我和他会相聚。"

"谢谢您,杜安夫人。"波洛向她鞠了个躬,"现在我必须立即告诉您一项我最近的发现,相信这对您来说一定是个安慰。帕特里克死之前……给您写了一封信。在信中,他想告诉您,他永远爱您。"

"哦!"南希用手捂着嘴,不停地眨着眼睛,"波洛先生,您无法想象您的话让我多开心。"

"不,夫人,我可以想象。这则爱的信息,是一个死去的人发出的……这是回应,不是吗?回应那些诽谤帕特里克·伊夫的谣言,说他能与坟墓里的亡灵沟通。试问,谁不希望从曾经深爱、却已逝去的人那里收到这样的消息呢?"

南希·杜安回到刚才的位子坐了下来,路易莎·华莱士拍了拍她的肩膀。

"现在,"波洛说,"另一位爱着帕特里克·伊夫的女人有话要说。他曾经的女仆,珍妮·霍布斯。霍布斯女士?"

珍妮站起身,走到南希刚才所站的地方。她看起来也不惊讶。她用颤抖的声音说道:"我对帕特里克·伊夫的爱丝毫不逊于南希,但他却没有回应我的爱。对他来说,我不过是一个忠实的仆人。是我编织了那个恶毒的谣言,我撒了一个不能被原谅的谎。我嫉妒,因为他爱的是南希,而不是我。虽然我没有亲手杀死他,但我相信,是我制造的谣言中伤导致了他的死亡。另外我还有三个同伙：哈里特·西佩尔、理查德·尼格斯和艾达·格兰斯贝瑞，也就是在酒店里被杀了的三个人。后来我们四个人都很后悔，为我们所做的一切懊悔不已，因此，我们制订了一个计划，打算纠正错误。"

珍妮描述他们的计划时，我看到布劳克斯汉酒店的员工们脸上全都露出惊讶的表情。她所说的计划和在塞缪尔·基德家时对我和波洛所描述的一样，包括后来事情是如何发生变故的。当听到他们要把谋杀罪名嫁祸到南希·杜安身上，要确保她被绞死时，路易莎·华莱士吓得尖叫出声。"设计陷害一个无辜的女人，让她背上三起命案，置她于死地，这不是在纠正错误！"圣约翰·华莱士大喊，"这是邪恶的行为！"

没有人反驳他的话，至少没人出声反驳。我发现，菲·斯普琳不像大多数人那样震惊，她看起来好像在专心致志地听。

"我从来没有想过要陷害南希。"珍妮说道，"从来没有！不管你们是否相信，随便吧。"

"尼格斯先生，"波洛说，"亨利·尼格斯先生，您认为您哥哥理查德会制订这样的计划吗？"

亨利·尼格斯站起来说："我不这么认为，波洛先生。我所了解的理查德是绝对不会想到去杀人的，当然，十六年前搬到德文郡和我一块儿住的理查德，和我所了解的理查德不一样。哦，他们外表看起来一样，内心却完全不是一个人。恐怕我从没能真正了解之后的他，因此，我想我无法评论他是否可能做出这样的事。"

"谢谢您，尼格斯先生。也谢谢您，霍布斯小姐。"说完他又冷冷地加了一句，"请你回去坐下吧。"

他转向人群，说："女士们，先生们，你们看，如果霍布斯女士的话是真的，那我们就无需逮捕任何人，没人有罪。艾达·格兰斯贝瑞在哈里特·西佩尔的允许下杀了她，理查德尼格斯又在艾达·格兰斯贝瑞的允许下杀了她，然后，因为珍妮·霍布斯没有按原计划去酒店，理查德·尼格斯就自杀了。他反锁好门，把钥匙藏在壁炉松动的瓷砖后面，接着打开窗户，然后结束了自己的生命，让现场看起来像谋杀。警方会认为，凶手南希·杜安带着钥匙，借助打开的窗户和窗边的树逃走了。但若按珍妮·霍布斯的说法，根本就没有凶手，所有人都是自愿受死的！"

波洛环顾了一下餐厅。"没有凶手，"他重复了一遍这句话，"即使如此，还是有两个活着的罪犯，应该受到惩罚。他们就是珍妮·霍布斯和塞缪尔·基德，他们密谋陷害南希·杜安。"

"我希望你会把他们俩关起来，波洛先生！"路易莎·华莱士大声说。

"我没有权利打开或关上监狱的大门，夫人。那是我的朋友卡其普尔和他的同事的工作，我只负责打开隐藏和真相。塞缪尔·基德先生，请站起来。"

基德站了起来，看起来很不舒服的样子。

"你在这项计划中需要承担的工作是将一张纸条放到酒店的前台，是吗？纸条上写着'愿他们永不安息，121，238，317。'。"

"是的，先生。就像珍妮所说的，就是这样的。"

"那张纸条是珍妮给你的吗？"

"是的，她在那天早些时候就把纸条给了我。那天早晨。"

"你是什么时候把它放到桌子上的？"

"晚上八点后不久，正如珍妮所说的那样。八点过后，越快越好。但要先确定附近没人，不会有人看到我。"

"这是谁说的?"波洛问。

"珍妮。"

"指使你把钥匙放到南希·杜安的口袋里的人,也是珍妮吗?"

"是的。"基德以愠怒的口气说,"她刚才不是刚讲过吗,我不明白您为什么还要再问我一遍?"

"好,我这就给你解释。根据珍妮·霍布斯所说的原定计划,珍妮要在杀了理查德之后,把三个房间的钥匙都交给塞缪尔·基德,塞缪尔再找机会把钥匙放到能嫁祸南希·杜安的地方——事后证明是放进了南希·杜安的大衣口袋里。但珍妮·霍布斯说了,案发当晚她根本没去布劳克斯汉酒店。她没有足够的勇气去。那么,我想问你,基德先生,你是怎么拿到一二一和三一七房间的钥匙的呢?"

"我是怎么……是怎么拿到那两把钥匙的?"

"对,这就是我的问题,请回答。"

"我……嗯,如果您一定要知道的话,我是靠自己的智慧拿到钥匙的。我对酒店里的一位员工说了几句好话,问他能不能行行好让我用一下万能钥匙,他答应了。我用完之后又把钥匙还给了他。整个过程都很小心。"

我离波洛很近,能听到他发出不爽的声音。他说:"是哪位员工,先生?所有的员工都在这里,把给你万能钥匙的人指出来。"

"我不记得是谁了,只能告诉您是个男的。我记不住人的模样。"说着,基德用拇指和食指揉了揉脸上的伤。

"这么说,你用这把万能钥匙进了三个房间?"

"不,我只去了二三八房间。所有的钥匙都该在那个房间,等着珍妮来拿,但我只找到了两把。听您刚才说,还有一把藏在壁炉松动的瓷砖后面,但尼格斯先生的尸体就躺在那儿,我不想在那儿待太久,就没有在屋里寻找第三把钥匙。"

"你在撒谎。"波洛对他说,"没关系,你会发现说谎也无法帮你摆脱困境的。让我们继续。不,先不要坐下,我还有个问题,问你和珍妮·霍布斯两个人。你们还计划,案发当晚七点半过后,珍妮要来'欢乐咖啡屋',把准备好的她多么害怕被人谋杀的故事讲给我听,对吗?"

"是的。"珍妮看着塞缪尔·基德,而不是波洛,回答道。

"抱歉,我还有一个重要的问题没弄明白。你说你太害怕了,不敢去完成那个计划,所以晚上六点没去酒店。但看起来没有你计划依然顺利进行,唯一不同的是理查德·尼格斯是自杀的,对吗?他自己喝下了毒药,而不是由你放进他的饮料里。女士,我说的对吗?"

"对,是这样的。"

"这么说,只有这一点细节发生了变化——理查德·尼格斯是自杀的,那么我们可以说死亡还是按计划进行的:在点过三明治和司康之后,也就是七点一刻到八点之间。对吗,霍布斯女士?"

"对。"珍妮说,但声音听起来不像刚才那么肯定了。

"那么,我想问一下,你怎么可能按计划杀死理查德·尼格斯呢?你告诉过我们,你原本就计划当晚七点半后到'欢乐咖啡屋'找我,因为你知道我每周四晚上七点半一定会去那里吃晚饭。但从布劳克斯汉酒店到'欢乐咖啡屋',最少也要花半个小时。不管采用何种交通方式,都不可能用更少的时间。所以,即使七点一刻后,艾达·格兰斯贝瑞很快杀死哈里特·西佩尔、理查德·尼格斯也很快杀死了艾达·格兰斯贝瑞,你还是不可能在二三八房间杀死理查德·尼格斯之后,再在七点半赶到咖啡屋。难道你想让我们相信,在你们精心策划这项行动的时候,都没考虑到实际上不可能实现吗?"

珍妮的脸刷地一下变白了，我感觉我的脸也一样，尽管我自己看不见。

波洛所指出的这个漏洞如此明显，我却没有发现。我甚至根本就没有想到这一点。

第二十三章　真假艾达·格兰斯贝瑞

塞缪尔·基德轻声笑了笑，转过身，面对餐厅里的其他人，说："波洛先生，您以自己的调查能力为傲，但看起来您的洞察力并没有那么敏锐，不是吗？我想我可以负责任地说，对这个计划我比你要熟悉得多，因为珍妮曾无数次说起过。原计划并不是七点一刻开始，而是六点就开始了。我不知道您的这些想法是从哪里冒出来的。七点一刻问酒店要食物根本不是计划之中的环节。"

"对。"珍妮说，思维敏捷的前未婚夫提出的这个摆脱陷阱的办法似乎也帮她恢复了镇定，"我只能说，因为我未能如约在六点到达酒店，导致计划推迟执行了。其他人可能想聚在一起讨论一下我为什么没来。我早就应该到了的。讨论自然会花费一些时间吧。"

"啊，当然。但几分钟前，我向你们确认死亡是否按约定计划进行，也就是在七点一刻到八点之间时，你并没有纠正我的说法啊。而且你们两个谁都没说那顿下午茶不在计划之中。"

"很抱歉，我刚才应该纠正您的说法的。"珍妮说，"我……我的意思是，这里太压抑了。"

"所以计划中，三场死刑处决是从六点开始的？"

"是的,所有的一切都要在六点四十五之前完成,这样我就可以在七点半赶到'欢乐咖啡屋'。"

"那么,我就要问您另外一个问题了,女士。为什么在你们的计划中,基德先生要等一个小时再把纸条放在酒店前台的桌子上?那时哈里特、艾达和理查德都死了,你也已经离开了酒店。为什么不是其他的时间,比如,七点十五或者七点半?为什么选择八点?"

珍妮像被当头打了一棒似的缩了缩。"为什么不能是八点?"她挑衅地说道,"等一会儿又有何妨?"

"您的问题很愚蠢,波洛先生。"塞缪尔·基德说。

"等一会儿不会有何妨,女士,我完全同意。那么我们就必须得问,留那张纸条干什么?为什么不等到第二天早上,让酒店服务员自然而然地发现那三具尸体呢?珍妮,不要看塞缪尔·基德,看着我,赫尔克里·波洛!回答我的问题。"

"我……我不知道!我想,也许理查德……"

"不!不是理查德!"波洛对她说,"如果你不愿意回答我的问题,就让我来替你回答吧。你让基德先生在刚过八点的时候把那张纸条放到前台的桌子上,是因为谋杀会在七点一刻到八点之间完成,一直都是这么计划的!"

波洛转过身,再次面向瞪大了眼睛、安静倾听的众人,说:"让我们再来想想三位死者点的下午茶,送到了三一七房间——艾达·格兰斯贝瑞的房间。让我们来想象一下,三个主动求死的人因为珍妮没有出现而感到困惑,他们不知道该怎么办,于是都去了艾达·格兰斯贝瑞的房间讨论这件事。卡其普尔,如果你马上就要因为过去所犯的罪孽而被处死,会在行刑前点司康饼和蛋糕吗?"

"不,我会紧张得吃不下喝不下。"

308

"也许我们的三位死刑执行人认为他们有必要保持体力,迎接接下来的重大任务。"波洛推测道,"然而,当食物到了之后,他们又吃不下去了。但那些食物都跑到哪儿去了?"

"您是在问我吗?"珍妮说,"我也不知道,因为我不在那里。"

"让我们回到谋杀发生的时间吧。"波洛说,"法医判断,三人的死亡时间都在四点到八点半之间。后来,间接证据让我们把死亡推定时间缩短到了七点一刻到八点十分之间。好,让我们来看看这些间接证据。服务员拉法尔·波巴克在七点一刻把食物送到三一七房间时见到过三名受害者,接着,托马斯·布里奈尔七点半在酒店大厅遇见了理查德·尼格斯,当时尼格斯称赞布里奈尔工作效率高,并让他确保茶点的费用都记在他的账下,还要了一杯雪利酒。如此看来,没有一桩案子发生在七点一刻之前,而理查德·尼格斯不可能死于七点半之前。

"然而,还是有很多细节拼不起来,凑不出一张完整的图画。第一,我们知道,哈里特·西佩尔、艾达·格兰斯贝瑞和理查德·尼格斯并没吃那些点心,但它们却消失了。我相信,一个将要初次杀人的人在作案前不会想吃一块司康饼的。既然不打算吃,为什么还要点?只可能是为了制造目击者,证明在七点一刻之前他们还活着。那为什么要让人以为,那时三名受害者还活着?按照珍妮·霍布斯的说法,我只能想到一种解释:如果我们的密谋者们知道,不管他们是怎么知道的,总之南希·杜安在七点一刻到八点一刻之间没有不在场证明,那么他们就必须确保死亡发生在这个时间段内。但是,南希·杜安那段时间的不在场证明非常牢靠,是不是,华莱士夫人?"

路易莎·华莱士站起身来,说:"是的,她有。她在我家吃的晚饭,然后和我,还有我丈夫一起,一直待到晚上十点左右。"

"谢谢，夫人。那么，为什么非要让命案看起来像是发生在七点一刻到八点十分之间的，我只能想到一个原因。那就是，在这段时间里，珍妮·霍布斯也有一个坚不可摧的不在场证明。那就是我，赫尔克里·波洛，能完美地证明她当时并不在布劳克斯汉酒店。七点三十五到七点五十之间她和我在一起，在'欢乐咖啡屋'。另外，我刚才已经说过两地之间的距离了。

"我把这些证据放到一起，加上我认为那三个人并非死于七点一刻到八点十分之间。于是我就想，为什么要如此大费周章地证明珍妮没有杀人？除非，她真的杀人了。"

珍妮蹭地一下从椅子上蹦了起来，说："我没有杀人！我发誓我没有！而且他们肯定死在七点一刻到八点之间，这里的每个人都清楚这一点，除了你！"

"坐下闭嘴，霍布斯女士，除非我问你问题。"波洛冷冷地说。

塞缪尔·基德的脸饱含愤怒。"这些都是你瞎编的，波洛先生！你怎么知道他们不是因为饿了才点吃的东西的？就因为你不会、我不会，他们就不会吗？"

"那基德先生，他们又为什么没吃呢？"我问，"那些三明治和蛋糕去哪儿了？"

"那可是伦敦最好的下午茶！"卢卡·拉扎里喃喃地说。

"我会告诉您它们都去哪儿了的，卡其普尔，"波洛说，"关于下午茶，我们的凶手犯了个错误——只是众多错误中的一个。如果三一七房间的盘子里留有食物，就不会有什么问题了。警方会认为在他们还没来得及开心地享用点心的时候，凶手就闯了进来。但凶手担心留下食物会引起怀疑，他不希望有人问'为什么要了茶点而不吃呢'？"

"食物到底怎么回事？"我问，"到哪儿去了？"

"密谋者们把食物从现场拿走了。哦,是的,女士们,先生们,确实有人计划并实施了这三起谋杀!还有一件事我没讲明白——哈里特·西佩尔、艾达·格兰斯贝瑞和理查德·尼格斯早在七点一刻之前就已经死了。"

听到这话,卢卡·拉扎里走上前说:"波洛先生,请允许我打断您一下。我必须告诉您,拉法尔·波巴克是我们最忠诚的员工,他是不会说谎的。他七点一刻去送点心时,确实看到三位受害者还活得好好的。活得好好的!您一定搞错了。"

"我没错。不过有一点您说得对,拉法尔·波巴克确实是一个很好的目击证人。他去送下午茶的时候确实看到三一七房间里有三个人,但他们不是哈里特·西佩尔、艾达·格兰斯贝瑞和理查德·尼格斯。"

餐厅里的人都震惊地倒吸一口气。我也不例外,并绞尽脑汁地想那三个人可能是谁。不是珍妮·霍布斯,她那时正在去往"欢乐咖啡屋"的路上。那会是谁呢?

"波洛,"我紧张地说,"你是说,有三个人扮成受害者,为的就是让服务员在送点心时看到他们还活着?"

"不,这么说不准确。事实上,有两个人扮成了两个受害者。第三个人,艾达·格兰斯贝瑞……很遗憾,她不是假扮的。不,很不幸,她是真正的艾达·格兰斯贝瑞。波巴克先生,你还记得你是怎么描述往三一七房间送下午茶时的所见所闻的吗?你跟我讲述了两次,我记得每一个字。为了所有的人,你不介意我再重复一遍吧?"

"不,先生,我不介意。"

"谢谢,你到时发现三位受害者还活着——这是当然的了,他们在谈论一个熟人。你听到哈里特·西佩尔,或者说是被房间里的那个男人称作'哈里特'的女人说:'她没有别的选择了,不是吗?他已经不再信任她了。他现在也不喜欢她了,是她自己选择要去的,况且她都老得可以做他的母亲了。不,如果她想知道他在想些什么,就别无选择,只能接受他所信任的那个女人,并和她谈谈。'这时,房间里的那个男人不管你和食物了,他说:'哦,哈里特,那不公平。艾达很容易被吓到,对她温柔点儿。'我说得准确吗,波巴克先生?"

"是的,先生。"

"你还告诉我,后来艾达或者哈里特又说了些话,但你记不得了。然后那个你以为是理查德·尼格斯的人说:'他有脑子吗?我认为他没有脑子。我完全不赞同你们刚才所说的"老得都可以做他的母亲了"。'这时,那个被叫作哈里特的女人笑着说,'好吧,咱们谁也不能证明自己说的是对的,那咱们就赞同不赞同吧!'对吗?"

拉法尔·波巴克再次证实波洛的回忆准确无误。

"好。波巴克先生,我认为那句你记不起来了的话是哈里特说的。而我相信,我百分之百确信,在那个房间里时,你没听到艾达·格兰斯贝瑞说一个字!而且你也没看到过她的脸,因为她是背对着门坐的。"

波巴克皱紧眉头,集中精力想了想,最后他说:"我想您说得对,波洛先生。对,我没有看到艾达·格兰斯贝瑞小姐的脸。而且……经您这么一提醒,我记起我确实没听到她说话。"

"你当然没有听到她说话,先生。原因很简单,七点一刻,你所看到的那个背对着门、身子瘫在椅子上的艾达·格兰斯贝瑞,已经被杀害了。你送下午茶过去的时候,三一七房间里有一个死人!"

第二十四章　蓝色的壶和碗

餐厅里有几个人吓得大叫了起来,我也差点儿叫出声来。这太离奇了!感谢在苏格兰场的工作,我见过许多尸体,但从没有过如此强烈的战栗感。正常的尸体再怎么可怕也不会比一个死去的女人被撑起来坐着,好像正开心地和朋友共享下午茶这景象更吓人了吧!

可怜的拉法尔·波巴克被吓得浑身发抖,嘴唇不停地哆嗦。他曾离那个怪物那么近,没有哪个正常人会想那么做。

"这也是为什么必须把下午茶送到艾达·格兰斯贝瑞的房间的原因,"波洛继续说道,"理查德·尼格斯住的二三八房间应该是三位受害者最方便的见面地点,因为它位于另外两个房间中间。而且,这样不用尼格斯先生多说,下午茶自然会记在他的账下。但他们无法让拉法尔·波巴克在七点一刻,在二三八房间看到三位受害者还活着!如果那样,他们就必须把艾达·格兰斯贝瑞的尸体从她住的三一七房间弄出来,穿过酒店走廊,运到楼下的二三八房间。这样做风险太大,肯定会有人看见的。"

困惑的人们此时脸上尽是震惊之色。我想,卢卡·拉扎里可能很快就要招聘新员工了。案件结束以后,我肯定不想再来布劳克斯汉酒店了。我猜想此时这个房间里的人,大多数应该也和我有同感。

波洛继续解释道:"女士们,先生们,请仔细回想一下理查德·尼格斯先生的慷慨大方。哦,他好大方啊,坚持支付茶点费,还付钱叫车去车站接哈里特和艾达。为什么他们不一起坐火车来,再共乘一辆车到酒店呢?既然理查德·尼格斯知道自己、哈里特和艾达三个人都快要死了,为什么他还这么在乎食物和饮料的账单是不是记在他的名下?"

这个问题问得好。波洛提出的每个观点都切中要害,也都是我早该想到的。不管怎么说,我都没注意到珍妮·霍布斯的说法中有那么多与案子不符之处。我怎么会忽略掉那么多明显的纰漏呢?

波洛说:"假扮成理查德·尼格斯的人,目的只是让拉法尔·波巴克在七点一刻看见他,七点半又要让托马斯·布里奈尔看见,他根本不在乎什么账单!他知道他和他的同谋都不用付账,而且就是他把点心拿到外面处理了。那么,他是怎么把食物带出去的呢?放在行李箱里!卡其普尔,你是否还记得,我们坐公共汽车时看到酒店附近有个流浪汉?那个流浪汉正从一个行李箱里拿东西吃,记得吗?你当时说他是'有奶油吃的流浪汉'。告诉我,你清楚地看到他在吃奶油了吗?"

"哦,天哪!是的,我看到了!当时他正在吃一块……蛋糕,里面有奶油。"

波洛点点头,说:"他在布劳克斯汉酒店附近发现了一个被丢弃的行李箱,里面装着三人份的下午茶!现在,我的朋友,我再考考你的记忆力。你是否还记得,我第一次到布劳克斯汉时,你告诉我艾达·格兰斯贝瑞带了很多衣物,足以把衣柜装得满满的?但她的房间里只有一个行李箱，大小和理查德·尼格斯及哈里特·西佩尔的一样，但后两个人带的衣物要少得多。今天下午，我让你把格兰斯贝瑞小姐的衣服都装到她的箱子里时，你发现了什么？"

"装不进去。"我再次感觉自己像个大笨蛋。刚才觉得自己很笨的原因是连艾达·格兰斯贝瑞的行李都整理不好，现在又有了另外的原因。

"当时你在责怪自己。"波洛说，"你总是喜欢自我批评，但实际上，要把所有的衣服都装进去是不可能的，因为带来的时候是装在两个行李箱里的。就算是赫尔克里·波洛，也不可能把它们装到一个行李箱里去。"

他又转过身，对餐厅里的人说："正是在扔掉装满食物的行李箱、返回酒店的途中，那个男人碰到了布劳克斯汉的接待助理托马斯·布里奈尔，也就是我们所在的这间餐厅门前。他为什么特意和布里奈尔讨论账单？只有一个原因：为了加深布里奈尔的印象，让他记住理查德·尼格斯七点半的时候还活着。但这位冒充尼格斯先生的人犯了个错误，他说了句'尼格斯能付得起，而哈里特·西佩尔和艾达·格兰斯贝瑞付不起'。但这不是真的！亨利·尼格斯，理查德的弟弟，可以证明理查德没有收入，所剩的积蓄也很少了。但是这个扮演理查德·尼格斯的人不知道这一点，他以为理查德是一位绅士，曾经的律师，一定有很多钱。

"亨利·尼格斯第一次与我和卡其普尔谈话时就告诉我们，自从搬到德文郡后，他哥哥理查德就变得闷闷不乐、心事重重，像是一个对生活没有欲望的隐士。亨利·尼格斯先生，我说得对吗？"

"是的，是这样的。"亨利·尼格斯说。

"一个隐士！请问，这样的人会喜欢雪利酒和蛋糕吗，会在伦敦的豪华酒店里和两个女人闲聊吗？不！从拉法尔·波巴克手中接过下午茶、从托马斯·布里奈尔手中接过雪利酒的那个男人，根本不是理查德·尼格斯。那个男人夸奖布里奈尔先生效率高，并且说了这样的话。大致意思是：'你办事效率高，我相信你一定能把事办好——把食物和饮料的费用记在我的账下，二三八房间的理查德·尼格斯。'他的话字斟句酌，就是为了让托马斯·布里奈尔相信这个人，这个理查德·尼格斯，很了解他的办事效率，因此他们之前一定见过面。布里奈尔先生当时可能觉得有些内疚，因为他不记得之前与这位尼格斯先生有过接触，因此，他决心这次一定要记住他。他要记住曾与这个男人见过至少两次面。当然，在伦敦的一家大酒店工作，他要不停地接待客人，每天要见上百个人！我确定，经常会发生客人记住了他的名字和长相，他却忘记了客人长什么样的情况——对他来说，他们不过都是'客人'！"

"打扰一下，波洛先生，请原谅。"卢卡·拉扎里匆匆地走上前，说，"一般来说，您说得对，但也有例外。托马斯·布里奈尔就是例外，他记忆力超强，能很好地记住客人的面孔和名字。他记忆力超好！"

波洛赞许地笑了笑，说："是这样的吗？*好*，看来我是对的。"

"关于什么？"我问。

"请耐心地听，卡其普尔，我一件一件地说。案发前一天，即周三，理查德·尼格斯先生在酒店登记入住的时候，这个冒充他的男人就在大厅里。他或许是来踩点的，为之后的扮演做准备。不管怎样，他看到了理查德·尼格斯。他是怎么认出理查德·尼格斯的呢？等一会儿我会谈这一点的。反正他认出来了。他看见托马斯·布里奈尔做了登记，然后把房间钥匙给了尼格斯先生。第二天晚上，在冒充尼格斯先生接过下午茶，又去外面把食物处理掉之后。在返回三一七房间的途中，他碰到了托马斯·布里奈尔。他是一个思维敏捷的人，马上就发现了一个进一步误导警方的绝佳机会。他走近布里奈尔，跟他打招呼，说自己是理查德·尼格斯，并提醒布里奈尔之前曾见过面。

"事实上，托马斯·布里奈尔之前从没见过这个男人，但他记得理查德·尼格斯这个名字，因为他给过尼格斯本人房间钥匙。这时，突然一个人以自信、友好又很亲密的方式跟他说话，称自己是理查德·尼格斯，托马斯·布里奈尔自然会认为他就是理查德·尼格斯。虽然他记不起这张脸，也只会责怪自己疏忽了。"

托马斯·布里奈尔的脸红得像葡萄酒一样。

波洛接着说："这个假冒成理查德·尼格斯的男人又要了一杯雪利酒。为什么？是为了延长跟托马斯·布里奈尔见面的时间，好让他牢牢地记住自己吗？还是想用酒来安抚一下紧张的情绪？两者皆有可能。

"现在，请允许我岔开一下话题。在残留的雪利酒中，我们发现了有毒的氰化物，跟哈里特·西佩尔和艾达·格兰斯贝瑞茶杯中的一样。但是，根本不是茶或雪利酒杀死了这三位受害者。不可能是。这些饮料送到房间的时候谋杀案已经发生了。尸体旁边的小茶几上放着有毒的雪利酒杯和两个茶杯，是为了伪造犯罪现场，让我们错误地认为案发时间是七点一刻以后。事实上，哈里特·西佩尔、艾达·格兰斯贝瑞和理查德·尼格斯是更早时候被氰化物毒死的，并且用了其他的方式下毒。每个房间的水池边都有一个玻璃杯，是不是，拉扎里先生？"

"是的，波洛先生，每个房间都有。"

"那么我想，毒药就是这样被他们服下的——用水。事后，凶手清洗好盛过毒药的玻璃杯，再重新把它们放到水池边。布里奈尔先生！"波洛突然喊了他一声，吓得这位接待助理缩了缩脖子，就好像有人向他开了枪一样，"你本不喜欢在公共场合说话，但我们第一次聚在这个餐厅的时候，你鼓起勇气告诉我们，曾在走廊里遇到过尼格斯先生。但当时你没有提雪利酒，尽管我专门询问了。之后你又找到我，补充说明了雪利酒一事。我曾问你之前怎么没提，你没有回答。我当时不明白是什么原因，但我的朋友，卡其普尔说了一些话，非常有见地，启发了我。他说你是一个认真负责的人，如今涉及一件谋杀案你却有所隐瞒，这说明那件事让你非常尴尬，并且你确信与本案无关。他对你的评价算一语中的吧？"

布里奈尔微微地点了一下头。

"请容我来解释一下。"波洛提高了嗓门，虽说原本他的声音就已经很大了，"上次我们聚在这间餐厅时，我问过大家是否有人送过雪利酒到尼格斯先生的房间。没有人说话。为什么托马斯·布里奈尔当时没说'我没送去他的房间过，但确实给他拿过一杯雪利酒'？波洛来告诉你们！他没有这么做是因为他心中有疑惑，不想冒险说出不确定的事情。

"在所有酒店员工中，只有布里奈尔先生一个人，不止一次见过三位受害者中的一位——或者准确地说，他是被人误导，以为自己不止见过理查德·尼格斯一次。他知道自己给过一个自称理查德·尼格斯的男人一杯雪利酒，而且那个男人表现得好像之前见过他似的，但他看起来一点儿也不像记忆里的理查德·尼格斯。别忘了，拉扎里先生告诉我们，布里奈尔先生对名字和长相有着超强的记忆力。这就是为什么当我询问雪利酒一事时他没有说话的原因！他在理清思路。一个

声音在他的脑袋里低语：'一定是他，是同一个人。但又不是他，我能认出他来的。'

"不一会儿，布里奈尔先生又对自己说，'我怎么这么傻？如果他说自己叫理查德·尼格斯，那他肯定就是理查德·尼格斯！这次我的记忆力真令我失望。再说了，那个男人讲话有礼，就像尼格斯先生那样。'一丝不苟、老实巴交的托马斯·布里奈尔不可能想到，会有人冒充来捉弄他！

"得出那人一定是理查德·尼格斯的结论之后，布里奈尔先生决定站出来，告诉我案发当晚七点半，他曾在餐厅的过道里见过尼格斯先生。但他还是不好意思提雪利酒的事情，因为他担心之前没有回应我的问题，再提就会显得自己像个傻瓜。而且，我一定会当着所有人的面问他：'为什么你之前不告诉我？'托马斯·布里奈尔先生可羞于回答：'因为我刚才忙于思考第二次遇到尼格斯先生时他为什么换了一张不同的脸。'布里奈尔先生，我刚刚说的对吗？你不必担心自己像个傻子，相反，你很聪明。那张脸的确不同，因为那是另一个人。"

"感谢上帝。"托马斯·布里奈尔说，"波洛先生，您说的每句话都是对的。"

"当然了。"波洛毫不谦虚地说，"请不要忘记，女士们、先生们，同样的名字并不代表就是同一个人。当拉扎里先生向我描述登记入住的珍妮·霍布斯时，我也以为她就是我在'欢乐咖啡屋'里见到的那个珍妮·霍布斯。听起来两者很像，浅色的头发，深棕色的帽子，浅棕色大衣。但是，两个男人分别只见过一次符合这一特征的女人，并不能肯定他们看到的是同一个人。

"这一点让我陷入了深思。当时我已经在怀疑，我在案发现场见到的理查德·尼格斯的尸体,和拉法尔·波巴克、托马斯·布里奈尔在案发当晚见过的活着的理查德·尼格斯是两个不同的男人。然后我想起那个周三,理查德·尼格斯入住布劳克斯汉酒店时是托马斯·布里奈尔接待的。如果我猜的没错,那这个理查德·尼格斯才是真正的理查德·尼格斯。突然间,我明白了托马斯·布里奈尔的困窘,他怎么能当众说一个男人好像有两张脸呢?大家会把他当成疯子的!"

"您现在就像个半疯了的人,波洛先生。"塞缪尔·基德讥笑道。

波洛没理睬他,继续说道:"这个假冒的人外貌上不一定与理查德很相似,但是我确定,他能把声音模仿得很像。他极善于模仿——基德先生,是不是?"

"不要听信这个人的话!他是个骗子!"

"不,基德先生,你才是个骗子。你可不止一次地假冒过我。"

这时,坐在餐厅后方的菲·斯普琳站了起来,说:"你们都应该相信波洛先生,他说的是真的,全是事实。我亲耳听过塞缪尔·基德先生模仿他的口音说话。要是闭上眼睛,我都区分不出来。"

"塞缪尔·基德迷惑众人靠的不只是声音。"波洛说,"我第一次见到他的时候,他假装成一个不修边幅、智商低于常人的男人。衬衫上污渍斑斑,还掉了扣子,胡子也没刮完,只刮了一小片。基德先生,请告诉这里的人们,我们第一次见面的时候,你为什么要煞费心机地让自己看起来那么邋遢?"

塞缪尔·基德毅然凝视着前方,什么也没说,眼神里充满厌恶。

"很好,如果你不愿意说,那我来替你解释。因为基德先生从理查德·尼格斯所住的二三八房间的窗户逃出来,爬下来的时候脸被外面的树枝刮伤了。一个衣冠楚楚、聪明得体的男人脸上有道伤口,会格外显眼且招人怀疑,不是吗?一个外表讲究的人肯定不会让刮胡刀在脸上留下难看的疤痕。基德先生不想让我沿着这些线索思考,他不想让我猜测他最近是不是曾从窗户爬出去,再顺着树爬下来,所以就伪造出一幅邋遢的样子。他还假装自己不会刮胡子,一刮就会伤到自己,为了避免造成更多的伤口,他就只刮了一块!波洛会认为,这样一个邋遢的男人,在用剃须刀的时候不小心划伤自己是理所当然的。我起初确实是这么认为的。"

"等会儿,波洛。"我说,"如果你说塞缪尔·基德从理查德·尼格斯房间的窗户爬下来——"

"就表示是他杀死了尼格斯先生吗?不,他没有,他帮助凶手杀死了理查德·尼格斯。至于凶手……我还没说到那儿呢。"波洛笑了笑。

"对,你还没说到那儿呢。"我毫不客气地说,"你也没说拉法尔·波巴克送下午茶过去的时候,三一七房间里的那三个人是谁。你只说那时候三位受害者都已经死了。"

"是的。七点一刻,三一七房间里的三个人中,一个是死了的艾达·格兰斯贝瑞。但她被放置在椅子上,只要不看到她的脸,就会以为她还活着。另一个是塞缪尔·基德,他假扮成了理查德·尼格斯。"

"是的,这些我都猜到了,但第三个人是谁?"我急切地问,"那个假扮成哈里特·西佩尔,大谈八卦的人是谁?不可能是珍妮·霍布斯。照你所说,珍妮那时正在赶往'欢乐咖啡屋'的路上。"

"啊,是的,那个喜欢聊八卦的女人,"波洛说,"我会告诉你她是谁的,我的朋友,她是南希·杜安。"

餐厅里又响起一片震惊的喊叫声。

"哦，不，波洛先生。"卢卡·拉扎里说，"杜安夫人是我国最著名的艺术天才之一，也是我们酒店忠实的客人，您一定弄错了！"

"我没有弄错，我的朋友。"

我看向南希·杜安，她静静地坐在那里，并没有站起来否认波洛所说的话。

著名艺术家南希·杜安，与珍妮·霍布斯的前未婚夫塞缪尔·基德合谋？我有生以来从未像此时这般困惑。这是怎么回事啊？

"卡其普尔，我不是告诉过你吗？杜安夫人今天蒙着围巾，是因为她不希望被人认出来。你以为我说的是'不想被人认出是著名肖像画家'。不是。她不想被拉法尔·波巴克认出来，她就是案发当晚在三一七房间假扮哈里特的人！杜安夫人，请您站起来，拿掉您的围巾。"

南希拿掉了围巾。

"波巴克先生，你当时见到的是这位女士吗？"

"是的，波洛先生。就是她。"

此时餐厅里悄无声息，只能听到人们深吸一口气，然后屏住呼吸的声音。硕大的餐厅里静得可怕。

"你当时怎么没认出来她是著名肖像画家南希·杜安？"

"没有，先生。我对艺术一无所知，只是在报纸上见过她的介绍。而且当时她把脸侧向了一边。"

"我相信她会侧向一边的，为避免碰巧你是一位艺术爱好者，从而认出她来。"

"今天，她一进来，我就认出来了，还有那个叫基德的家伙。我想告诉您的，但您没让我说话。"

"是的，托马斯·布里奈尔也想告诉我他认出了塞缪尔·基德。"

波洛说。

"我以为已经死了的三个人里,竟然有两个活生生地走进了餐厅!"从拉法尔·波巴克的声音判断,他还没从震惊中恢复过来。

"可华莱士爵士及夫人所提供的不在场证明呢?"我问。

"那证据不是真的。"南希说,"都是我的错,请不要责怪他们。他们是我的好朋友,是想帮我。圣约翰和路易莎都不知道案发当晚我在布劳克斯汉酒店。我对他们发誓说没去过那里,他们相信了我。他们是好人,勇敢的人,不愿看着我被人设计诬陷,背上谋杀的罪名。波洛先生,我相信您已经知晓了一切。那么您一定也知道,我没有杀人。"

"对正在调查一桩谋杀案的警察撒谎可不是勇敢,夫人。而是不可原谅的。华莱士夫人,我离开您家的时候就知道您在说谎了。"

"你怎么敢这样跟我夫人说话?"圣约翰·华莱士说。

"如果真相让您接受不了,那我只能说抱歉,华莱士爵士。"

"您是怎么知道的,波洛先生?"他的夫人问。

"您新雇了一个小女仆,多尔卡丝。我叫您今天跟她一起来到这里,因为她很重要。您告诉过我,多尔卡丝刚去您家没几天,我也看见了,她有点笨手笨脚。她曾给我端过一杯咖啡,可几乎全弄洒了。幸好还给我剩了一点,我就全喝了。我马上就尝出那是'欢乐咖啡屋'的咖啡。那里的咖啡味道独特,和其他任何地方的都不一样。"

"啊呀!"菲·斯普琳惊叫了起来。

"是的,女士。我对那杯咖啡印象很深,于是我立刻就把那些零散的细节全都拼在一起了。高浓度的咖啡对大脑非常有益。"波洛一边说一边瞅着菲,而她却不满意地撇了撇嘴。

"这位笨手笨脚的女仆——抱歉，多尔卡丝，我相信假以时日你能做得更好——是新来的！我把这一情况与'欢乐咖啡屋'的咖啡结合在一起后，生出了一个想法：会不会在多尔卡丝之前，珍妮·霍布斯是路易莎·华莱士家的女仆呢？我从'欢乐咖啡屋'的服务员那里了解到，珍妮·霍布斯过去经常在那里为她的雇主买东西。她的雇主是位上流社会的时髦夫人，珍妮经常称她为'爵士夫人'。珍妮几天前还在服侍的女主人正在为南希·杜安提供不在场证明，这不是很有趣吗？这可能真的是无与伦比的巧合——也可能完全不是！起初，我的思路走错了方向，我以为'南希·杜安和路易莎·华莱士这对朋友，准备合谋杀死可怜的珍妮'。"

"您可真会想！"路易莎·华莱士义愤填膺地反驳。

"令人震惊的谎言！"她的丈夫圣约翰附和道。

"不是谎言，完全不是，只是个错误。大家都看到了，珍妮没有死。但我猜得没错，她是圣约翰和路易莎·华莱士家里的女仆，是最近才由多尔卡丝接替的。案发当晚在'欢乐咖啡屋'跟我交谈过之后，珍妮必须马上离开华莱士家，非常快。她知道我很快就会到那里去求证南希·杜安的不在场证明。要是我在那里看到她在服侍为我们提供不在场证明的女士，我肯定会立即生疑的。卡其普尔，告诉我，告诉大家，我会怀疑什么？"

我深吸了一口气，祈祷我没有搞错。我说："你会怀疑珍妮·霍布斯和南希·杜安合伙欺骗了我们。"

"完全正确，我的朋友。"波洛冲我笑道，然后又转向观众说，"在喝咖啡、并认出那杯咖啡出自'欢乐咖啡屋'之前，我一直在看圣约翰·华莱士阁下的画，那是他送给夫人的结婚纪念礼物。上面画的是蓝色的田旋花，画上的日期是去年八月四日，当时华莱士夫人还就此评论了一番。之后我又意识到一件事，那就是，几分钟前看过的南希·杜安送给路易莎·华莱士夫人的肖像画上没有作画日期。作为一名艺术爱好者，我曾在伦敦参加过无数次画展开幕典礼，也多次见到过杜安夫人的作品。她的作品总会在右下角注上日期，还有她的姓名首字母'NAED'。"

"您可比其他参观者认真多了。"南希说。

"赫尔克里·波洛一直处处认真。夫人，我相信，您在路易莎·华莱士的画像上也标了作画日期，但后来又把它涂抹掉了。为什么？因为那不是您的新作品。您想让我相信那幅画是在案发当晚送给华莱士夫人的，想让我认为它是一幅最近才完成的画像。我问自己，您为什么不写个假日期上去呢？答案很明显，如果您的作品流传到后世，艺术历史学家们一定会对它们深感兴趣，而您不希望误导他们，不希望误导那些很在乎您的作品的人。对，您只想误导赫尔克里·波洛和警察！"

南希·杜安把头歪向一边，若有所思地说："您真有洞察力啊，波洛先生。您是真的全都知道了，是不是？"

"是的，女士。我还知道是您帮珍妮·霍布斯找到的工作，在路易莎·华莱士家里做女佣。她来到伦敦后需要一份工作，是您帮助了她。我还知道珍妮·霍布斯虽然让理查德·尼格斯相信她会参与陷害您的计划，但她从没真正这么想过。女士们、先生们，事实上，在格勒霍林时，珍妮·霍布斯和南希·杜安就是朋友和盟友了。这两个不顾一切、无条件地爱着帕特里克·伊夫的女人，合谋设计了一个差点儿连我、赫尔克里·波洛都被骗了的聪明计划——但还不够聪明！"

"谎言，全都是谎言！"珍妮·霍布斯哭着说。

南希一声不响。

波洛又说:"让我们再回来,花点时间谈谈华莱士家。我认认真真地看了南希·杜安给路易莎夫人画的肖像,看了很久,发现上面画着一套蓝色的壶和碗。之后我在房间里走动时,又从不同的角度、在不同的光线下看它,发现无论怎么看,这套壶和碗都只是一片死板的色块,乏味无趣。但那幅画上的其他颜色都会随着我的视角和光线的变化而变化。南希·杜安是一位极富经验的画家,特别在着色方面,是个天才——除非她在作画时来不及考虑艺术性,只想着如何保护自己和朋友珍妮·霍布斯。是为了掩藏信息,南希才迅速地把这套原本不是纯蓝色的壶和碗涂成了蓝色。她为什么要这么做?"

"为了涂抹掉日期?"我说。

"不。那套壶和碗位于画像的上半部分,而南希·杜安习惯于将日期标注在画作的右下角。"波洛说,"华莱士夫人,您没料到我会要求您带我参观一遍您家吧?您原以为我们只需聊一聊,我看看南希·杜安为您画的画像之后就会满意地离开。但我想找一下画像上那套蓝色的壶和碗,因为它们画得比其他地方都要粗糙得多。我确实找到了!华莱士夫人似乎很迷惑,因为它们不见了,但她的迷惑是装的。在楼上的一间卧室里,放着一套白色的壶和碗,上面有纹饰。我认为那就是画像上的壶和碗,但它们不是蓝色的。多尔卡丝小姐,华莱士夫人当时跟我说,一定是你把那套蓝色的壶和碗打碎了或者偷走了。"

"我没有!"多尔卡丝似乎很受打击,"我从没在屋子里见过蓝色的壶和碗!"

"那是因为,小姑娘,根本就不存在!"波洛说,"我又问自己,为什么南希·杜安要匆匆忙忙地把白色的壶和碗涂成蓝色的呢？她想掩盖什么？我的结论是：纹饰。纹饰并非仅有装饰作用，比如有属于家族的族纹，或者某些著名大学的标志。"

"剑桥大学，耶稣学院。"我不由自主地说出了这几个字。我记得我和波洛准备离开伦敦去格勒霍林的时候，斯坦利·比尔曾提到过一个徽章。

"是的，卡其普尔。离开华莱士家以后，我把那个纹饰画了下来以防忘记。我虽然不是艺术家，但也算画下来了。然后我拜托比尔警官查一下它的来历。刚才大家都听到了，我的朋友卡其普尔说了，华莱士家那套白色的壶和碗上的纹饰来自于剑桥大学耶稣学院。那是珍妮·霍布斯过去工作的地方，她当时曾为帕特里克·伊夫牧师铺床。霍布斯小姐，这是你临行时带走的礼物，对吗？你离开耶稣学院，跟着帕特里克和弗朗西斯·伊夫去了格勒霍林。后来你搬家到华莱士爵士夫妇家的时候也把它带过去了，但你匆忙藏身到基德先生家的时候没带走那套壶和碗——当时你已经没有心思去考虑这种东西了。我相信，肯定是你走以后，路易莎·华莱士把那套壶和碗从你住过的仆人房间拿到客房里去了，也许是想取悦一下客人吧。"

珍妮没有回应，她脸色惨白，面无表情。

波洛说："南希·杜安不想冒一点风险。她明白，酒店谋杀案发生之后，卡其普尔和我会去格勒霍林村调查。要是耶稣学院以前的老师，老酒鬼沃尔特·斯图克里跟我们说，他曾经送给珍妮·霍布斯一套带纹饰的壶和碗作为离别礼物，那该怎么办呢？如果我们在路易莎·华莱士夫人的肖像画上看到同样的纹饰，就有可能发现她和珍妮·霍布斯有关系，进而发现她们之间的关系并不是外界所说的彼此妒忌、互为敌人，而是好友或同谋。杜安夫人不能冒险让我们看到画像上的纹饰，从而引发这些怀疑，因此，她把那套白色的壶和碗涂成了蓝色——涂得很匆忙、也很粗糙。"

"一个人不可能每一幅作品都是佳作，波洛先生。" 南希说。她的反驳听起来十分合理，更令我惊讶的是，面临合谋策划三起谋杀案的指控，她说起话来竟还是那么礼貌、理智。

"华莱士爵士，您赞同杜安夫人的说法吗？" 波洛说，"您也是一位画家，虽说你们风格不同。女士们、先生们，圣约翰·华莱士是一位植物画家。参观他家时，我发现每个房间都有他的作品。路易莎夫人大方地带我参观她家，正如她大方地为南希·杜安提供虚假的不在场证明。你可以看出路易莎夫人是个好人。最危险的好人，尽管邪恶就在面前，她却看不到！华莱士夫人相信南希·杜安是清白的，并为她提供不在场证明来保护她。啊，可爱的、有天赋的南希，她最有说服力了！她竟能让圣约翰·华莱士相信，她也非常想尝试植物类绘画。华莱士爵士是个名人，人脉颇广，因此很容易弄到作画所需的植物。于是，南希·杜安就请他帮忙弄些木薯类植物——从中可以提取氰化物！"

"见鬼！你究竟是怎么知道的？" 圣约翰·华莱士问。

"幸运地猜到了，先生。南希·杜安问您要这类植物时是说为了艺术，对吗？而您相信了她。" 对着满屋子惊讶地闭不上嘴的人，波洛又说，"事实上，华莱士夫妇只是不想相信他们的好朋友会去杀人，这也会对他们造成极为恶劣的影响，影响他们的社会地位——你们试想一下吧！即使是现在，他们知道我所说的严丝合缝，圣约翰和路易莎·华莱士夫妇依然告诉自己这不可能，这个刚愎自用的欧洲侦探一定是搞错了。这也是人性中的邪恶面，尤其是涉及到世俗偏见的时候！"

"波洛先生,我没有杀人。"南希·杜安说,"我相信您知道我说的是实话。请您向在座的各位说明,我不是凶手。"

"我做不到,夫人。很抱歉。您虽然没有亲自下毒,但参与了这次合谋,结束了三个人的生命。"

"是的,但那是为了拯救另一个。"南希真诚地说,"我没犯罪!过来,珍妮,让我们告诉他我们的故事——真实的故事。他听完后,一定会承认我们只是做了不得已的事情,仅仅为了拯救我们自己的生命。"

餐厅里鸦雀无声,大家都静静地坐在那里。我以为珍妮不会去,但最终她缓缓地站起身来,双手将手提包紧紧地抱在胸前,穿过餐厅,向南希走去。她说:"我们的生命不值得拯救。"

"珍妮!"塞缪尔·基德大叫一声,也突然从椅子上起身,向她冲去。我看着他,产生了一种奇怪的感觉,时间好像停止了。基德为什么要跑?有什么危险吗?很明显他知道有危险,而且不知为什么,我的心开始怦怦狂跳。可怕的事就要发生了,我也开始向珍妮跑去。

只见她打开手提包,对南希说:"你不是想跟帕特里克团聚吗?"我感觉那是她的声音,又不像是她的声音。她说出的每个字似乎都由黑暗包裹,我希望这是我有生之年最后一次听到这样的声音。

波洛也开始向她们走去,但我们俩都离她们太远了。"波洛!"我大喊,"谁去制止她!"我看见了金属的光泽,接着看到一道光。坐在南希旁边的两个男人也站了起来,但他们的动作太慢了。"不!"我大叫一声。珍妮的手动作很快,一下子,血就涌了出来,顺着南希的裙子流到地板上。餐厅后面不知何处,也有个一个女人跟着尖叫出声。

波洛停下脚步，呆呆地站在那里。"天哪！"说完，他闭上了眼睛。

塞缪尔·基德比我先到南希身边。"她死了。"他说，低头盯着地上的尸体。

"是的，她死了。"珍妮说，"我刺向了她的心脏，正对着心脏。"

第二十五章　假如谋杀从 D 开始

那天，我终于知道我不怕死亡。那是一种没有能量的状态，不会产生力量。在工作过程中，我见过很多死尸，他们从未让我过分不安。对，我最害怕的是活人走向死亡的状态：珍妮·霍布斯那被杀戮欲望吞噬的声音；杀人者的心态，冷酷地算计着把三枚刻有首字母组合的袖扣放到受害者的口中，煞费心机地把尸体摆放好，笔直的四肢和手指，无生命的手，掌心朝下。

"握住他的手，爱德华。"

活人握住死人的手，怎么会不害怕自己也被拉向死亡呢？

如果可以，我不会让任何一个活生生的人跟死亡打交道。虽然我知道这是一个不切实际的愿望。

珍妮·霍布斯捅死南希之后，我再也不愿意接近她了。对她为什么这样做我一点也不好奇，我只想回家，想坐在布兰奇·昂斯沃思的炉火旁做我的填字游戏，忘掉布劳克斯汉酒店谋杀案。或者字母袖口谋杀案，随便叫它什么都行。

然而，好奇心同等的情况下，波洛的意志力显然比我强。他坚持要我留下来，说这是我的案子，必须处理妥当再走。他用双手做了一个手势，像在认真地包裹什么东西，就好像调查杀人案是在包一个包裹。

于是，几个小时之后，我和他坐在苏格兰场的一个小房间里，与珍妮·霍布斯一桌之隔。塞缪尔·基德也被逮捕了，正在接受斯坦利·比尔的审讯。换作基德，我会想尽一切办法收拾这个骗子、不折不扣的坏蛋，而且直到现在，他的语气里还没有放弃。

说到语气，我也被波洛开口说话时温柔的声音吓到了。他说："女士，您为什么要那么做呢？为什么杀了这么长时间以来的朋友和盟友？"

"南希和帕特里克真心相爱，无论生前还是死后。我今天才听她说的，之前一点都不知道。我一直以为她和我一样，都爱着帕特里克，也都知道不能和他在一起——也从未和他在一起过。这些年，我一直认为他们的感情是纯洁的，但那不是真的。如果南希真的爱帕特里克，就不该与他通奸，玷污他的品德。"

珍妮擦了擦眼泪，继续说："我认为我是在帮她。您也听到了，她多么想跟帕特里克团圆。我帮她做到了，不是吗？"

"卡其普尔，"波洛说，"在布劳克斯汉酒店四〇二号房间发现血迹后，我对你说，我们已经来不及拯救珍妮女士了，还记得吗？"

"记得。"

"你当时以为我的意思是她死了，但你理解错了。你看，我当时就知道珍妮已经无药可救了。我担心她已经做了必须为之付出生命的可怕事情，这才是我的意思。"

"不管怎么说，自从帕特里克死后，我也死了。"珍妮说，语调中尽是绝望。

我知道，目前只有一个方法能让我挺过这段折磨，就是把所有的注意力都集中在思考事件的逻辑上来。波洛已经解开这个谜团了吗？他好像自认为破解了，但我还一头雾水。比如，是谁杀死了哈里特·西佩尔、艾达·格兰斯贝瑞和理查德·尼格斯，以及为什么？我再次提出了这些问题。

"啊。"他温柔地笑了，好像我让他想起了一个我们都知道的笑话，"我的朋友，我知道你在纠结些什么。你听波洛说了那么久，就快要说到结论的时候，却又被一起突发的谋杀案打断了，因此你还是没能听到一直在等待的答案，真是遗憾。"

"请立刻告诉我，让遗憾就此结束吧。"我气势汹汹地说。

"很简单，珍妮·霍布斯和南希·杜安，在塞缪尔·基德的帮助下，共同谋害了哈里特·西佩尔、艾达·格兰斯贝瑞和理查德·尼格斯。然而，在跟南希合作的同时，珍妮还假装参与了另一桩密谋，让理查德·尼格斯认为她是他的同伙。"

"在我听来这可不算'很简单'。"我说，"倒是很复杂。"

"不不，朋友，真的一点也不复杂。你的问题是，你把这个故事的不同版本混淆在一起了。你必须忘记珍妮在塞缪尔·基德家所说的一切，把它从头脑中完全删除。她从头到尾说的都是谎话，当然，我不否认里面也有些实情。最真的谎言都有点真实性。过一会儿，珍妮就会告诉我们全部的真相，她现在什么都不怕了。不过首先，我的朋友，我必须表扬你，是你，在圣徒教堂墓地的提示才让我明白这一切是怎么回事的。"

波洛转向珍妮，说："你告诉哈里特·西佩尔，说帕特里克·伊夫以帮助教区居民与他们已死去的爱人沟通收取钱财，为此，南希·杜安经常夜里去牧师家找他，希望与她死去的丈夫威廉交流。啊，这通可怕、恶劣的谣言波洛听了多少次？很多很多次。霍布斯小姐，那天你对我们承认说,你是出于嫉妒、一时脆弱,才说出这样的谎言。但这根本不是实情!

"站在帕特里克和弗朗西斯·伊夫那被亵渎过的墓碑前,卡其普尔对我说:'如果珍妮·霍布斯编造谎言不是为了伤害帕特里克·伊夫,而是为了帮他呢?'卡其普尔意识到了某个关键点,而我却认为那是理所当然的。这件事从来没人起疑,我也就没有核实过:那就是哈里特·西佩尔对年纪轻轻就去世的亡夫乔治狂热的爱。波洛不是知道哈里特有多爱乔治的吗?不是也知道乔治的死是如何把哈里特从一个幸福、善良的女人变成一个刻薄、邪恶的恶魔的吗?外人很难想象一场如此可怕、具有毁灭性的灾难,它会湮灭一个人所有的快乐,摧毁一个人所有的美德。是的,当然,我知道哈里特·西佩尔曾经历过这样的灾难。我坚信这一点,导致我不再怀疑!

"我还知道珍妮·霍布斯很爱帕特里克·伊夫,为了能够继续服侍伊夫牧师和他的妻子,她连未婚夫塞缪尔·基德都抛弃了。这是一种自我牺牲的爱,甘愿付出,不求回报。但是,在珍妮和南希给我们讲的故事中,都说珍妮编造出流言是出于嫉妒,嫉妒帕特里克给予南希的爱。这不可能是真的!前后不一致!我们不仅要考虑可行性,还要考虑心理因素。帕特里克·伊夫与弗朗西斯结婚时珍妮没有因此去惩罚他,而是欣然接受了他属于另一个女人的现实。她在牧师家里继续做他忠实的仆人,帮助他和他的妻子,而这对夫妇也对她很好。多年来,珍妮都无私地爱着、服侍着帕特里克,为什么他对南希的爱就突然刺激得她去造谣,还引发了一系列事件,最终毁了他?答案是,这样的事是不可能发生的。

"不是嫉妒心迸发,也不是长久积聚在内心的渴望驱使珍妮说谎的。而是完全不同的原因。霍布斯小姐,你一直都在帮助你所爱的男人,不是吗?可以说,为了救他。一听到我这位聪明的朋友,卡其普尔所说的理论,我就明白真相是什么了。事情这么明显,波洛却这么愚钝,竟没有看出来!"

珍妮看着我问:"什么理论?"

我张开口准备解释,波洛却抢先说道:"当哈里特·西佩尔告诉你,她曾看到南希·杜安夜访牧师宅院时,你立即就察觉到了危险。你知道他们的私会——你就住在牧师家,怎么可能不知道。而你急于想保护帕特里克·伊夫的好名声。怎么才能保护他的名声呢?哈里特·西佩尔一旦嗅到这类丑事,定会抓住不放,让当事人受众人指责。除了说实话,怎么能解释弗朗西斯·伊夫不在家时,南希·杜安的深夜来访呢?有什么办法能瞒过那群造事者?而就在你快要放弃希望的时候,好像被施了魔法,你突然想到了一个办法。你决定利用诱惑和幻想来消除哈里特的威胁。"

珍妮什么也没说,一脸茫然地目视前方。

"哈里特·西佩尔和南希·杜安有个共同点,"波洛继续说,"她们的丈夫都英年早逝。你告诉哈里特,帕特里克·伊夫能帮南希与亡夫威廉·杜安沟通,当然是付费的。自然,这种事必须保密,不能让教会和村里的任何人知道。不过你向哈里特暗示,如果她愿意,帕特里克也可以帮她,像南希那样与丈夫的亡灵交流。她和乔治可能……嗯,就算不能重新在一起,至少可以进行某种交流。告诉我,当你告诉哈里特这些时,她是什么反应?"

长久的沉默之后,珍妮说:"她垂涎三尺,迫不及待地要与亡夫交流。她说只要能和乔治再说上话,多少钱她都愿意付。波洛先生,您无法想象她有多么爱那个男人。我看着她的脸……好像看到一个死去的女人又活过来了。我试着把这件事的始末跟帕特里克解释,告诉他出事了，但我已经解决了。您看，没经过他的同意我就答应了哈里特。哎，我知道帕特里克不会同意这样做的，但我没别的办法了！我不想给他阻止我的机会。您能明白吗？"

"我懂，女士。"

"我希望我能够说服他。他是一个有原则的人，但我知道他想保护弗朗西斯，不想让这桩丑事伤害到她，同时也想保护南希。而只有这么做才能让哈里特保持沉默，只有这一个办法！帕特里克只需偶尔对哈里特说些安慰的话语就可以了，假装那些是乔治·西佩尔说的。而且不需要向她要钱。这些我都对他说了，可他根本听不进去。他觉得很恐怖。"

"他自然会这么觉得。"波洛轻轻地说道，"请继续往下讲。"

"他说，按照我的建议去做，对哈里特很不公平，也不道德，会让他更早毁灭。我求他再好好考虑一下。能让哈里特幸福快乐，这有什么害处呢？但是帕特里克很坚决，他坚持让我去跟哈里特说这件事他做不到。他的指示很明确，他说：'珍妮，不要对她说你撒谎了，否则她会怀疑整件事情的真实性的。'他要我告诉哈里特，她的愿望不能实现。"

"而你不得不这样告诉她，别无选择。"我说。

"真的没有其他选择了。"珍妮哭了起来，"我一告诉哈里特，说帕特里克拒绝了她的请求，她马上就视他为敌，并在整个村子里散播我的谎言。其实，帕特里克也可以反过来毁掉她的名声，说她一直想让他为她提供有违道德的宗教服务，还说要是拒绝，就诽谤他亵渎上帝、违背教义。但他没有这么做。他说，不管哈里特怎么恶意攻击他，他也不会诋毁她的名声。多么愚蠢的人！他本可以让她立即闭嘴，但他的品德太高尚了，没有那么做！"

"你就是这个时候去找南希·杜安征求意见的吗?"波洛问。

"是的。我觉得不该只有我和帕特里克烦恼。南希也与这件事有关。我问她我是否该当众承认我撒了谎,但她建议我不要。她说:'我担心那样做会给帕特里克和我带来麻烦。珍妮,最明智的做法就是你退到幕后,什么也不说,不要牺牲你自己。我不确定你是否足够坚强,能否顶得住哈里特的污蔑。'她低估了我。那时我很不安,可能看起来快崩溃了,因为我太担心帕特里克了,担心哈里特毁了他。但波洛先生,我绝不是一个软弱的人。"

"我知道你不害怕。"

"不怕。得知哈里特·西佩尔那个可恶的伪君子死了,我又有了动力。凶手真是为这个世界除了一害。"

"你的话又带我们回到了那个问题:凶手是谁。是谁杀了哈里特·西佩尔?你告诉我们说是艾达·格兰斯贝瑞,但那是谎话。"

"我不需要告诉您真相吧,波洛先生,既然您跟我一样心知肚明。"

"那我就请你可怜一下卡其普尔先生,他还没弄明白整个事情呢。"

"最好还是您告诉他吧,好吗?"珍妮笑了,笑得很乏味。我突然觉得她好像比几分钟之前更飘渺了,仿佛随时都会消失。

"很好。"波洛说,"那我就从哈里特·西佩尔和艾达·格兰斯贝瑞说起,两个顽固的女人,自认为公正,要把一个好人早早地推向坟墓。她们可曾为亡者感到难过?没有,正相反,她们还反对把他安葬在神圣的墓地。经过理查德·尼格斯的耐心劝说后,这两个女人是否悔恨当初曾那样对待帕特里克·伊夫?当然没有,她们不会。要是后悔才怪了呢。就是在那个时候,珍妮女士,我知道你在撒谎。问题就在你的故事中。"

珍妮耸了耸肩,说:"一切都有可能。"

"不,只有真相才是可能的。我知道,哈里特·西佩尔和艾达·格兰斯贝瑞永远不会像您所说的那样,甘愿自我处决。因此,她们是被别人杀害的。把他杀说成委托自杀,这很容易啊!你以为如果波洛知道所有死者都是自愿去死的,他的灰色脑细胞就不会运转了。那是她们赎罪的好机会啊!真是个不同寻常、富有想象力的好故事,人们一听就肯定会相信,谁会想到这是编造的呢?"

"这是我的安全措施,必要时才使用。"珍妮说,"我希望您永远找不到我,但我也害怕您会找到我。"

"如果我找到你,你就需要七点一刻到八点十分的不在场证明来保护自己,南希·杜安也是。你和塞缪尔·基德顶多会被指控陷害一个无辜的女人,但不会涉及杀人或合谋杀人。这一招很聪明,承认自己做了错事,目的是为了逃避更严重的罪责。除掉了敌人,还没有人会因此受刑,只要我们相信了你的故事——艾达·格兰斯贝瑞杀了哈里特·西佩尔,理查德·尼格斯杀了艾达·格兰斯贝瑞,然后自杀了。女士,你的计划非常高明,可还是高不过赫尔克里·波洛!"

"理查德想死。"珍妮生气地说,"他不是被杀的,他是一心求死。"

"是的。"波洛说,"这就是整个谎言中真实的部分。"

"整件事都是他的错。要不是因为理查德,我不会杀人的。"

"但你的确杀人了,还不止一次。同样,还是卡其普尔一句无心的话让我找到了线索。"

"什么话?"珍妮问。

"他说,如果谋杀是从 D 开始的……"

听到波洛感谢我,我感到有些不安。而且不知道那几个漫不经心的字为何会如此重要。

波洛又开始滔滔不绝地讲起来："女士，那天听了你的故事、离开塞缪尔·基德家之后，我们自然对你所说的话讨论了一番：你所说的与理查德·尼格斯一起制订的计划……请允许我说这个计划十分吸引人。简洁利落，就像多米诺骨牌。直到我又仔细地考虑了一下，发现实际发生的顺序改变了。不是 D 倒下、接着 C、接着 B，最后 A；而是 B 把 A 击倒，然后 C 击倒 B……但这还不是重点。"

他到底在讲什么？珍妮似乎也没太听懂。

"啊，我必须得再解释得明白些。"波洛说，"女士，为了便于想象谋杀发展的顺序，我用字母代替了名字。你在塞缪尔·基德家里对我们说的计划是这样的：B 杀了 A，然后 C 杀了 B，然后 D 杀了 C，之后 D 等着 E 因谋杀 A、B 和 C 而遭受谴责并处以绞刑，最后 D 再自杀。也就是说，在你所讲的故事里，你就是这个 D。明白了吗，霍布斯小姐？"

珍妮点点头。

"好。这位卡其普尔是个填字游戏爱好者，恰在此时，他的兴趣爱好与我心中所想碰到了一起，他让我想一个单词，六个字母，词意是'死亡'。我说是'murder（谋杀）'。卡其普尔说不是。他说'如果"谋杀"是以 D 开头的，填上去才对'。后来我又回想起他的话，并在心中大胆地推测了一下，如果谋杀真的是从 D 开始的呢？如果第一个杀人的不是艾达·格兰斯贝瑞，而是霍布斯小姐你呢？

"随着时间的推移，我断定事情就是这样的。我也知道为什么肯定是你杀死了哈里特·西佩尔。从格勒霍林到布劳克斯汉酒店，哈里特和艾达既没坐同一列火车，也没坐同一辆汽车，所以，双方并不知道彼此的存在，也就是说，根本没有这项一个杀一个的计划。那全

343

是谎言。"

"那什么才是真相?"我急切地问。

"哈里特·西佩尔和艾达·格兰斯贝瑞都以为自己是一个人去伦敦的,因为私人原因。哈里特是珍妮叫来的,后者说急着要见她,还要求绝对保密。珍妮告诉哈里特,已经在布劳克斯汉酒店为她订好了一个房间,而她会在周四下午三点半到四点之间去那里找她,与她商量重要的事情。哈里特接受了珍妮的邀请,因为珍妮在邀请信中提到的原因让哈里特无法抗拒。

"你提出要给她帕特里克·伊夫多年前拒绝给她的东西,是不是,女士?与她所深爱的亡夫交流。你告诉她,她的丈夫乔治·西佩尔想通过你跟她通话,还说十六年前曾尽力促成过,但没能成功。现在,乔治又一次想给他的爱妻捎信,通过你这条通灵渠道。他从那个世界把话传给你了!哦,我相信你把这件事讲得令人深信不疑!哈里特无法抗拒这个诱惑,她会相信你,也是因为她极其渴望这是真的。你很久以前跟她撒的那个谎,说亡灵可以跟他所爱着的活人联系,她当时就相信了,并且从来没有怀疑过。"

"您真是个聪明的老家伙,波洛先生。"珍妮说道,"满分!"

"卡其普尔,告诉我,你现在明白那个老女人和年轻到可以做她儿子的男人指的是谁了吗?你一直很困惑,南希·杜安和塞缪尔·基德在三一七房间里谈论的到底是谁。"

"我不能说我明白了。哦不,我还是不明白。"

"让我们好好地回忆一下拉法尔·波巴克说过的话。他听到假扮成哈里特·西佩尔的南希·杜安说'他已经不再信任她了。他现在不喜欢她了,是她自己选择要走的。她现在都老得可以做他的母亲了'。想一想'他现在不喜欢她了'这句话。这是前提,然后才有了之后那两个'不喜欢'的原因。其中一个是她老得都可以做他的母亲了。不，是'现在，她老得都可以做他的母亲了'。你还不明白吗，卡其普尔？如果她现在已经老得可以做他的母亲了，那她应该一直都老得可以做他的母亲。没有别的可能性！"

"不就是句子长了一点了吗？"我说，"我是说，没有'现在'这个词，句子也能讲得通啊。'他不喜欢她了，是她自己选择要去的。她老得可以做他的母亲了。'"

"但是，我的朋友，这么说的话就太荒唐了！"波洛激动地说，"不符合逻辑。那个句子里有'现在'这个词，我们不能装作没有这个词，不能忽略'现在'这个词，它就在我们耳边！"

"恐怕我不敢苟同你的观点。"我不安地说，"如果我必须试着想一想的话，那我认为这句话想要表达的意思是：在她离开之前，那个小伙子并不特别介意或者注意到他们之间的年龄差别，或许表现得不那么明显。而现在，她不再风华正茂，小伙子便移情别恋，爱上一个更年轻、更有魅力的女性，并信任她——"

波洛忍不住打断了我的话，他红着脸，显得极不耐烦。"在我看来，你的猜测毫无道理，卡其普尔！听我说！再听一下原话，词序是这样的，'他现在不喜欢她了，是她自己选择要走的，她已经老得可以做他的母亲了'！先是他不再喜欢她，然后才是原因二！句子结构很清楚，这两个不幸的原因都是'现在'的情况，不是过去的。"

"你没必要冲我大喊大叫，波洛。我明白你的意思，只是仍然不敢苟同。并不是每个人都像你一样在意用词。我的理解一定是对的，你的才不对，正如你所说的，不会有其他可能了。你自己刚刚才说过，如果她现在老得可以做他的母亲了，那么她应该一直都老得可以做他的母亲。"

"卡其普尔,卡其普尔,我开始对你绝望了!想一想这句话之后说的是什么。拉法尔·波巴克听到假扮成理查德·尼格斯的塞缪尔·基德说:'我不赞同你们刚才说的"老得可以做他的母亲了",完全不赞同。'对此,假扮成哈里特的南希回答说:'好吧,咱们俩谁也不能证明自己是对的,那咱就赞同不赞同吧。'为什么他们都无法证明自己是正确的?一个女人是否老得可以做一个男人的母亲,这是个简单的生物学事实,不是吗?如果她只比他大四岁,那当然不算老。这一点没有争议吧!如果她比他大二十岁,那她就老得可以做他的母亲了。这同样也是毫无疑问的。"

"如果她比他大十三岁呢?"珍妮·霍布斯闭着眼说,"或者十二岁?总有稀奇事……当然,我指的不是眼下这件事。"

看来,珍妮明白波洛的意思,只有我一个人不知道。

"十三岁、十二岁,都不相干!如果有人去问一名医生或者医学专家,理论上看,十二三岁的女性能生孩子吗?答案要么是'是',要么是'不是'。我们别再纠缠生孩子的年龄界定问题了!还记得塞缪尔·基德对这个年轻男人的评论吗,十分有趣,他说:'他有脑子吗?我认为他没脑子。'你肯定会认为,基德先生的意思是说那个年轻男人是个傻瓜。"

"没错,我是这样认为的。"我急躁地说,"既然你比我聪明得多,为什么不直接告诉我我到底哪里错了?"

波洛不满地咂了咂嘴。"*我的天哪!* 在三一七房间里谈论的那对夫妇是哈里特·西佩尔和她丈夫乔治。那并不是一场严肃的辩论,而是说笑。乔治·西佩尔死的时候他们俩都很年轻,塞缪尔·基德说他没脑子,是说如果他死后还存在的话,也不是以人的状态存在,而是灵魂，不是吗？灵魂不会有人类的大脑，所以乔治·西佩尔的灵魂也不可能有脑子。"

"我……哦，天哪。是的，现在我明白了。"

"塞缪尔·基德表达观点时是以'我认为……'开头的，因为他知道南希·杜安会不同意他的观点。她可能会说：'灵魂当然有想法，灵魂还可以附到人的身上，他们有自由的意志，不是吗？如果没有脑子，他们的意志又是从哪里来的？'"

从哲学角度讲，这是一个很有趣的观点。要是在别的情况下，我可能也会发表自己的看法。

波洛继续说道："南希说'老得都可以做他的母亲了'，是因为她认为，一个人死了，他的年龄就永远定格了。在阴间，他不会变老。乔治·西佩尔的灵魂如果能回来看望他的妻子，那也依然是一个二十多岁的年轻人，就是他死时的年龄。而她，作为一个四十多岁的女人，现在就老得都可以做他的母亲了。"

"妙啊！"珍妮由衷地说，"我当时不在那里，但后来他们又在我面前争论了一番。波洛先生真是极富洞察力。卡其普尔先生，我希望您能欣赏他。"说完，她又转向波洛说，"他们的争论无休无止……哦，是永远！南希坚持说她是对的，塞米也不让步。他说灵魂是不受时间维度限制的，他们没有时间概念，所以你不能说一个人老得可以做一个灵魂的母亲了。"

波洛对我说："真恶心，不是吗，卡其普尔？当拉法尔·波巴克去送点心时，南希·杜安坐在架在椅子上的艾达·格兰斯贝瑞的尸体旁边，嘲笑另一个当天早些时候也死于他们的阴谋的女人。可怜愚蠢的哈里特，她的丈夫没有兴趣从坟墓里直接跟她交流，他只愿意跟珍妮·霍布斯说话。而哈里特别无选择，如果她想收到他的信息，就只能去布劳克斯汉见珍妮。而去见珍妮,就意味着送死。"

"没有人比哈里特·西佩尔更该杀了。"珍妮说,"我后悔过很多事,但不后悔杀死哈里特。"

"艾达·格兰斯贝瑞呢?"我问,"她为什么会去布劳克斯汉酒店?"

"啊!"波洛说,他总会不厌其烦地与别人分享他所独有的、无穷无尽的知识,"艾达也接到了一份无法抗拒的邀请,来自理查德·尼格斯。不是能跟死去的爱人说话,而是去见分离了十六年的前未婚夫。不难想象这个诱惑有多大。当年理查德·尼格斯抛弃了艾达,这无疑让她心碎。她因此终生未嫁。我想,他在信中暗示了这事有可能和解,甚至有可能提到了结婚,幸福的结局。艾达同意了——哪一个孤独的人不会选择再给真爱一次机会?理查德告诉她,他会在周四下午三点半到四点去她在布劳克斯汉酒店的房间找她。卡其普尔,你是否还记得你曾说过,周三到酒店,这样就可以用周四一整天来迎接谋杀了?现在看起来更讲得通了吧?"

我点点头说:"尼格斯知道周四那天他要杀人,并且自己也会被杀。为了做好心理准备,迎接双重考验,他自然希望早一天到现场。"

"也是为了避免火车晚点或其他会阻碍计划的事情发生。"波洛说。

"所以,珍妮·霍布斯杀死了哈里特·西佩尔,然后理查德·尼格斯杀死了艾达·格兰斯贝瑞?"我说。

"是的,我的朋友。"波洛看着珍妮,后者点点头,"我想,一二一和三一七房间的谋杀差不多是在同一时间进行的。我猜测手段也一样,引诱哈里特和艾达喝下毒药。珍妮对哈里特、理查德·尼格斯对艾达,说出同样的话:'我想,在听我说之前你需要喝杯水。你坐着,我去给你倒杯水。'他们用水池旁边的杯子接水时,顺便偷偷放入毒药。接着把有毒的水递给死者喝,两名受害者很快就死了。"

"理查德·尼格斯又是怎么死的呢?"我问。

"按照他们俩之前的计划,由珍妮杀了他。"

"在塞米家我跟你们说的话大部分都是真的。"珍妮说,"消失多年的理查德的确给我写过信。他为自己对帕特里克和弗朗西斯所犯下的罪而痛苦不堪。他找不到解脱的出路,没有补救的机会,也无法寻得内心的平静,除非我们都付出生命的代价。我们四个都有责任。"

"他让你……帮他杀了哈里特和艾达?"我说,想确定到底是怎么回事。

"是的,她们和他,还有我自己。他坚持说我们四个人都要死,否则就没有意义了。他不想作一个凶手,他想成为执行者——他多次用到这个词,这意味着我和他都不能逃脱惩罚。我赞成哈里特和艾达都该死,她们太邪恶了。但是……我不想死,也不想让理查德死。对我来说,他对曾经的所作所为真心忏悔过,这就已经足够了。我……我认为对帕特里克来说也足够了,对任何可能存在或不存在的更高层的权力来说,也足够了。但我无法说服理查德。我很快就发现试图说服他没有任何意义。他和过去一样聪明,只是失了某些部分,让他变得偏执、怪异,产生了很多荒诞的想法。这么多年来一直念念不忘那件事,那些罪孽……他变成一个奇怪的疯子。我深知如果我不顺从他的提议,他就会杀了我。他并没有明说,因为他不希望我是被胁迫的。您知道,他对我很好,他所需要的只是一个同盟。一个志同道合的人。他真诚地相信我会同意他的阴谋,因为他觉得我比哈里特和艾达更知事理。他对自己的观点过于自信了，坚信用我们四个的生命赎罪是唯一的出路。我想他或许是对的，但我很害怕。不过现在我不再怕了，我也不知道是什么改变了我。也许，尽管我之前一直活在痛苦中，却仍然抱有一丝希望，认为日子会好起来的。悲伤不等于绝望。"

"你知道必须假装顺从，才能救自己的命。"波洛说，"完美地欺骗理查德·尼格斯，是你逃脱死亡的唯一办法。但你不知道该怎么做，于是去求助南希·杜安。"

"是的，我去了。她帮我解决了问题，或者说我认为她解决了。她的计划很高明。按照她的建议，我向理查德提议改动计划中的一处。他原本的计划是，一旦哈里特和艾达死了，他就会杀了我，然后再自杀。自然，作为一个习惯担当权威、喜欢掌控一切的人，他想从头到尾都由他控制局面。

"南希让我去说服理查德让我杀死他，而不是他杀我。'不可能！'我说，'他不会同意的。'但南希说他会同意的，只要我表达的方法得当。我要装作比他更执着于我们的目标。她说对了，这主意凑效了。我去找理查德，跟他说光我们四个——我、他、哈里特和艾达——死还不够，南希也要受到惩罚。我说如果南希也死了，那我才乐于赴死，因为她比哈里特还邪恶。我精心编造了一个故事，说南希如何冷酷，她密谋把帕特里克从他妻子身边勾引走，而且不达目的决不罢休。我还跟理查德说，南希已向我坦白，说她在王首旅馆发表那番演说并不是为了帮助帕特里克，而是为了伤害弗朗西斯。南希希望弗朗西斯自杀，或者至少放弃帕特里克，回到剑桥她父亲那里去，好让自己上位。"

"更多的谎言。"波洛说。

"是的，更多的谎言——但这些谎言是南希给我出的主意，而且很管用！理查德同意比我先死。"

"而他并不知道塞缪尔·基德也参与这件事了，对吗？"波洛说。

"他不知道，南希和我找来了塞米，他是我和南希计划中的一部分。我和南希都不想在反锁上门、把钥匙藏在瓷砖后面之后从窗户出去、顺着树爬下去，我们都怕掉下去摔断了脖子。但那是离开二三八房间唯一的办法，所以我们需要塞缪尔参与。他不仅做了这件事，还假扮成了理查德。"

"要把钥匙藏在瓷砖后面。"我喃喃地自言自语，在脑子里确认细节，"所以，你在基德先生家给我们讲的故事才会天衣无缝，理查德·尼格斯把钥匙藏起来是为了让我们误以为是凶手拿走了钥匙，因为他要设计陷害南希·杜安。"

"是这样的。"波洛说，"更确切的说，他自以为是这样的。当珍妮递给他一杯有毒的水时，他还相信珍妮会活着确保南希被指控为布劳克斯汉酒店谋杀案的凶手。他相信珍妮会向警方汇报，确保警方怀疑南希。但他却不知道，南希准备好了有力的不在场证明，那时她正和圣约翰·华莱士夫妇在一起！他也不知道，他死后，口中也会被放一枚袖扣，钥匙会藏在瓷砖后面，窗户大开着……他还不知道珍妮·霍布斯、南希·杜安和塞缪尔·基德会精心谋划，让警方误认为所有的谋杀案都发生在七点十五到八点十分之间！"

"是的，这些情况理查德都不知情。"珍妮表示赞同，"您现在明白我为什么说南希的计划很高明了吧，波洛先生。"

"她是个很有天赋的艺术家，女士。高明的艺术家，能看出如何设计细节，也能掌握框架，知道如何把所有元素整合在一起。"

珍妮转向我，说："我和南希都不想这么做，您得相信我，卡其普尔先生。如果我反对理查德先生的计划,他一定会杀了我的。"她叹了口气,"我们都计划好了,南希能安然脱险,我和塞缪尔会因为嫁祸陷害南希而受到判罚,但不至于死刑。我们希望坐几个月牢就够了。之后,我打算嫁给塞米。"看到我们吃惊的样子,珍妮补充道,"哦,我并不像深爱帕特里克那样爱着塞米,但我很喜欢他。如果我没有捅死南希,把一切都毁了,他会成为一个很好的伴侣。"

"女士,这一切早就毁了。我知道是你杀死了哈里特·西佩尔和理查德·尼格斯。"

"我没有杀理查德,波洛先生。在这件事上您错了。理查德希望赴死,我只是按照他的意愿给了他毒药。"

"是的,但是在欺骗他的情况下。理查德·尼格斯之所以同意赴死,是因为你同意参与他的计划,即你们四个都得死。之后你把南希·杜安也卷了进来,计划变成五个人。但你并没有真的同意他的计划。你背叛了他,还背着他设了另一个局。要是得知了你和南希·杜安的秘密约定,谁知道理查德·尼格斯还会不会选择以那样的方式赴死?"

珍妮的表情僵住了。"我并没有杀理查德·尼格斯。我杀他是出于正当防卫,否则他会杀了我的。"

"你说过,他并没有明确地说过要杀了你。"

"是没有,但我知道他会杀了我。你觉得呢,卡其普尔先生?是我杀了理查德·尼格斯吗?"

"我不知道。"我困惑地说。

"卡其普尔,我的朋友,别傻了。"

"他不傻。"珍妮说,"他在动用大脑里您不愿意动用的部分思考问题,波洛先生。请您再想一想,求您了。在我被绞死之前,我希望能听到您说我没有谋杀理查德·尼格斯。"

我站起身来说:"我们走吧,波洛。"我想在"希望"这个词的余韵仍在房间里回荡的时候结束这次谈话。

尾　声

四天后，我坐在布兰奇·昂斯沃思夫人家的炉火旁，一边小口地品着一杯白兰地，一边埋首于填字游戏。这时波洛走进了客厅，静静地站在我身旁待了好几分钟。我没有抬头看他。

最终，他清了清嗓子说："卡其普尔，你还是不愿意和我谈谈理查德·尼格斯到底怎么死的，是被谋杀，是在他人的帮助下自杀，还是因为正当防卫而被杀？"

"我觉得争这个没什么意义。"我说，觉得胃里一阵痉挛。我再也不想谈布劳克斯汉酒店的谋杀案了。我想做的，或者说需要做的，就是写下来，把事情经过详详细细地写在纸上。我也不知道为什么我想写下来却不愿意说，说一件事和把它写下来有这么大的不同吗？

"别害怕，我的朋友。"波洛说，"我以后再也不提这件事了。咱们可以聊点儿别的，比如，我今天上午又去'欢乐咖啡屋'了。菲·斯普琳让我给你带话，她想在你方便的时候和你聊聊。她有点不高兴了。"

"和我?"

"是的。她说,前一刻她还在布劳克斯汉酒店听这起案子是怎么回事,下一秒,一切就突然结束了。一起谋杀案就发生在大家眼前,而对所有的观众来说,却都没能看到结局。菲女士希望你能把故事从头到尾再给她讲一遍。"

"那一场谋杀可不是我的错。"我用极低的声音喃喃地说,"她不能像其他人那样去读报纸上的新闻吗?"

"不,她想单独和你谈谈。作为一名女服务员,她算是很有智慧的,是个难得的女性。你不这样认为吗,我的朋友?"

"我知道你在耍什么花招,波洛。"我有气无力地说,"你就断了这个念头吧,别再浪费时间了,还有菲,对不起……你瞧,我正忙着,你能不能离开?"

"你生我的气了。"

"是的,有点。"我承认了,"亨利·尼格斯和那个行李箱,拉法尔·波巴克和洗衣车,托马斯·布里奈尔和他的女朋友在酒店花园,她还正好穿了一件浅棕色的大衣,半个英格兰的女人都穿这样的大衣。还有那个手推车……"

"啊!"

"是啊,'啊'。你明知道珍妮·霍布斯没死,为什么还费心地误导我,让我怀疑有人把她的尸体从四〇二房间挪走了,还是用三种最不实际的方式?"

"我的朋友,因为我想鼓励你发挥想象力。如果你不考虑到最不可能的可能性,就不可能成为最优秀的侦探。我在教你使用灰色的脑细胞,强迫他们朝不一样的方向移动,这样才会有灵感。"

"随你。"我不确定地说。

"你肯定认为波洛想得太远了,远远超出了必要。也许是这样的。"

"在四〇二房间,你对那些血迹大惊小怪,对血迹移动的方向、房门的宽度大发感慨——这些都有什么意义?你明明知道珍妮·霍布斯没有被杀,也没有被拖到哪儿去。"

"我知道,但你不知道。你和我们的朋友拉扎里先生都相信珍妮女士已死,还相信地上的血是她的。天哪!我想让你自己思考:行李箱、一辆有轮子的洗衣车,这两件工具都能直接进到四〇二房间,放到尸体旁边。那为什么凶手还要把尸体往门口拖呢?他不可能这么做!所以她也不可能死了!朝门方向拖拽的血迹只是一个假象,目的是让我们认为尸体被挪到别的地方去了。这个细节做得很逼真,因此显得非常重要,是案发现场的重要证据。

"但对于赫尔克里·波洛来说,那不过是一个让他验证自己的猜测的小细节。珍妮·霍布斯没有在那个房间被杀,也没有任何人被杀。因为我想不出为什么要把满是血迹的尸体拖到门边。没有哪个凶手会带着受害者的尸体在酒店的公共走廊里走动,除非把它放到一个容器里。可是我能想到的容器都能轻松地带进房间,可以直接把尸体放进去带走,根本不用把尸体拖到门口。卡其普尔,这逻辑很简单啊。我很吃惊你当时怎么没立刻想到。"

"对你来说确实简单。"我说,"下次你如果希望我立刻想到什么,请直接开口告诉我。无论什么,直接点儿,这能省不少麻烦。"

他笑了笑。"好。我要从我的好朋友卡其普尔这里学习做事直接一点。我现在就开始学习!"说完他从口袋里拿出一个信封,"我一个小时前收到的。你可能不想让我打扰你的私事,卡其普尔,你可能在心里说,'这里不需要你,波洛却总喜欢管闲事。'但是这封信,正是为让你无法忍受的恶习而对我表示感谢。"

"如果你口中的我的'私事'指的是菲·斯普琳,那我可以告诉你我们不可能,永远不可能。"说着,我瞅了瞅他手中的信,"你又掺和了哪个小可怜的私事?为什么要感谢你?"

"因为把两个相爱的人撮合到了一起。"

"谁来的信?"

波洛笑了笑。"安布罗斯·弗拉沃德医生和夫人。"说完他把信递给了我。

The Monogram Murders
Copyright © 2014 Agatha Christie Limited. All rights reserved.
© 2013 Letter for Chinese Reader, New Star Edition by Mathew Prichard.
www.agathachristie.com
The Poirot icon is a trademark, and AGATHA CHRISTIE, POIROT, *Agatha Christie*® and the AC Monogram Logo are registered trade marks of Agatha Christie Limited in the UK and elsewhere. All rights reserved.
Published by agreement with ACL.
Simplified Chinese edition copyright: 2025 New Star Press Co., Ltd.

图书在版编目（CIP）数据

字母袖扣谋杀案/（英）苏菲·汉娜著；李树娟译. —— 2版. —— 北京：新星出版社，2022.10（2025.2重印）
ISBN 978-7-5133-4969-7

Ⅰ.①字… Ⅱ.①苏… ②李… Ⅲ.①侦探小说－英国－现代 Ⅳ.①I561.45
中国版本图书馆CIP数据核字（2022）第099046号

午夜文库
谢刚 主持

字母袖扣谋杀案
[英] 苏菲·汉娜 著；李树娟 译

责任编辑：赵笑笑
统筹编辑：王 欢
责任校对：刘 义
责任印制：李珊珊
封面插图：宣 和
装帧设计：周伟伟

出版发行：新星出版社
出 版 人：马汝军
社　　址：北京市西城区车公庄大街丙3号楼　100044
网　　址：www.newstarpress.com
电　　话：010-88310888
传　　真：010-65270449
法律顾问：北京市岳成律师事务所

读者服务：010-88310811　service@newstarpress.com
邮购地址：北京市西城区车公庄大街丙3号楼　100044

印　　刷：北京天恒嘉业印刷有限公司
开　　本：910mm×1230mm　1/32
印　　张：11.875
字　　数：168千字
版　　次：2022年7月第二版　2025年2月第四次印刷
书　　号：ISBN 978-7-5133-4969-7
定　　价：42.00元

版权专有，侵权必究；如有质量问题，请与印刷厂联系调换。